BEL DE NUIT,
GERALD NANTY

DU MÊME AUTEUR

LA PEAU DURE, Grasset, 2002.
TU N'ES PAS LA FILLE DE TA MÈRE, Grasset, 2004.

ÉLISABETH QUIN

BEL DE NUIT, GERALD NANTY

BERNARD GRASSET
PARIS

ISBN : 978-2-246-69341-3

pour Pierre Edelman.

« Ce soir, j'ai deux mains.
— Et demain ?
— Demain, c'est ce soir... »

*Gerald Nanty dédie
ce livre à Jacques.*

« Je me demande ce que le passé nous réserve. »

Françoise Sagan

« Oui, peut-être bien ? C'est ce que nous avons eu de meilleur. »

L'Education sentimentale, Gustave Flaubert

Prologue

A nous deux, nous couvrons les vingt-quatre heures d'une journée. Je me couche quand il entame sa nuit de travail. J'aime me lever avec l'aube, et parfois la semer derrière moi, il ferme à l'heure de mes premiers étirements. Si le jour et la nuit étaient denrées limitées, nous ne nous priverions jamais mutuellement, et pourrions vivre en bonne intelligence jusqu'à la fin des temps.

De ce point de vue, notre rencontre est un miracle, une étourderie des biorythmes. J'ai dîné chez lui, il dirait petit-déjeuné, voici trois ans. Comme il était vingt heures, nous avons eu le temps de parler. C'est-à-dire que nous n'avons presque rien dit. La singularité de cette histoire, qui a failli la faire tourner court, est que nous sommes tous deux affreusement timides. Gerald Nanty, si volubile, charmeur, et parfois fanfaron, s'évanouit intérieurement à l'idée de parler en public ; quant à moi, je donne les apparences de l'assurance avec tant d'aplomb, que toute explication supplémentaire est superflue.

Quelques écrivains ont voulu écrire sur Gerald Nanty, cet autodidacte obsédé par la nuit et les gens de lettres et d'esprit. Célèbres ou anonymes. Liste A ou faces B. Précisément, de cette liste A des noctambules mémorialistes, beaucoup se proposèrent pour accoucher ses souvenirs. Pourquoi Nanty n'a-t-il pas accepté ? Je crois savoir. Ils étaient inventifs et bavards, prompts à réécrire son destin avec leurs fantasmes ou leurs regrets, tandis que je suis une éponge muette. Nanty a sans doute compris qu'il aurait de la place, pour parler, respirer, et être entendu. Et de sa timidité à la mienne, comme du fond de deux puits enténébrés, nos vraies voix, petites voix mal assurées, nos deux personnes affolées par le regard des autres se sont prodigué des encouragements et se sont hissées vers le jour de l'histoire qui se livre ici. Nanty m'a fait confiance. Ce n'est pas rien.

A Proust qui pleurait qu'un des modèles d'Oriane de Guermantes ne daignait pas lire ce qu'elle appelait « les dindonnades de ce raseur de Marcel » – il vénérait cette femme et s'en trouvait bien mal récompensé –, Jean Cocteau répondit : « Fabre a écrit un livre sur les insectes, il n'a pas demandé aux insectes de le lire ! » L'affaire de la fidélité de l'auteur et de la gratitude du modèle était réglée. Mais Gerald Nanty n'est pas un insecte. Et je ne suis ni Proust, ni Fabre, l'écrire est déjà une blague. Je sais, seulement, qu'il est heureux d'être en ces pages, traduit, et aimé, dans un portrait qui en fait surgir un autre, plus large, celui d'une époque, la seconde moitié du siècle dernier, qui a joyeusement rugi son envie de vivre, de jouir et d'en découdre avant de se replier sur une lutte anxieuse et pragmatique pour la survie. Les jeunes ethnologues curieux de cette vie parisienne révolue dont Nanty perpétue la mystique, découvriront que la nostalgie est un poison, mais aussi un blason et un sésame. Puisse ce livre ressusciter visages, bouffonneries et flamboiements.

2006. Dix heures du soir.

Paris, bar-restaurant le Mathi's, rue de Ponthieu. Un remue-ménage dans l'entrée du restaurant, côté rue. Le rideau pourpre s'agite un peu. On l'agite. Quel est ce théâtre mignon, plus fermé et désirable que celui du Petit Trianon ?

Quel Brigadier, quel Muscadin parfumé avec Excès et Fracas se prépare à lever son bâton, son gourdingue, son « pouvoir exécutif », et à le faire retentir trois fois, avant d'annoncer « Ce soir, Mesdames et Messieurs, petites connasses, merveilleuses et décadentistes pas tristes, ce soir, c'est pour rire ! Ce soir on va faire les pointes sur le rebord d'une coupe du meilleur champagne, que l'on partagera à plusieurs enfants fous, à plusieurs joueurs de va-tout ! ! » ?

Qui est ce type qui prétend nous réveiller du jour ?

Excitation. Attente de quelque chose qui ne serait pas rien dans l'ordre des plaisirs éphémères. La confrérie des sans-sommeil est sur le qui-vive. Ici, elle compte autant de dîneurs que de morts vous souriant dans leurs cadres accrochés aux murs. Le vrai repaire de nuit est le contraire d'un hall de gare tamisé : c'est un lieu de mémoire. Françoise Sagan, Jean-Jacques Schuhl, Jacques Chazot, Betty Catroux, Charlotte Aillaud, Alexis de Rédé, Dani, Thierry Le Luron, Roman Polanski, Jean-Paul Aron, Yves Saint Laurent, Bernard Buffet, Jean-Marie Périer, Alice Sapritch, Pierre Bénichou, Jean-Louis Bory, Frédéric Botton...

Dans une encoignure, Edouard Baer, l'ami mélancomique, pour lequel le tendre « visiteur du soir » semble avoir été inventé, se tait une seconde, miracle ! Tous ces sans-sommeil, tous ces trafiquants d'heures supplémentaires ont compris qu'Il arrivait.

Les têtes s'orientent vers la porte, tournesols de nuit à l'unisson. Une grande main potelée tire le rideau de velours cramoisi. Un visage apparaît de trois quarts. L'œil est rond, très rond, il lance des étincelles, le sourcil se circonflexe drôlement, à outrance, une moue qui ne dit pas le fond de sa pensée se fige, interrogative, et maintenant carrément déçue, mais on la sent secrètement rieuse comme une bouche d'enfant qui se retiendrait au jeu de la barbichette.

Disparition de la tête au casque de cheveux noirs inoxydables.

De ce côté-ci de la scène, la salle est en apnée.

Enfin, la porte s'ouvre ; un mètre quatre-vingt-dix d'allégresse s'immobilise au milieu de la pièce : l'amphitryon, la taulière, l'ami de trente ans, le comédienné, le roi qui tient les rênes de la nuit, Gerald, Mesdames, Messieurs, mes petites filles, bande d'idiotes, mes amours, Gerald Nanty vient d'entrer chez lui !

Il est là. Tonton est enfin là. Schéhérazade est arri-

vée, elle a du poil aux pattes et s'habille chez Brioni. Janus est arrivé ; Nanty sait consoler mais peut piquer aussi, la vache...

La tension se relâche dans des exclamations rieuses, les verres tintent, on « s'épouffe » de rire, comme disait Saint-Simon, à chacune des anecdotes de Gerald.

Derviche mondain, il s'étourdit d'amitié ce soir comme tous les soirs depuis qu'il s'est juré, l'année de ses quinze ans, de n'être plus jamais seul, abandonné, mal-aimé, quand tombe la nuit tel un couperet atroce, depuis qu'il s'est promis, l'inadapté à tout, de faire de la nuit la totale : cour et jardin, scène et coulisses, toute sa vie !

Il est tard mais il est tôt, au Mathi's. Gerald raconte et forme autour de lui le cercle magique, le bouclier labile qui éloigne les assauts de la pesanteur. Les chasseurs pacifiques sont prêts pour les papillons de salon, bons mots et saillies qui fusent au-dessus de la table et que l'on épingle sur le liège du tableau d'honneur de la nuit.

Un petit carlin noir et blanc aux grands yeux mouillés de gazelle est lové au pied d'une table. C'est le chien Moujik III, le maître de Yves. Qui ça, Yves ?.... Délit de non-initié ! Passez votre chemin, en douceur s'il vous plaît... Sourire de Bouddha en parinirvâna pharmaceutique, visage pâle, Yves Saint Laurent semble songer après Roger Grenier qu'« aimer les chiens ne va pas sans désespérer plus ou moins des hommes ». Moujik n'a pas bougé une oreille, indifférent à la fragilité mal dissimulée de ces hommes et ces femmes un peu trop stridents, un peu trop sensibles, trop déséquilibrés pour enchaîner un jour après l'autre sans le sas de la vie nocturne.

Pour les sans-sommeil, une nuit blanche n'est pas une perte sèche. Au contraire, elle compte double. Une blanche en vaut deux noires, comme en musique, est-ce un hasard ?

La nuit est un refuge, un giron. La nuit est une dilatation. La nuit n'est pas un voyage mais un forage, toujours plus profond, jusqu'à la limite de soi, la vérité sur soi, la source d'espoir qu'on croyait tarie. On lui prête des pouvoirs magiques, mais il faut se rendre à l'évidence : elle est nulle en amour. L'amour asphyxie dans les lieux de nuit. Les amoureux risquent leur peau à chaque instant. La dague d'un regard éloquent, la soie d'une conversation baladeuse. Les amoureux se vivent « seuls contre tous ». Les gens de la nuit, eux, s'agrègent « tous contre seul »...

La nuit est la preuve que le jour ne suffit pas. Cette idée est volée à Fernando Pessoa. La vie est une longue peine conditionnelle purgée dans une prison dont le maton dort d'un sommeil d'encre : profitons-en ! La nuit est forcément forclose. L'antidote doit ressembler au poison, c'est scientifique. D'où la boîte. Avec, au milieu de la porte, un judas, et derrière lui, ce maton de nuit qui a l'absurde pouvoir de vous empêcher d'entrer. La nuit ne manque pas d'esprit, il vient de vous frapper !

Qu'est-ce qu'un salon de nuit ? Une cabane d'enfant, la caverne du chasseur épuisé, le local de la confrérie secrète. Et dans une mémoire plus reculée, l'utérus de maman. On sort ce soir ? Oui, pour entrer vite là où l'on vous prend, enfin, comme vous êtes. « On t'attendait » : connaît-on parole plus réparatrice que celle-là, après « je t'aime », son synonyme ?

Ce soir, le rideau rouge du Mathi's est retombé, chacun se sent à l'abri dans cet Alcyon où l'on pratique l'ilotisme autant que l'élitisme, dans une souveraine amnésie du jour.

Ce soir, on ouvre les poupées russes, qui ne sont pas forcément toutes des filles, et l'on remonte jusqu'à la dernière, qui sera capitonnée de toile de Jouy rose. On lance un « A rebours ! » dans la vie d'un homme de la nuit. Un homme de l'inouï, qui a survécu à l'usure, au sida, au chant des fantômes, au chagrin des suicidés, et livrera en chemin quelques Esseintes, pas mal d'étreintes et de coups de griffe.

Au Mathi's, à l'Echelle de Jacob, au Trap, au Grand 4, au Bronx, au Colony, au Nuage, au Prélude, et enfin, car ce fut le commencement, au Club 65, la nuit se lève.

DE GÉRARD À GERALD

> *« Qu'est-ce qu'on attend pour être heureux... ! »*
>
> Ray Ventura et ses Collégiens.

Gerald Nanty est né deux fois, à quinze ans d'intervalle.

Il voit le jour à Fontainebleau la même année que Karl Lagerfeld et Superman, Roland Topor et les électrochocs, la même semaine que le LSD tout juste synthétisé dans les laboratoires Sandoz de Bâle. Le Front populaire agonise, la semaine de 48 heures sera bientôt rétablie par Daladier qui juge qu'il « faut remettre la France au travail ».

Cette année-là, on lit *la Nausée* de Jean-Paul Sartre et *les Parents terribles* de Jean Cocteau, on écoute Rina Ketty bramer *J'attendrai*, on reprend en chœur avec Maurice Chevalier *Ah ! Si vous connaissiez ma pou-ou-oule !* Marcel Carné est *le* cinéaste en gloire, qui sort successivement *Quai des brumes* en mai, et *Hôtel du Nord*, en décembre.

Michèle Morgan et Arletty recueillent tous les suffrages. D'Amérique arrive la sophistication de la « screwball comedy » avec *l'Impossible Monsieur Bébé* de Howard Hawks, et le burlesque avec *Panique à l'hôtel* des Marx Brothers. D'Allemagne, *les Dieux du stade* de Leni Riefenstahl... Pour la première fois de son histoire, la France est le pays hôte de la Coupe du Monde de football que remporte l'Italie après avoir battu son hôte 3 à 0 en quart de finale. Le joueur autrichien Sindelar, le « Mozart du football », s'est suicidé pour ne pas servir la cause des nazis qui ont annexé l'Autriche. La France, signataire des déshonorants accords de Munich, ne mesure pas le sinistre augure que représente la Nuit de cristal chez son voisin. Elle boit du Nescafé, breuvage moderne car instantané lancé par Nestlé, prend les trains de la SNCF tout juste créée, chante *Bei mir bist du schön* avec Léo Marjane... Elle danse au bord de l'abîme.

Le père de Gérard, Pierre Nanty, est d'origine corse. Il possède des blanchisseries, siège comme adjoint à la mairie de Barbizon. Il est un notable repu qui rêve de rouler en Simca Vedette V8, et n'entend pas faire de vagues.

La mère de Gérard a quinze ans de plus que son mari, et c'est autre chose. Alice Dean épouse Nanty n'est pas commune. Un mètre soixante-dix-huit, les cheveux gris fumé comme le ventre d'un chartreux, les yeux verts, les paupières mauves, un air de Jacqueline Delubac. Avant son mariage, elle était mannequin au Studio Molyneux fondé par « Captain Molyneux », un de ses compatriotes. Désormais « femme au foyer », elle est fréquemment sollicitée pour des concours d'élégance et se prête volontiers à des tours languissants en Hispano-Suiza. Elle remporte tous les concours. Sa photo apparaît dans les pages mondaines de *Eve, le journal idéal de la femme*, « chin up », menton haut. Alice Nanty a du chien, on l'admire, on l'envie, des histoires courent sur elle... Elle fait tout de bonne grâce, un peu absente, un peu brumeuse. Fière. Ou snob ? Les deux, et elle le revendique. Présentant en toutes circonstances une façade de manières exquises décourageant la familiarité. Elle est de ces êtres dont on aime dire « Oh, mais je la connais bien, c'est une amie ». Elle est recherchée, elle qui ne recherche personne, seulement son fils cadet.

Avec Gérard, Alice se métamorphose en excentrique, en grande sœur fofolle ; elle aime cet enfant d'un amour de louve, se comporte avec lui comme une mère célibataire. La fusion des âmes... Elle l'emmène à Deauville, à La Baule, le fait asseoir à ses côtés à des présentations de couture chez Jean-Louis ou Madeleine Vionnet, le gave de petits gâteaux dans des salons de thé. Escapades adorées par le fils et la mère, complots délicieux qui vous font échapper à la pesanteur domestique, gigot-haricots verts-île flottante servis le dimanche sur une nappe immaculée, dans un cliquetis d'argenterie achetée grâce au linge sale des bourgeois. La mère et le fils rêvent de la vie d'artiste, qui miroite au loin, à Paris, et dans les capitales du monde. Pour Alice, ce n'est plus à l'ordre du jour ; son fils la vengera passionnément. Il sera le contraire de son mari. Il sera... couturier, affirme-t-elle à l'adolescent qui ne demande que ça, se fondre dans les désirs de sa mère. Alice est impérieuse, tyrannique même, son fils est une glaise à laquelle il faut dicter sa forme. Elle aimerait posséder le pouvoir de la fée du poème de Baudelaire, qui accorde à un nouveau-né le plus beau des dons, celui de plaire. Le fils d'Alice Dean plaira car il donnera du rêve aux femmes. Ce nouveau Worth, ce jeune Lucien Lelong les rendra séduisantes, et s'en fera aimer.

Alice a conscience d'incarner aux yeux de son fils l'absolue perfection féminine. Il le lui dit, avec une émouvante candeur. Jamais rien vu de plus beau, de plus chic. Maman, l'idole. En retour, la mère du futur couturier lui passe tout, et regarde sans jalousie son mari et son fils aîné Daniel s'aimer d'un amour mimétique, fondé sur le goût des belles automobiles, du sport, de la conversation de sous-préfecture. Alice habille l'adolescent de façon extravagante, lui achetant des chemises aux couleurs de marshmallow, turquoise et rose, chez Faivret, le fournisseur de Jacques Charon et Jean Le Poulain, et une paire de claquettes en cuir verni noir chez Meg, place Vendôme, qui se retrouveront commentées dans *la Liberté*, le journal de Fontainebleau !

Scolarisé chez les carmes de Saint-Aspais,

Gérard excelle en anglais, en rédaction, et en insolence. Sa mère couvre ses mauvaises notes, rêve qu'il devienne le nouveau Jacques Fath, l'encourage à l'anticonformisme. Elle l'anglicise, l'autorise à fumer un paquet de cigarettes par semaine, des Pall Mall. L'été de ses quinze ans, Gérard est envoyé à Londres, pour y apprendre la langue maternelle et la couture chez le tailleur de la reine Elizabeth II, Victor Stable, Grosvenor Street. La Grande-Bretagne ! Cette île, c'est elle, encore un peu plus d'elle qui l'imprègne et se fond en lui... L'oncle de Gérard, Robert Dean, est chargé du protocole au palais de Buckingham. Il accueille son remuant neveu avec un glaçant « You may call me Bob, young man, and you may behave ». Bob déteste instantanément Gérard. Il a décelé chez lui des tendances « inverties ». Au pays d'Oscar Wilde, Rudyard Kipling, Lawrence d'Arabie, Lord Baden-Powell et ses chers petits « éclaireurs » ou encore James Barrie, l'auteur de *Peter Pan*, on sait reconnaître ces choses-là.

Hypothèse rétrospective de Gerald Nanty. Gerald ? Oui, car Gérard n'est plus. Il y a eu mue, deuxième naissance, à quinze ans. Un jeune homme dans l'obsession de lui-même a décidé de se réinventer par le verbe. Un « *l* », que l'on choisit d'entendre euphoniquement ou psychanalytiquement, un « *elle* », a permis cette mutation.

> « J'ai changé de prénom en rentrant de Londres. Là-bas on m'appelait Gerald. Je l'ai adopté. De cette

façon, je devenais le fils d'Alice et de sa langue maternelle. Je suis arrivé dans le salon familial, et j'ai martelé "Je m'appellerai désormais Gerald. Avec un 'l', maman-papa, et sans accent aigu. A l'anglaise. Je trouve ça sensationnellement chic. De toute façon je déteste Gérard. C'est moche, c'est bête, ça ne me va pas du tout, n'est-ce pas Maman ? – Oui mon chéri." Mon père s'est contenté de dire "mon fils est irrécupérable !". Il s'en fichait, il était ailleurs.
J'ai conclu "De toute façon, je suis le fils de ma mère ! And my-name-is-Geraald !" »

JOUY !

> « *Toute l'adolescence moite et brûlante comme une lampe renversée sous la pluie.* »
>
> *La Juventud*, Pablo Neruda.

Sa chambre. Au premier étage, en bout de couloir, avec vue sur le jardin qu'il ne regarde jamais, un jardin aux essences domestiquées, aux buis taillés comme par un coiffeur de l'armée, au gazon manucuré. Un jardin au garde-à-vous, pénétré de son importance de marqueur social, où même les mésanges et les martinets n'osent s'égosiller.

Une chambre d'adolescent avant la culture adolescente telle que nous la connaissons aujourd'hui est tout simplement une chambre d'adulte avec des petits meubles, contrôlée par une maman qui joue à la poupée.

Le tissu de la chambre est rose, corail et ivoire, c'est une toile de Jouy dont on aime le savoureux signifiant, au moment où les hormones de Gerald deviennent très émotives... Le dessus-de-lit et les coussins sont assortis. Un cosy-corner en bois fruitier abrite un lit à une place. Lorsqu'il dort, ses pieds respirent largement : il est gigantesque pour son âge, un mètre quatre-vingt-trois, une longueur gaullienne. On n'a tout de même pas fait venir l'ébéniste, il va encore grandir. Il n'a que quinze ans. Il balance ses vêtements sur le dossier d'un crapaud capitonné. Une bonne laide ceinte d'un tablier blanc range en soupirant.

Assis à son bureau, Gerald. Il se balance sur la chaise, fait à peine semblant de faire ses devoirs. Elève dissipé, désinvolte, compte trop sur ses facilités, pourrait bien avoir des surprises... Si seulement ! Une commode ventrue à côté de la porte menant au cabinet de toilette. Planqués dans ses entrailles, des revues. Rien de chaud ou de cochon, comme dirait le frère aîné qui s'y connaît, seulement quelques numéros du *Petit Echo de la mode*, dont il découpe les photos de mannequins, Sophie, Bettina, Liliane, et les punaise aux murs. Il a droit à un mur et un seul. Il déborde. Il déborde d'admiration pour ces filles inaccessibles qui concentrent à ses yeux le meilleur de la civilisation moderne : le royaume de la haute couture, les voyages dans des conditions de luxe et d'amusement inimaginables, le succès mondain, la célébrité, les voitures rapides... Il ne sait pas qu'au même moment, dans un appartement du boulevard Malesherbes, à Paris, une jeune fille de dix-sept ans aspire à la même vie dorée. En 1953, Françoise Sagan a décidé de devenir célèbre. « Je voyais la célébrité comme un immense soleil rond qui se promenait au-dessus de nous. » Ils en parleront ensemble, vingt ans plus tard...

En attendant, Gerald est patron de boîte de nuit depuis la dernière rentrée scolaire. Il possède enfin *le* mange-disque moderne, le RCA Victor en plastique, première étape indispensable sur la route de son rêve : être le roi de la nuit parisienne. Prudent, il se rode à Barbizon. Le jeudi, et les samedis après-midi, il tire les rideaux, révélant leurs exaspérantes saynètes pastorales (toile de Jouy...), enfile une chemise militaire achetée dans un surplus américain de Fontainebleau, ainsi conçoit-il l'élégance décontractée de l'*entertainer*, et il passe des 45 tours : *That old black magic*, qu'aimera tant Marilyn Monroe, *I've got a crush on you*, *Night and day* du « Ol' Blue Eyes », Frank Sinatra, *Watermelon weather, Quizás, Quizás, Quizás, Ac-cent-tchuate the positive* de Bing Crosby ou *Walking shoes* de Gerry Mulligan. Sans oublier Juliette Gréco, car en cherchant bien, *Dieu est nègre* ou « *Si tu t'imagines fillette fillette...* xa va xa va durer toujours ce que tu te goures fillette fillette, ce que tu te goures... » sont aussi entraînants que *Chi-baba chibaba, My bambino go to sleep* de Perry Como.

Il paraît qu'Yves Saint Laurent fit la même chose, au même âge : il ouvrit un club de jazz « existentialiste » au sous-sol de sa maison d'Oran [1]... Un penchant de « fils à maman » délicieusement imprégnés de la frivolité, des situations théâtrales, des artifices,

1. In *Yves Saint Laurent*, Laurence Benaïm.

de la séduction qu'aimaient tant leurs mères. Ces mères ultra-féminines et leurs fils ultra-féminins aspiraient avec volupté l'air de l'après-guerre, de l'insouciance, du Progrès, du confort, de l'Amérique, du plaisir trop longtemps rationné. La boîte de nuit était le symbole d'une vie facile, peuplée d'êtres désinvoltes et supérieurs. L'évasion perpétuelle. L'envers du travail, de l'effort, de la réalité. En 53, Nanty se croyait seul, voire anormal, avec ses rêves de fête éternelle. Or toute une génération nourrissait des rêves identiques.

Dans la première boîte de Gerald Nanty, Manuel Canovas, Patrice Delort, et la jeune Moumouche sont les fêtards les plus assidus. Ils sont les « habitués ». C'est historique. Ils n'osent pas descendre dans le living-room chaparder le bourbon du père. Alors ils boivent des limonades ou des sirops d'orgeat, et tombent tout ce qui passe.

> « J'avais une fiancée, Moumouche. Elle avait quinze ans, c'était la fille du dentiste de Fontainebleau. Nous allions au cinéma le jeudi, flirtions, ce qui revenait à tricoter inlassablement nos vingt doigts en une boule indémêlable, puis allions "en boîte" chez moi. Moumouche était blonde, très petite jeune fille sage avec ses chaussettes blanches, son corsage à col bateau noir, sa ceinture en caoutchouc à grosse boucle et sa jupe imprimée de marguerites jaunes et noires. Je crois bien ne jamais la lui avoir relevée. Nous nous donnions rendez-vous au Cadran-Bleu de Fontainebleau, la grande brasserie de la ville, et nous

faisions dix fois la Grande rue, du café à la Place de l'Etape, et retour, bras dessus dessous, drôlement fiers, drôlement chastes !
Tout le monde m'enviait car elle était ravissante ; j'adorais l'effet que *nous* produisions, j'étais un peu metteur en scène-observateur de notre tandem. Un jour, mon frère l'a levée. Il avait cinq ans de plus que moi, il était magnifique, jouait dans un petit orchestre amateur du Hot Club de France, et conduisait la première Triumph TR3 du département ! Un play-boy. Ce metteur en scène-là osait peloter ses actrices...
J'avais un Vélosolex. Je ne pouvais pas lutter.
Je m'en fichais un peu : les mystères poivrés des lieux de nuit et ma mère étaient les seuls phénomènes qui m'intéressaient dans la vie. Je riais tellement avec maman que je n'avais pas besoin d'amies filles : elle avait assez mauvais caractère, était très snob, avec une langue acérée. Ma mère c'était moi.
Ma première expérience des bouges fut pittoresque et franchement cra-cra : non loin de la maison, l'Escale était tenu par un mac, et une prostituée, Annie. Un petit orchestre de deux folles animait le bar. Je faisais le mur à quatorze ans et je buvais des menthes à l'eau à l'Escale, entre les hommes mal mariés, et les soldats américains venus s'approvisionner au PX, le Post Exchange de la région.
Quelque chose me démangeait... Je suis tombé un jour sur une revue pour garçons, *Futur*, qui se vendait en loucedé. Des photos de garçons que je scrutais à en crever le papier. On y donnait des adresses, le Fiacre à Paris, l'avenue Gabriel dans le VIIIe arrondissement.
"... l'avenue Gabriel où l'enfant (Proust) d'autrefois, au milieu du jardin sillonné par les marchands de ballons et

d'oublies, jouait au volant et au cerceau avec les filles de Félix Faure qui n'était pas encore président de la République[1]. »

J'ai pris le train une après-midi d'automne, je suis arrivé le cœur battant sous les frondaisons de la solennelle et silencieuse avenue Gabriel : il n'y avait personne. J'étais grugé, humilié, mais motivé pour chercher encore, plus loin ou plus près de chez moi. »

Dans la forêt de Fontainebleau, se produisit la rencontre haletante avec le désir de l'autre... Une histoire de conte de fées. Le Petit Chaperon rouge, Barbe-Bleue... Maurice, violoncelliste réputé et protégé de Marie Laure de Noailles, vivait non loin de chez Gerald, en résidence chez les Noailles, dans l'Ermitage des Pompadour. Il avait repéré le bel adolescent, s'était renseigné sur lui auprès des deux antiquaires de Fontainebleau qui tenaient le magasin « A la Cour des Adieux » et avaient été méchamment rebaptisés « Sodome et Commode » par leurs voisins. L'ogre de trente-trois ans accosta l'adolescent en forêt. Gerald sentit son haleine, l'odeur du tabac brun sur ses doigts, des mots doucereux le prirent au lasso, une grande main lui effleura la joue. L'adolescent se troubla et s'enfuit, c'était sale et si bon, il ne voulait plus y penser, jamais, il rentra chez lui, et berça son émoi « dans l'amitié de ses genoux », se demandant, le ventre électrisé, si « il en était ». Travaillé par la question du sexe, attirant les hommes

1. *Proust fantôme*, Jérôme Prieur.

mûrs, hésitant à sauter le pas, cherchant, l'enjôleur, la réponse chez l'adulte : Nanty était à seize ans « un mineur qui cherche à être détourné [1] ».

« En 1954, j'avais seize ans, et j'étais le seul à ne pas savoir que j'aimais les garçons. Ma mère a fait alors un geste inouï, de l'ordre de l'outing forcé, du viol psychologique : elle a disposé sur ma tablette de salle de bains un tube de rouge à lèvres et un sachet de Filpa, ce produit protecteur que les femmes mettaient sur leurs bas. Histoire de me signifier "voilà ce que tu es, mon fils, une tante, assume". C'était une libération, et une indignité.
Elle ne pouvait pas me laisser m'épanouir à mon rythme, sa cruauté m'a traumatisé. Je n'étais pas un être libre, elle seule était en mesure de définir mon identité sexuelle. Elle a anticipé, accéléré quelque chose. Rétrospectivement, je me dis qu'elle avait peut-être senti qu'elle allait mourir, et qu'il lui fallait faire un geste irréversible, pour ouvrir une porte que, seul, je n'aurais pas osé pousser avant de longues années. Sur le moment, j'ai ressenti une haine pure. Je ne l'ai ni regardée ni embrassée pendant un mois. Je l'ai fait pleurer. Je n'aimais qu'elle.
Au printemps 54, nous sommes partis tous les deux à La Baule en 4 CV ; ma mère participait à un concours d'élégance automobile. Elle présentait une Thunderbird décapotable avec deux lévriers afghans installés sur la banquette arrière. Elle a remporté le prix, nous avons mangé des fruits de mer, après le vin d'honneur donné au Grand Hôtel. Elle a fait un

1. *Qui cherche à être détourné...* : Guy Hocquenghem sur lui-même, in *le Nouvel Observateur*.

petit malaise dans la nuit, a insisté pour reprendre la route au petit matin. Malgré l'intervention d'un médecin, elle s'est alitée et s'est éteinte en 48 heures. Un lavage d'estomac qui ne lui fut jamais administré aurait sans doute pu la sauver...
Ma mère a été enterrée au cimetière de Fontainebleau. Une semaine plus tard, j'ai vu ma mère dans la rue devant moi, de dos. C'était la maîtresse de mon père, une blonde grasse et sexy, qui avait annexé la garde-robe de la morte. Tout s'est effondré. J'ai crié, pleuré, fait du chantage, et négocié avec mon père une piaule à l'hôtel, à Paris, ainsi que 200 francs d'argent de poche par mois. Il ne me supportait plus, j'étais le furoncle sur sa façade de respectabilité, nous étions deux étrangers l'un pour l'autre, mon frère n'a pas protesté, et je suis parti pour Paris heureux et désespéré, la peur au ventre.
Des années plus tard, j'ai croisé des amis de mes parents, dont une femme que ma mère aimait bien. Elle m'a raconté que ma mère avait coutume de se rendre presque tous les après-midi dans un joli magasin de vêtements de Fontainebleau tenu par Germaine, *la* lesbienne de la ville, une belle brune énergique et libre. Cela a-t-il vraiment été l'oxygène de ma mère ? Ma merveilleuse Bovary aurait vécu des amours saphiques ? Ça ne m'a pas étonné. Mon père était tellement chasse, gibiers, plats en sauce et discussions électorales. Ma mère planait, ailleurs. Il n'y avait pas entre eux le ciment du rire, ni la consolation du sexe, je l'ai toujours senti, ou plutôt, je ne l'ai jamais senti, et j'avais un radar.
Qui était ma mère ? Pourvu qu'elle ait été un peu heureuse... »

BONJOUR TRISTESSE... POUR TOUT LE MONDE

En 1954, Gerald Nanty se découvrit orphelin de mère, comme l'héroïne du roman *Bonjour tristesse* de Françoise Sagan, une femme qui allait jouer un grand rôle dans sa vie, trente ans plus tard. Tandis qu'il pleurait sa maman, la France du président Auriol était ébranlée par un petit séisme. Treize ans avant la pilule, deux ans avant l'explosion de la bombe anatomique B.B. dans *Et Dieu créa la femme* de Roger Vadim, une « petite sorcière sur son manche à balai en or massif » (François Mauriac) fit valdinguer les valeurs bourgeoises, bouscula rudement la morale à la papa. Pied au plancher d'un bolide qui prenait tout le monde de court, mais n'avait fait qu'anticiper intuitivement sur l'inexorable avancée des mœurs, Sagan, un mètre soixante-six pour cinquante kilos à peine, et un pseudonyme qui ne se mouche pas du pied, un personnage de Proust, la Princesse de Sagan, voyez-vous ça, pesa de tout son poids de jeune prophète sur son temps, et le changea.

Oui, Nanty l'adolescent enchagriné aurait pu dire à l'instar de Cécile : « Je me répétais volontiers des formules lapidaires, celle d'Oscar Wilde, entre autres : "Le péché est la seule note de couleur vive qui subsiste dans le monde moderne." Je la faisais mienne avec une absolue conviction, bien plus sûrement, je pense, que si je l'avais mise en pratique. (...) Idéalement, j'envisageais une vie de bassesses et de turpitudes. »

Remarquablement peu sentimental, véloce et maigre comme on le dit d'un yaourt dégraissé qui n'offre que ses principes nutritifs sans que rien n'en alourdisse les effets, *Bonjour tristesse* (« une pointe de Claudine, une autre de Radiguet » selon Marcel Arland) révéla à une France encore mortifiée par les restrictions de la guerre, l'existence d'une jeunesse égoïste sans remords, hédoniste, lucide, précoce, amorale, une jeunesse séduisante et un peu monstrueuse dont l'auteur serait la métonymie. Cette génération née avant guerre et grandie sous l'Occupation piaffait : elle ne voulait plus entrer dans les ordres, si ceux-ci étaient bourgeois. Ses représentantes féminines voulaient des genoux dorés au soleil de Saint-Tropez, des souvenirs sensuels et sans suite. Les garçons ne pensaient qu'à rattraper le temps perdu, en quatrième vitesse.

Plus question pour les nouvelles affranchies de soupirer après un bon mari, ni pour les types, comme l'on disait, de se marier à peine les études terminées. Les soupirs ne rimeraient désormais qu'avec le plaisir.

D'autres soupirs, tragiques, extatiques et noirs

ceux-ci, arrachés à une jeune femme par le fouet, les menottes et les chaînes, retentissaient au même moment dans un roman publié par Jean-Jacques Pauvert, lui aussi écrit par une femme, *Histoire d'O.* Mais là où Sagan avançait à visage tranquillement découvert, Dominique Aury adoptait le pseudonyme de Pauline Réage. Tandis que Sagan oignait le front de Cécile avec une goutte de champagne millésimé, Aury précipitait O dans un brasier affamé. « Et si malgré cela Sir Stephen avait raison ? Si son avilissement lui était doux ? Alors, plus sa bassesse était grande, plus René était miséricordieux de consentir à faire de O l'instrument de son plaisir. »

Le public fit un triomphe à Cécile, la gentille dévergondée de son temps, tandis que O la mystique chemina longtemps dans sa nuit, interdite, hiératique et sublime. En juin 54, Gerald n'avait pas lu *Bonjour tristesse* (ni *Histoire d'O...*), mais il était bien un cousin de Cécile et de Françoise, un de leurs frères en impatience.

> « Je me suis inscrit à l'Ecole Jean d'Estrées, pour devenir maquilleur. J'ai tenu huit jours, houspillé par des dragonnes aux cœurs lourds, et j'ai pris la poudre d'escampette. J'ai obéi à ma mère. Je n'avais aucune envie de toucher d'autres visages de femmes que le sien, mais je voulais bien essayer d'être couturier, comme elle le désirait. Je suis entré chez Jean-Louis, maison familière, enseigne amie, ma mère y avait été mannequin cabine. J'étais affecté à l'atelier de flou.

Les premières d'atelier faisaient des *bâtis*, mon travail consistait à arracher les petits fils blancs, qu'on appelle les puces. Je faisais les *puces*, et ça me démangeait de tout plaquer. Monter un patron me faisait bâiller, couper me fatiguait, je ne comprenais rien, je n'avais aucun don, aucun talent, aucune envie réelle d'être là. J'étais un cornichon, et un garçon malheureux. Je ne savais pas ce que je voulais, à part vivre et me la couler douce. J'ai tenu six mois. J'avais dix-huit ans. Saint-Germain-des-Prés devint ma nouvelle terre d'élection. Tout ce qui était excitant se passait là. »

« Je voudrais pas crever
Avant d'avoir connu
Les chiens noirs du Mexique
Qui dorment sans rêver
Les singes à cul nu
Dévoreurs de tropiques
Les araignées d'argent
Aux nids truffés de bulles
(...)
Je voudrais pas crever
Non Monsieur Non Madame
Avant d'avoir tâté
Le goût qui me tourmente
Le goût qu'est le plus fort
Je voudrais pas crever
Avant d'avoir goûté la saveur de la mort. »
(*Je voudrais pas crever*, Boris Vian)

A quoi tient le magnétisme d'un quartier ?

A la présence d'une université, la Sorbonne, d'un éditeur phare, Gallimard, d'une station de métro restée ouverte sous l'Occupation, d'un hôtel, La Louisiane, au carrefour Buci, domicile de Jean-Paul Sartre (chambre 10, celle-là même qui abritera les amours de Juliette Gréco et Miles Davis) et de Simone de Beauvoir sous l'Occupation, du gros poêle du Café de Flore, auprès duquel Jacques Prévert, Mouloudji, et les mêmes Sartre et Beauvoir venaient chaque jour se chauffer la couenne et écrire au premier étage, avec la bénédiction du père Boubal, qui régalait plus souvent qu'à son tour ses « artisses ».

Après guerre, le pli était pris. Les « Germanopratins » comme les appelait « Beau riz V'hi han » indiquèrent la marche à suivre. Et celle-ci conduisit tout le monde à la cave. On s'y était réfugié quelques années auparavant pour échapper aux bombardements, on perpétua cette exaltante sensation de danger, de conspiration et de promiscuité, et peut-être conjurait-on ainsi les peurs d'antan ; on n'entendrait plus résonner dans les caves la musique militaire des « doryphores », mais seulement le jazz de Claude Luter et Sidney Bechet, autrement plus pacifique.

La presse, condescendante, baptisa les usagers des caves les « Troglodytes » ou encore les « rats de cave ». Ils avaient entre vingt et quarante ans, se sentaient floués, écœurés. Ils venaient de découvrir la barbarie appliquée à échelle industrielle, l'horreur des camps d'extermination (on ne parlait pas encore de Shoah). Ils avaient l'impression d'être des réfugiés miraculés d'un Pompéi ayant englouti toutes les valeurs, tous les repères connus de la civilisation. Un rebond était vital.

Juliette Gréco et sa sœur Charlotte Aillaud avaient été arrêtées par la Gestapo. Juliette fut relâchée tout de suite mais Charlotte passa douze mois au camp de concentration de Ravensbrück, six autres mois dans les wagons à bestiaux et les zones de transit, et elle se remémore une époque « qui développait un appétit de vivre brut, absolu, presque physiologique. En contrepoint musical à l'épouvante de la révélation de l'abomination, nous avions le désir de nous élever. Nous étions encore des enfants, mais nous mettions un point d'honneur à être grands, spirituels, pour conjurer cet avilissement. Car la peur, et l'humiliation de se sentir impuissant avilit. Nous avions besoin d'idées, de musique, d'art, même si nous devions pour ce faire nous replier dans les caves, ces cocons protecteurs où l'on se régénérait. Le retour à la vie était difficile, nos corps souffraient des restrictions, mais cette renaissance était euphorisante car spirituelle. »

Dans l'immédiat après-guerre, l'intelligentsia s'engouffra dans un débat philosophique nourri par les travaux de Camus et Sartre, Husserl, Heidegger et Merleau-Ponty qui accoucha de la doctrine existentialiste. L'Amérique des vainqueurs et des libérateurs commença d'exercer son empire à travers sa culture populaire : le roman noir « hard-boiled » en prise directe sur l'ignominie de l'homme contemporain avec pourris, pervers pépères et privés amers (Marcel Duhamel inaugure la Série Noire avec *la Môme vert-de-gris* de Peter Cheyney en 48) ; la musique (be-bop, jive, jazz New-Orleans, rythm'n'blues) ; le cinéma de série B où la vie ne valait pas cher, et celui du mal de vivre adolescent, *Rebelle sans cause, la Fureur de vivre*, avec un James Dean qui prophétisait « Il faut vivre vite, mourir jeune et faire un beau cadavre ». Œuvres bizarrement familières où l'on sentait pulser la frustration et la révolte.

Avec la philosophie et la découverte de la culture américaine, le troisième contrepoison à la nausée collective fut l'humour noir. Fossoyeur de toutes les illusions perdues, croquevivant féroce et futur équarrisseur de 1re classe au Collège de Pataphysique, Boris Vian (dont un oncle paternel fut pulvérisé par un obus pendant la guerre de 14-18) expectora sa révolte et brava la censure (*J'irai cracher sur vos tombes, le Déserteur*), devenant le Prince des nuits de Saint-Germain-des-Prés et le gourou des jazzophiles français.

Son royaume ? Le Tabou.

Cette « cave-night-club » ouvrit 33 rue Dauphine, « à l'angle de la rue Dauphine et du Monde... », le 11 avril 1947. Le 3 mai, *Samedi-Soir* publiait une photo de Juliette Gréco et Roger Vadim tenant une bougie dans l'escalier menant à la cave du Tabou : le club et le quartier tout entier étaient lancés. Gréco, « la pin-up des existentialistes » selon *France-Dimanche*, une « rose des ténèbres » d'après Jean Cocteau, « une très belle Toutoune » selon son ami et « frère incestueux » Boris Vian, fit venir la terre entière au Tabou, d'Orson Welles aux descendants de Réjane. Marc Doelnitz et surtout Anne-Marie Cazalis l'épaulèrent dans cette tâche. Cazalis était une jeune poétesse célèbre dans le quartier pour son esprit de repartie et son imagination débordante. Simone de Beauvoir la haïssait car Anne-Marie s'était autoproclamée « existentialiste » afin de faire de la publicité au Tabou, ce qui entraîna une confusion entre la doctrine philosophique et le mode de vie des fêtards germanopratins [1]. Cazalis serait l'auteur du plus célèbre canular télégraphique de l'après-guerre : quelques jours après la mort de Gide, en février 1951, Mauriac reçut un télégramme apoplectique : « *Il n'y a pas d'enfer. Stop. Tu peux te dissiper. Stop. Préviens Claudel. Stop. Signé Gide* [2] »...

Boris Vian fut le disc-jockey attitré du Tabou jusqu'en 1952. Sur les murs des chiottes où se soulageaient les « zazous », une poésie de rue faisait éclore des belladones fulgurantes reflétant le mal de vivre des enfants d'Hiroshima : « *Je voudrais renaître en catastrophe de chemin de fer* », « *demandez au bar un arsenic-menthe pour apaiser votre soif d'éternité* » ... C'est à se demander si Vian n'était

---

1. *Fêtards germanopratins*... : in *la Force de l'âge*, Simone de Beauvoir.
2. *Tu peux te dissiper. Stop. Préviens Claudel*... : cité dans le *Journal* de Julien Green, 1951.

pas l'auteur de ces graffitis-slogans repris scrupuleusement par la presse...

En juillet 47, Freddy Chauvelot ouvrit le Club Saint-Germain rue Saint-Benoît, à l'angle de la rue de l'Abbaye, où joueront Bud Powell, Barney Wilen, Maurice Vander, Miles Davis, et Django Reinhardt en costume noir de Milord, œillet rouge à la boutonnière. Une Françoise Sagan mineure d'à peine seize ans mais déjà jazzophile y passera des nuits blanches en compagnie de son frère Jacques Quoirez.

Gréco, dont Anne-Marie Cazalis disait « Elle attend son destin étendue sur l'instant présent comme sur un banc », donna un récital en 49 à la Rose Rouge. Nico Papatakis, le propriétaire, lui acheta une robe noire chez Pierre Balmain, laquelle devint l'iconique « noir de travail » de Jujube. Miles Davis tomba amoureux de la chanteuse. « Juliette was probably the very first woman I ever loved as a human being. She was beautiful. It was April in Paris. Yes. And I was in love[1]. »

Un Noir et une Blanche dans la France de Vincent Auriol ! The birth of Cool et la bohème intello enlacés ! Le jour et la nuit...

En une dizaine d'années, entre 1945 et 1956, Saint-Germain-des-Prés était devenu une satanée paroisse où le Scandale était en odeur de sainteté : Zazous, Existentialisme, Nihilisme, Vernon

1. In *Miles, the autobiography*, Simon and Schuster, 1989.

Sullivan-Boris Vian, puis Bonne Nuit Sagan dès 1954...

Au moment où Gerald Nanty rôdait vers le Flore, Magali Noël, son actrice préférée, régnait sur le quartier, toujours partante pour la fête ou le canular qui amuse les copains. Cette Sophia Loren d'Izmir était une appétissante vamp de proximité, pleine de pep's, avec un joli début de carrière dans des films d'hommes : *Mourez, nous ferons le reste*, en 53, *Razzia sur la schnouf*, en 54, et surtout *Du rififi chez les hommes*, le chef-d'œuvre charbonneux et tragique de Jules Dassin tourné avec Jean Servais en 55.

Pour Boris Vian, curieusement chauvin, Magali Noël battait toutes les actrices hollywoodiennes à plate couture :

> *« Avons-nous notre Marilyn Monroe ?*
> *Nous avons mieux : Magali Noël !*
> *(...) On rappellera brièvement*
> *Que Magali Noël, comme Marilyn, est une femme*
> *Qu'elle a tout ce qu'a Marilyn*
> *Qu'elle a même un petit quelque chose en plus*
> *Que ce petit quelque chose passe le micro ! »*

Michel Legrand avait rapporté d'un voyage aux Etats-Unis une pile de 45 tours de rock'n'roll, la musique de Noirs revisitée et adaptée aux chanteurs blancs par l'imprésario Sam Phillips [1].

---

1. *Sam Phillips...* : né en 1923 en Alabama, cet ingénieur du son blanc ouvrit en 1949 à Memphis un studio d'enregistrement, Sun Records, dont

Vian détesta cordialement cette musique et concocta avec Michel Legrand et Alain Goraguer, entre juin et octobre 56, une série de titres de rock'n'roll burlesque et parodique, enregistrés au Studio Philips, interprétés par Magali Noël, canaille à souhait quand elle feulait :

« Il m'arrivait jusqu'à l'épaule
Mais il était râblé com'tout
Il m'a suivie jusqu'à ma piaule
Et j'ai crié Vas-y mon loup
Fais-moi mal Johnny Johnny Johnny
Envole-moi au ciel... Zoum !
Fais-moi mal Johnny Johnny Johnny
Moi j'aime l'amour qui fait boum ! »

Henri Salvador chanta sous le pseudo Henri Cording *Rock'n'roll mops, Rock hoquet* et *Va te faire cuire un œuf, man*. Les 45 tours du « gang des pastiches » eurent un petit succès d'estime.

Et puis Magali Noël délaissa les caves de Saint-Germain-des-Prés pour Rome, où Federico Fellini lui offrit dans *la Dolce Vita* le rôle de Fanny, une pépée torride roulée comme un *bombolino*. Elle

---

la devise était « Nous enregistrons n'importe quoi, n'importe où, n'importe quand ». Entre 1950 et 1954, Sam Phillips signa B.B. King, Howlin'Wolf, Rufus Thomas et quelques autres légendes en devenir du rythm'n'blues, avant de découvrir Elvis Presley, le Blanc à la bouche charnue, et aux hanches de danseuse de ukulélé, qui chantait comme un Noir et enregistra le 26 juillet 54 une version incandescente de « That's all right mama » d'Arthur Crudup. La ségrégation raciale était encore en vigueur dans les Etats du Sud : le 1er décembre 55, la Noire Rosa Parks refusa de céder sa place à un Blanc dans un autobus de Montgomery, déclenchant la lutte pacifique de Martin Luther King pour l'égalité des droits civiques...

incarna à trois reprises les fantasmes sexuels du cinéaste, devenant la légendaire « Gradisca » (« Goûtez-y »), affolante et salace pin-up de Rimini, dans *Amarcord*, puis la Fortunata dans *Satyricon*.

La « via » Saint-Benoît l'a beaucoup regrettée...

> « Saint-Germain-des-Prés nous ensorcelait. Montparnasse était un peu déserté. Je savais que le Select avait été une volière de garçons sous l'Occupation... "*Que de cris, de piaillements ! Quelle réunion de coquines de tous âges, poudrées, fardées, se donnant en spectacle, traitant le prix de leur nuit, espérant en d'impossibles liaisons. Le vieil avocat y côtoyait le rentier, le truqueur (garçon aimant les femmes, mais acceptant l'argent des hommes) et la tapette*[1]."
> Mais désormais les homos, toutes classes sociales confondues, allaient au Cherry Lane, au Flore, et surtout, au Fiacre, rue du Cherche-Midi, une merveille de sophistication et de décadence, le premier club-restaurant de garçons de Paris, l'ancêtre plus décontracté du Sept. Un comédien du Français m'avait dragué dans la rue et m'y avait emmené. Ce club faisait partie du circuit Piscine Molitor-Piscine Deligny-Café de Flore... En 1956, j'étais mineur et techniquement vierge : deux bonnes raisons pour me cacher dans le vestiaire de Paulette, au Fiacre, par peur des rafles de police qui étaient fréquentes. Le nez enfoui dans des étoles moirées ou de fabuleux manteaux de vigogne, j'ai découvert le parfum ! Ban-

1. *Et la tapette...* : in *les Travaux forcés de la frivolité*, Maurice Sachs.

dit, de Piguet, mais surtout Fracas du même parfumeur, cette orgie de tubéreuse créée en 48, que je porte encore aujourd'hui. Humer ces parfums trop adultes en appréhendant la pogne brutale du flic sur mon épaule me troublait. Jouir de cette peur musquée était un délice...

L'époque pratiquait la politique de la tolérance zéro vis-à-vis des homosexuels, mais l'hypocrisie était à son comble ! Ainsi, le préfet de police André D. était une folle, amant de l'antiquaire Jean-François L., mais néanmoins marié à Carmen Tessier, la Louella Parsons de l'époque qui bavait ses *Potins de la Commère* dans *France-Soir.*

Je m'échappais de plus en plus souvent de chez Jean-Louis, pour marauder du côté du Café de Flore, puis *dans* le Flore, espérant y être dragué...

> *"(...) Je m'arrête au Flore. S'y trouve Jean Genet, vêtu en planteur pastel, pantalon blanc, pull-over bleu ciel, veste rose. Une tête ronde avec 'des os dans la gueule' comme il dit. J'admire le courage qu'il a de ses opinions, une manière si naturelle de partir en balade, sa verge sur l'épaule, et en alexandrins !"*
> (Matthieu Galey, *Journal*, 29 avril 1954.)

Là-bas, en 1957, j'ai été exaucé : j'ai rencontré mon premier amour, Valentino. »

VALENTINO ET GERALD, LE ROMAN

Comme écrites par une main d'enfant sage, les lettres C-a-f-é-d-e-F-l-o-r-e se détachent en vert foncé sur le store crémeux. L'air sur le boulevard est léger et pur : le mot *pollution* n'existe pas. Des Dauphines, des Arondes « Elysées-Matignon », la voiture de Françoise Arnoul et Juliette Gréco, des Fiat 600, et parfois, une extraordinaire DS 19, ce scarabée moderniste dessiné par l'Italien Flaminio Bertoni, engin que Louis Aragon aurait qualifié de « surréel », passent à molle allure. Deux hirondelles arrêtent leurs vélos-libellules pour laisser bondir un groupe de jeunes existentialistes en ballerines, « poulovers » et fuseaux, yeux de biches Néfertitiesques, merci Max Factor. Un trombone d'or trimbalé par un musicien retardataire tourne le coin de la rue Saint-Benoît. A la criée, les titres de la une du quotidien *le Monde*, « Albert Camus vient de recevoir le prix Nobel de Littérature, hier soir à Stockholm ».

« Chaque génération sans doute se croit vouée à refaire le monde. La mienne sait pourtant qu'elle ne le refera pas » a prophétisé l'auteur de *l'Etranger*, de *la Peste* et de *l'Homme révolté* au banquet des Nobel, la veille au soir. Un discours pessimiste et humble, remarquable, notent les éditorialistes. Qui fait écho au « Rapport sur la jeunesse » publié par *L'Express* du 3 octobre 57. Cette « Nouvelle Vague », selon la formule inspirée de Françoise Giroud, « ne croit plus à rien ». Elle a tété sous Pétain. Elle a vingt ans en pleine guerre d'Algérie. Pas de quoi rire. Pour l'heure, nous sommes le 11 décembre 1957. Le ciel est céruléen, et notre jeune homme s'en moque un peu, des Nobel, des Aurès, et des Suédois. Changer sa vie, être heureux, c'est ici et maintenant que cela pourrait bien se jouer.

Gerald Nanty s'engouffre au Flore comme tous les après-midi, du pas anormalement décidé des grands timides. La manœuvre est délicate, épuisante pour les nerfs. Il faut ignorer les regards inquisiteurs, les moues amusées qui vous donnent envie de mourir de honte, les poignards embusqués à chaque table, chaque banquette. Le Flore est une loge de concierge assassine, dans laquelle on ne peut pas se permettre de se montrer vulnérable ou moche.

Nanty est ce qu'on appelle un beau garçon. En pull-over à col roulé noir, costume, et imperméable Aquascutum piqué au frère aîné avant la fugue définitive, il attire l'œil. Il a l'air affairé, il a de l'allure, il est mince. Mais ils le sont tous à cette époque. Le soda est un exotisme, on ignore l'avachissement devant la télévision, on est debout, agile, il y a tant à faire, à rattraper !

Nanty entre dans la salle du Café de Flore, salue le père Boubal, l'Auvergnat le plus célèbre de Paris, et se tétanise devant une vision qui représente à ses yeux le summum du mystère, du sex-appeal, et de la confiance en soi. Après sa mère, Valentino sera sa deuxième idole, il vient d'en avoir la certitude absolue. Pour l'heure, il ignore le nom de ce jeune éphèbe qui le regarde, lui, Gerald, sans ciller. Il ne voit plus rien, pourtant il reconnaît ce regard, mais d'où ? C'est la merveilleuse amnésie de la rencontre amoureuse. Gerald a tout oublié du Paul ? du René ? du Jean-Claude ? qui lui disait et lui faisait des douceurs un peu salopes la veille au soir… Le désir est là, assis dans son pantalon de cuir, et il le mande, sans un mot. Nanty s'avance vers son destin. En faisant bien attention à ne pas se faire mordre.

> « Valentino était assis au rez-de-chaussée du Flore, avec ses deux caniches, Gladys et Gwendalina, l'un blanc, l'autre noir. Les deux chiens portaient des petits manteaux de cuir ton sur ton qui provenaient de la boutique Au Chien Élégant, rue François Ier. Le manteau du caniche noir était doublé de satinette écossaise ! Valentino était vêtu d'un col roulé et d'un pantalon de cuir, il était sublimissime, j'étais rivé à ses yeux, ses prunelles claires, ses paupières sensuelles, on aurait dit un jeune Jean Sorel ! Il était arrivé cinq ans auparavant à Paris, il avait gagné le concours de stylisme du Secrétariat international de

la Laine et avait été engagé comme modéliste chez Jean Dessès. Il faisait partout, tout le temps, des croquis de robes. Des drapés follement élégants, avec déjà cette obsession pour le rouge coquelicot. Il adulait Christian Dior, qui venait de mourir d'une crise cardiaque en octobre, et Cristobal Balenciaga qui avait lancé la robe-chemise et la tunique. La nomination de Yves Saint Laurent, le "Byron aux lunettes de notaire" chez Dior, pour remplacer Christian Dior, avait été un coup de fouet pour Valentino. Il voulait lui aussi être une légende.

Bref, ce jour-là, il m'adressa la parole, l'air de me faire une faveur en me parlant. N'était la taille, nous nous ressemblions, malgré nos six ans de différence. Il était mon aîné. Nous étions très bruns, avions l'air ombrageux et pas mécontents de nous physiquement. Notre liaison était marquée par une forte attraction narcissique. Nous nous admirions l'un en l'autre, et moi qui, si longtemps, n'avais pas su m'orienter sexuellement, je puisais en lui la certitude que plaire à un homme comme lui me plaisait plus que tout. Il a été mon socle. J'étais mignon et j'étais faible. Valentino m'a modelé... »

Gerald Nanty garde tout depuis quarante ans.

Lettres, photos, invitations, cartes de visite, faire-part, portraits crayonnés sur des nappes, menus, coupures de presse, livres dédicacés. Ses scrapbooks débordent, les reliures de ses albums explosent. Il compulse, visite, s'égare à dessein dans le labyrinthe des dates et des lieux mais ramène dans ses filets jetés loin dans le temps des visages phosphorescents qui glisseraient sans lui dans l'oubli. Il est l'une des dernières vigies à l'avant-poste de l'oubli. Son musée de l'homme de la nuit est on ne peut plus kitsch et émouvant.

Il me montre le petit carnet de cuir rouge qu'il sortit de sa poche sur la table du Flore le jour de leur rencontre. Valentino l'avait taquiné sur ses autres rendez-vous. Nanty ouvrit son carnet, et lui proposa de lui réserver tous les jours à venir de l'année. En attendant la prochaine. Pas mal pour un effarouché de dix-neuf ans. Ils ne s'étaient même pas touché la main… Valentino attrapa le carnet, et dessina au Bic un croquis de robe de cocktail.

J'imagine leur dialogue…

« Pour votre sœur.

— Je n'en ai pas.

— Pour votre mère, alors.

— Elle est morte.

— Oh pardon, je suis maladroit !

— Mais pas du tout, cette robe est magnifique, je la porterai moi-même ! »

Je les vois sceller leur connivence d'un éclat de rire…

Le petit carnet de cuir rouge a religieusement réintégré son tiroir, dans la chambre à coucher de Gerald.

> « Nous avons très vite vécu ensemble, chez une vieille logeuse, Madame Poinot, qui était la plumassière et l'ancienne secrétaire de Mistinguett. Elle

logeait des étudiants, des acteurs crève-la-faim et des artistes au 5 rue du Marché Saint-Honoré, dans un quartier peu recherché à l'époque, mais on traversait la Seine par les Tuileries puis le pont du Carrousel, on arrivait Quai Malaquais, on montait la rue Bonaparte, puis la rue Jacob, et au bout de la rue Saint-Benoît, par le flanc gauche, nous arrivions au Flore... Mon père payait la chambre, je m'étais bien gardé de lui dire que nous y vivions à deux garçons. Nous avons fraternisé chez la vieille Poinot avec l'acteur Roger Carel, la Tigresse, la maîtresse de Claude Luter et d'autres, qui se posaient là huit jours ou une saison entière... Notre chambrette était sans eau, les cabinets étaient à l'étage, Valentino et moi allions prendre des douches aux Bains Publics. Gladys et Gwendalina vivaient avec nous, il y avait table d'hôte de croquettes pour chiens et de bœuf miroton pour nous tous les soirs...
Valentino est entré chez Guy Laroche qui venait de monter sa maison de couture. Nous avons emménagé dans deux chambres de bonnes contiguës mais non communicantes, 66 rue de Rennes, toujours avec les cabinets à l'étage... On avait acheté au BHV une grande bassine, un arrosoir de jardin, et à l'aide d'une ficelle, on prenait des douches de chat dans notre maison de poupée. Valentino acheta une cage à oiseaux quai de la Mégisserie, la peignit en doré et fixa une ampoule à l'intérieur. Cette lampe fut à l'image de notre histoire, magique et fragile. Je ne travaillais pas, j'étais le griot du quartier, et la fée du logis. J'allais chercher Valentino tous les soirs avec les deux chiens, nous nous payions le taxi au retour. Nous étions devenus les mascottes de la maison

Laroche, leurs petits amoureux de Peynet... Les femmes piquaient des coupons de tissu pour nous faire un dessus-de-lit, des coussins... Le velours bleu nuit, pour moi c'est 1958 et l'amour sous les toits de Paris. J'achetais des plats italiens chez un traiteur de la rue Bernard-Palissy que l'on réchauffait sur un petit Butagaz de camping. Le matin, Valentino partait travailler à huit heures et quart, je descendais comme un retraité à dix heures boire mon café au Flore. On adorait cette routine et on ne se trouvait pas malheureux, car autour de nous, tous les jeunes vivaient plus ou moins d'expédients, dans une immense gaieté. Saint-Germain était un quartier d'opérette, un décor dédié à la jeunesse... Nous étions fauchés mais obsédés par l'élégance. J'étais toujours habillé en noir ou en blanc ; Valentino et moi avons été les premiers à porter des pantalons en cuir. On s'est payé des pulls en cachemire chez Annam avenue Victor-Hugo, des trésors qui nous rapprochaient un peu de ce mirage, une vie dans la Café Society, une confidence à la Begum, un Martini avec Truman Capote, une moue pour rire avec Brigitte Bardot, entre Rome-Ravello-Saint-Tropez et New York, en Alfa Romeo et en Constellation...
En attendant, on mangeait des Jockey[1] au Flore, on ne connaissait personne, et on allait dans des clubs de tapettes. Un dimanche sur deux, nous prenions le "train des folles" à Saint-Lazare, en seconde classe, terminus L'Etang-la-Ville, pour nous rendre à la Chevrière, une boîte de tapettes tenue par La Colonelle, une considérable lesbienne moustachue qui

1. *Des Jockey au Flore...* : dénomination du croque-madame.

avait été aide de camp du général de Gaulle. Elle recevait en tenue militaire ! On y dansait le *Cha-cha-cha,* le *Hully Gully,* le *Madison,* ou le *Locomotion* avec application. Le public était mélangé, l'ambiance bon enfant, il y avait des vieux michetons apeurés planqués sous les napperons.
Certains dimanches, notre amie Jackie Mazel nous conduisait chez mon frère qui couvrait notre histoire, et Valentino cousait des robes pour ma belle-sœur. Je me souviens de Jacqueline de Ribes venant dans nos chambres de bonnes se faire faire des robes. Elle se perchait sur un tabouret, Valentino zinzinulait autour d'elle et faisait des miracles, la multiplication des drapés Grès !
J'ai réclamé à mon père l'argent de ma mère, lors d'une séance pénible où je lui ai avoué "oui j'aime un garçon et je veux vivre". Valentino voulait monter sa maison de couture à Rome. Moi, je voulais échapper à l'armée. J'avais reçu et ignoré ma feuille pour les trois jours, et lorsque la convocation à la caserne Dupleix est arrivée, je l'ai montrée à Valentino, et nous avons paniqué : toute non-présentation était passible d'emprisonnement, je me voyais déjà devant un peloton d'exécution ! Mais grâce à Maud, la vendeuse mondaine de chez Guy Laroche, qui avait pour amant un colonel de l'hôpital Béjin, j'ai été réformé P2 en quarante-huit heures, sans pension, après avoir passé une semaine chez les tirailleurs marocains...
On a pleuré avec le staff de Guy Laroche, Monique de Valencay, Simone Sebastopoulos, Marie-Louise Gris, et on a sauté dans le Train Bleu. Après avoir habité quelque temps chez Teresa et Mauro, les

parents de Valentino, à Voghera près de Turin, nous avons rallié Rome et loué 11 via Condotti, face au café Greco, un somptueux appartement de quatre cents mètres carrés, au premier étage. Les Bulgari venaient de le quitter. Les sols étaient dallés de lapis-lazuli et de marbre blanc de Carrare, les boiseries aux plafonds dataient du XVIIIe siècle. Les enfilades de salons de réception débouchaient sur un petit escalier en colimaçon menant à l'appartement d'habitation, deux pièces en mezzanine ! La rue de Rennes recommençait ! On a cherché des coupons de tissu, acheté des mannequins d'osier, monté intégralement l'atelier avec la précieuse Lina Magistrali. J'ai invité mes copines mannequins Peggy Roche, Lucky, Denise Sarrault, Danièle Loder, Marie-Hélène Arnault ; elles se sont relayées et servaient de modèles à Valentino. Je me suis dégoté un petit boulot de shampouineur dans un salon de coiffure tandis que Valentino allait parfois dessiner des robes au bar des studios de Cinecittà. C'est là que Liz Taylor a découvert ses dessins. »

Taylor tournait pour la Twentieth Century Fox le *Cléopâtre* de Cecil B. De Mille, à Cinecittà. Entamé en Angleterre, le tournage avait été interrompu car le climat humide ne convenait pas à la jeune diva qui était tombée malade et avait subi une trachéotomie. Il fallait ménager les précieux poumons de la première actrice payée un million de dollars pour un film. Ce *Cléopâtre* était un gouffre ou une divine surprise, selon que l'on était son producteur ou son assureur : le budget du film était le plus élevé de l'histoire du cinéma.

« Mes seins sont gonflés par la vie et l'amour. Mes hanches sont pleines et rondes. On dit que des belles femmes comme moi ont des fils ! »...

A vingt-neuf ans, ayant consommé son quatrième divorce, et sur le point d'entamer sa liaison déchiquetée avec Richard Burton, l'héroïne de *Soudain l'été dernier* de Joseph Mankiewicz, psychodrame où elle sombrait dans la démence avec une ardeur touchante, avait un œil et un sens du style affûtés. En buvant un *espresso* au bar du studio, elle avisa des feuilles de papier à dessin, des croquis de robes du soir, de tailleurs, et un beau garçon brun comme une châtaigne caché derrière son crayon à papier. Taylor demanda à voir les robes et dit à Valentino « vous avez un talent fou et vous allez me faire toutes mes tenues de ville ! ». Grâce à l'actrice, un de ses modèles fit la couverture de *Oggi*, et il devint rapidement le couturier des stars hollywoodiennes et des femmes du monde. En 1968, Jackie Kennedy épousera Aristote Onassis dans une robe Valentino...

> « En 60, on s'est payé une Giulietta Sprint décapotable. Elle était couleur parme avec un intérieur en cuir blanc, un truc de folles. On fréquentait toutes les cinglées de Rome, Valentino prenait de l'envergure, laissait libre cours à son ambition. Nous étions encore amoureux, jaloux et intenables. Malheureusement, je sentais qu'il me dissimulait des aventures. Nous avons déménagé, nous nous sommes déchirés, je suis remonté à Paris. Valentino est revenu me chercher

deux fois... Je me suis planqué à l'hôtel Montana, rue Saint-Benoît. J'étais raide comme un passe-lacet, anéanti, et j'avais vingt-trois ans. »

Un mois, deux mois, six mois comateux se passent tandis que le chagrin ne passe pas. L'année 1961 est pour Gerald une longue et morne convalescence. Il avait cru que la mort de sa mère avait épuisé ses réserves de chagrin, mais la souffrance est un tombeau des Danaïdes. Seule sa mère pourrait le consoler de cette révélation crucifiante. Le chagrin redouble. A s'en taper la tête contre les murs. Il n'a pas d'amis. Valentino était son ami. C'est ça l'amour, on perd *son* amour et toutes les personnes qu'incarnait l'être aimé. Frère, père, ami, maman... Nanty se sent triplement trahi, par Valentino, par la vie, par lui-même. Il est seul tandis que le Saint-Germain-des-Prés des licheurs et des noceurs, danse, twiste, et fait plus que jamais la bamboche. Tout lui manque, même les deux caniches. Nanty se répète « il faut savoir désespérer jusqu'au bout », cette phrase entendue Dieu sait où lui plaît, elle le venge et le console, il a vu passer l'année dernière son auteur, Roger Nimier, rue du Bac, près du Bar Bac et des Editions Gallimard. Vient l'automne 1962. La France fait *« ouf »* car le général de Gaulle a échappé le 22 août à l'attentat du Petit-Clamart fomenté par l'OAS. « Ils ne savent pas tirer, mais là c'était tangent » lâcha le général, très Monsieur Hulot. Personne ne se fait au nouveau franc, qui a deux ans. Le paquebot *le France* a été inauguré au Havre par Tante Yvonne. Les spéculations commencent autour de la mort de Marilyn Monroe retrouvée « suicidée » le 5 août d'une surdose de Nembutal. Les Austin Healey 3 000 et les Triumph TR4 conduites par les minets chaussés en Carvil tournent la tête des filles. L'âge du jazz et des caves est progressivement remplacé par l'ère des yé-yé, des chanteurs proprets, briqués comme des sous neufs, bien repassés, comme le jeune Claude François qui s'agite sur *Belles belles belles comme le jour*, et dont le succès fait oublier le bide de son tout premier 45 tours, *Nabout Twist*, un twist arabe sorti sous le pseudonyme de Kôkô.

Mélancolique comme une Ophélie interdite de surprise-partie, Françoise Hardy devient la fille à copier en une chanson, *C'est le temps des copains, le temps de l'amour et de l'aventure*. Nanty s'achète son 45 tours, il sanglote sur le vinyle noir, et puis un peu moins. Dora Doll se fait rembarrer par Alain Delon dans *Mélodie en sous-sol* d'Henri Verneuil, « te fatigue pas Totoche on est du même monde ! », tandis que Belmondo assure en trench dans *le Doulos* de Jean-Pierre Melville. Louis Malle sort *le Feu follet*, sublime adaptation du roman de Drieu La Rochelle ; c'est le rôle d'une vie pour Maurice Ronet, qui semble irradié par le désespoir de son personnage, et surtout de son modèle, l'extravagant Jacques Rigaut[1]. On aperçoit dans le

1. *Jacques Rigaut* : « Lorsque je me réveille, c'est malgré moi ». Héroïnomane, alcoolique, gigolo, obsédé par le suicide, fascinant son ami Pierre Drieu La Rochelle qui lui consacra un triptyque littéraire, *la Valise vide*, *l'Adieu à Gonzague* et *le Feu follet*, Jacques Rigaut se tira une balle dans le

film le Café de Flore. Une semaine après Jean-René Huguenin, l'auteur de *la Côte sauvage*, mort dans la collision de sa Mercedes, le romancier Roger Nimier se tue le 28 septembre 1962 au volant de sa « Gaston Martin » DB 4 GT, sur l'autoroute de l'ouest. A son côté, ou peut-être même derrière le volant, une grande blonde énigmatique, Sunsiaré de Larcône, en vrai Suzy Durupt, auteur d'un unique roman, *la Messagère*. Gerald Nanty est assis au Café de Flore lorsqu'il apprend la mort de Nimier. Un parfait inconnu pour lui. Pourtant, ça lui fait quelque chose. Est-ce l'image de la tôle broyée, des cheveux ensanglantés, du gâchis ? Nanty repense à « Il faut savoir désespérer jusqu'au bout », et réalise qu'il vient de donner un coup de pied au fond de la piscine. La mort d'un inconnu lui a donné envie de vivre. Il s'ébroue. Et sourit

cœur le 5 novembre 1929, à l'âge de trente ans. Le film de Louis Malle est un instantané de ses derniers jours. En pleine banqueroute mondiale, le krach de Rigaut passa inaperçu. Ce météore écœuré par la vie traversa les années 20 en laissant un filet de bave lumineuse derrière lui et quelques écrits fulminant de misanthropie, *Lord Patchogue et autres textes* (Atlas Press), *Ecrits* (Gallimard). Il était encore plus nihiliste que les dadaïstes, et il s'excommunia lui-même du mouvement surréaliste. Antoine Blondin loua « la lucidité prodigieuse de ce moribond de charme ». Rigaut se haïssait, et prétendait que les miroirs lui renvoyaient sèchement l'image d'un homme « creux comme un mirliton ». Il fonda l'Agence générale du suicide, reconnue d'utilité publique, qui offrait aux nécessiteux la pendaison à 5 francs. Une affaire qui ne se présentait pas deux fois ! Cet amour du désastre et de l'autodestruction, ce « je m'en-fichisme d'ange » (Jacques Porel), qui n'était autre qu'un goût de l'absolu allié à une posture de dandy, lui assura un petit cercle d'aficionados fervents, parmi lesquels Boris Vian. Son culte s'est perpétué au fil des ans chez les collectionneurs d'« excentriques crottés ». Une biographie de Jean-Luc Bitton, grand spécialiste de la littérature des « désemparés », est attendue chez Denoël.

pour la première fois depuis longtemps, en réalisant qu'il ne s'est pas assis à la table de Valentino, ce qu'il n'avait cessé de faire depuis son retour de Rome. Un soir de désespoir vaguement théâtral, il avait même songé à acheter la table de leur rencontre. Il aurait supplié Boubal, aurait argué de son double orphelinage, la perte de sa maman et de son amant, de son mamant...

Boubal peut bien se garder sa table, je suis guéri, guéri, rugit intérieurement Nanty. Lui qui ne croyait pas aux signes, vient de se convertir et accueille celui-là avec gratitude. Aujourd'hui est un jour neuf. L'amour est mort. Nanty est libre.

Il règle les sept francs de son déjeuner, un Jockey-une tarte aux fraises, ramène son shetland sur ses épaules, lève le nez en sortant du Flore et descend la rue Saint-Benoît vers la Seine, tournant le dos à la rue de Rennes, fredonnant, lui qui ne chante jamais, qui déteste la musique, un couplet de la chanson écrite par Guy Béart pour Juliette Gréco en 61 :

> *« Il n'y a plus d'après*
> *A Saint-Germain-des-Prés,*
> *Plus d'après-demain, plus d'après-midi,*
> *Il n'y a qu'aujourd'hui.*
> *Quand je te reverrai*
> *A Saint-Germain-des-Prés*
> *Ce ne sera plus toi*
> *Ce ne sera plus moi :*
> *Il n'y a plus d'autrefois. »*

Une élégie, en somme. Elle tombe à pic.

IL Y A TOUJOURS UN APRÈS...

« Après Valentino, j'ai "fleurté" avec un chanteur anglais de Liverpool. Je l'adorais mais il était complètement imprévisible et caractériel, très bagarreur de surcroît, toujours prêt à faire le coup de poing dans un pub, cherchant les noises. Je l'ai quitté le soir où il a planté une fourchette dans le cou d'un type qui tentait de le calmer ; nous étions justement en train de nous disputer à cause de son mauvais caractère, il m'en rendait responsable, je faisais le merveilleux, il était jaloux, il menaçait de me frapper, le pauvre type s'est approché, la fourchette a bondi. Je l'ai remplacé par Théo Sarapo, un ami de Claude Figus, le secrétaire de Piaf. Figus habitait chez notre bonne logeuse, la "Poinette" du 5 rue Saint-Honoré, où j'étais revenu pour ne pas être seul. Figus avait beaucoup d'esprit et il était célèbre pour ses bons mots. Quand je l'ai connu, en 57, sa patronne ne jurait que par Teilhard de Chardin. Figus était sans cesse réquisitionné pour lire à Piaf des passages du *Phénomène humain* qui venait d'être publié, ou débattre sur la "Noosphère" et le "point Oméga". Figus n'en pouvait plus. Un jour Piaf lui dit "qu'est-ce qu'on fait, on lit ?" et il lui a répondu "il est cinq heures.

Si on prenait le Teilhard dans le Chardin ?" Grandiose...
Theophanis Lamboukas, dit Théo Sarapo, était un beau coiffeur d'origine grecque qui m'a consolé pendant quelques mois de mon chagrin d'amour valentinesque. Mais ce salopiot m'a lâché pour Piaf, qu'il fréquentait en parallèle, avec la bénédiction de Figus. Théo la consolait de sa rupture avec Moustaki ! Sarapo a épousé Piaf en octobre 62 ! Elle est morte un an après ce simulacre de mariage. Sarapo a poussé la porte du Club 65 trois ans plus tard, et l'a reprise très vite dans l'autre sens !
Je suis retourné un peu tristement au Flore. Je m'asseyais à la même table, le "Pouilly Club", la première à gauche en entrant face à la caisse. Un de mes copains, le neveu de Simone Del Duca, s'occupait de *Confidences, Intimité, Nous Deux...* pour les studios Del Duca de la rue des Bleuets. Il m'a demandé de devenir "talent-scout", et de trouver des garçons et des filles pour ses romans-photos. Je me suis pris pour celui qui allait découvrir la nouvelle Lana Turner au Café de Flore, l'équivalent du drugstore Schwaab's de Hollywood. J'ai trouvé des jolis mômes à la louche. Je les recrutais au Flore !
A la même période, j'ai été un des informateurs de Pierre Rey, alors chroniqueur mondain de *Paris-Jour,* qui était vendu la nuit. Le futur auteur de best-sellers et d'une chronique de sa psychanalyse chez Lacan, tenait la rubrique "Confidentiel". Je fus, peu de temps, son "indic nègre".
En 1964, mon amie Lucky m'a annoncé : "On ouvre une école de mannequins rue de Ponthieu ! Toutes les filles veulent être belles, savoir sourire et marcher. Tu

vas leur donner des cours de maintien !" J'ai posé pendant quelques semaines des bottins sur de jolies têtes de linotte, et appris à marcher avec élégance à ces jeunes chiots. On ne se dandine pas, on n'est pas une "*fille*", on est une "*dame*", *yes, a lady, not a tramp*, et ainsi de suite ! Je me souviens d'Edwina, une Anglaise qui marchait comme un débardeur ! Elle avait du chien, et elle est devenue une mannequin en vue chez Saint Laurent. Et sans forcer, ni véritablement calculer, je suis devenu animateur du Club 65. Nous allions en bande chez François Patrice, au Club Saint-Hilaire, et dans une brasserie située à l'angle de la rue du Four et du boulevard Saint-Germain, au carrefour Mabillon. Henri-George Clouzot y avait tourné quelques scènes du film *la Vérité* avec Brigitte Bardot. L'endroit était un sacré repaire... Au premier étage, il y avait les gigs. Au bar en bas, les tapineuses. Et au zinc, tous les marginaux créatifs qui fréquentaient le quartier. Mes copines, les mannequins de maison de couture, détonnaient. Elles étaient toujours apprêtées, petites cosmonautes à robes courtes minimalistes et bottines blanches vernies d'André Courrèges qui faisait fureur depuis 63, ou "Jolie Madame" à la Audrey Hepburn.
Gaby, le mac chauve qui tenait la Pergola, inventeur à ses heures perdues de gadgets tel le porte-clés transistor, me dit un soir "Vous êtes toujours avec de ces filles ! Des beautés... Vous ne voulez pas animer mon bar ?"
C'était parti. J'ai ouvert le Club 65. Nommé ainsi parce qu'on était en 1965, ou parce qu'on entendait beaucoup parler d'un "club de plage" de Saint-Tropez lancé dix ans plus tôt avec une charmante désin-

volture. Le Club 55 de Patrice de Colmont devait tout à Vadim ; le cinéaste s'était arrêté dans une maison de Pampelonne au cours des repérages de *Et Dieu créa la femme*, il avait réclamé à déjeuner, s'était régalé, l'avait fait savoir au propriétaire qui n'était pas restaurateur, mais sustenta huit jours plus tard toute l'équipe du tournage, séduit par Vadim et ravi de se découvrir une vocation. De 1965 à 1966, la chambre syndicale des mannequins a envoyé toutes ses filles au Club 65, à la demande de Lucky. Certains soirs, nous faisions un peu halte-garderie pour jeunes beautés tombées du nid. La boîte fit un tabac. Nicoletta était disquaire, elle passait le tube de Nancy Sinatra "*Those boots are made for walking*" et les gens devenaient fous ; elle a signé à cette époque chez Barclay, au soulagement général. On l'adorait mais on en avait marre de l'entendre beugler tous les soirs "L'Homme à la moto" ! L'acteur Guy Marchand était barman. Coccinelle, la première transsexuelle publique de France, s'enticha du Club 65. Depuis son opération en 58, puis son passage à l'Olympia en 64 et ses débuts au Carrousel de Paris, à Montmartre, la Coccinelle était une célébrité. Son histoire fascinait les mannequins : elle avait été "enlevée" par des prostituées de la rue Saint-Denis en 1953, le jour de Mardi-Gras, et déguisée prestement en femme. A l'époque, elle avait dix-huit ans et s'appelait Jacques Dufresnoy. Il se trouva bien avec du rimmel et un porte-jarretelles, si bien, si miraculeusement ajusté à lui-même, qu'il commença à se travestir, changea de vie, et entama son parcours vers la "transition", l'opération irréversible. Coccinelle en parlait avec une franchise qui ébahissait ses auditoires. Elle se demandait si elle était une femme ou un homme castré, et faisait rire, en racontant combien elle avait été bien "monté", et adoré être "actif". Entendre cette blonde magnifique regretter de ne plus pouvoir enculer ses partenaires était surréaliste ! Choucroutée, bustée, elle ressemblait de surcroît à Brigitte Bardot ; un canular avait piégé Léon Zitrone en direct à la télévision. Bref, on a marié Coccinelle à Mario Haems au Club 65, des noces qui annonçaient celles de Thierry Le Luron avec Coluche, elle était pourtant très amoureuse... On a lancé le 45 tours de Hervé Vilard *"Capri c'est fini"*... Dario Moreno buvait des coups avec les tapins... Marlene Dietrich fut la marraine du Club 65, invitée par son amie Cécile Sorel, qui fut la première étoile de mon "harem" de vieilles actrices... »

CÉCILE SOREL

« Cécile Sorel, à 92 ans, et après une semi-retraite de 15 ans, a repris sa vie mondaine. Elle va apprendre à danser le twist au CLUB 65 et a signifié à Gerald Nanty directeur du fameux club qu'il "aurait à se tenir à sa disposition tant qu'elle n'aurait pas assimilé ces chorégraphies éphémères". Nanty est d'autant plus ravi que la Sorel va cadrer admirablement avec son nouveau décor style Belle Époque. »

Paris-Presse, 1965.

Cécile Sorel avait coutume de dire à la fin de sa vie : « Je ne suis pas vieille, je suis riche d'années ! » Elle mourut peu après ses débuts de twisteuse, en septembre 1966. Son goût des canulars, son respect souverain de la liberté des autres, qui exigeait d'eux la même généreuse indifférence envers ses marottes, et son excentricité enchantèrent Nanty, qui avait compris que la tendresse, l'humanité, l'âme de la nuit doivent beaucoup à cet amour des *anciens*, comme les appelle Pierre Bénichou.

Au cours de sa carrière, Cécile Sorel a été ovationnée par Clemenceau, fleurie par le prince de Galles, admirée par le tsar Nicolas II et le roi Fouad d'Arabie Saoudite. Elle était entrée à la Comédie-Française en 1901, en devint sociétaire en 1904, étincela dans le rôle de Célimène au point d'en conserver le surnom, puis se consacra en alternance à sa vie amoureuse, hautement fantaisiste – elle épousa un neveu de Sophie Rostopchine de vingt ans son cadet, Guillaume de Saxe à la scène, dont elle ne divorça jamais malgré leur séparation afin de rester comtesse de Ségur, même si le couple était surnommé « la faucille et le marteau » – et à une carrière variée qui la mena devant la caméra de Sacha Guitry, pour *les Perles de la couronne*, ou sur l'escalier de Mistinguett du Casino de Paris, où ce mot fit sa gloire en 1933 : « L'ai-je bien descendu ? »

Ses répliques faisaient le tour de l'Europe : pendant la guerre de 14-18, lors d'un gala en Suisse, un officier allemand lui tendit une rose. Cécile Sorel lui répondit : « Et pourquoi ne la prendrais-je pas ? Elle fera bien sur votre tombe ! » La même insolence lui fit répondre en 1945 à ceux qui lui reprochaient d'avoir joué sous l'Occupation devant des soldats allemands : « Les Allemands n'auraient jamais mis les pieds chez moi si vous ne les aviez pas laissés entrer ! » Ses accusateurs étaient des militaires français...

En 1950, Cécile Sorel fut touchée par le doigt de Dieu, et prononça ses vœux dans le tiers ordre franciscain à Bayonne. « La plus vieille actrice du monde » porta une robe de bure jusqu'à sa mort, mais le couturier parisien Molyneux avait apporté de subtils ajustements à ce nouvel uniforme : un blanc cassé remplaça le marron réglementaire, et un collet rouge rubis, copié sur celui du pape, donnait un peu de couleur à ses joues qu'aucun fard ne venait plus maquiller. Sa cornette avait été confectionnée par le modiste Jean Barthet, et sa lourde croix en or venait de chez Cartier. Selon Sorel, Dieu se trouvait réjoui que sa servante fasse l'effort de lui apparaître dans les plus somptueux atours.

Lorsque Gerald Nanty baisa respectueusement l'air au-dessus des doigts tavelés de la nonagénaire, celle-ci vivait près d'Arpajon, au château d'Avrainville, dans un appartement que lui avait aménagé son protecteur, le baron Jean Barclay. Nanty adorait l'apparence spectaculaire du Baron et de la Sorel : l'actrice dérogeait à sa règle d'humilité vestimentaire pour assouvir sa passion du couvre-chef et arborait d'immenses plumes de faisans piquées dans des chapeaux aux formes cubistes. Ce n'était rien à côté de l'allure transylvanienne du Baron qui agitait vigoureusement de longues capes noires doublées de Crylor blanc, une fourrure synthétique imitant l'hermine, tel un Nosferatu égaré dans une arène de corrida. Le baron Jean Barclay Dupuy de Lautour, « descendant » de la reine Mary Stuart, pouvait surtout prétendre au titre de Prince des

Mystificateurs : il s'appelait en réalité Jean Dupuy et sa mère était secrétaire à la préfecture de police.

L'imitation, avec un petit quelque chose de défectueux et de dérisoire dans son expression, était le paradigme de son existence. Faute d'appartenir à l'aristocratie, il la singeait, s'inspirant d'on ne savait quels modèles, transformés par sa vision en épouvantails exotiques et grotesques. Avait-il croisé ou vu des photos de Pali Palffy, comte hongrois et second époux de Louise de Vilmorin ? Les chapeaux emplumés et les capes noires étaient pour lui le symbole du plus grand des raffinements vestimentaires. Il souhaitait faire de sa vie un spectacle, et s'était transformé malgré lui en bouffon...

> « Le couple Sorel-Dupuy était délirant ! Prenant très au sérieux son titre et ses prérogatives, la comtesse de Ségur avait intronisé le baron Barclay, et lors d'une autre cérémonie, Jacques Raillard, tailleur en appartement de la rue de Castiglione et amant du Baron, avait été intronisé Chevalier Raillard ! Le Baron prétendait que la banque Barclays lui appartenait ; il s'était fait confectionner par un faussaire des chéquiers de la banque Barclays qui donnèrent le change pendant plusieurs années... En 1960, lors d'une représentation des ballets du marquis de Cuevas au Théâtre des Champs-Elysées, l'imposteur était arrivé en chaise à porteur soutenu par cinq valets de pied poudrés qui jetaient des pétales de roses devant lui !
>
> Il a grugé Paris pendant près de dix ans. Il escroquait tous ses fournisseurs et vivait sur un grand pied. Il

donnait des dîners pour Jacques Charon, Robert Hirsch et quelques acteurs appâtés par la présence de Cécile Sorel au château d'Avrainville. Nous partions en Rolls (il avait une vieille Rolls décatie qui roulait à l'huile d'olive...) et faisions une halte chez le traiteur "A l'an 2000", boulevard des Batignolles. Là, drapé dans sa cape, le Baron tournoyait comme un derviche autour de la vendeuse : "Oh petite Madame", "Monsieur le Baron, que puis-je faire pour vous ?", "Une dizaine de tranches de foie gras, un peu de mortadelle, et du caviar, vous auriez du caviar, ah petite délicieuse Madame je vous réglerai lundi..."
Affaire pliée. Comme nous... Il empruntait, dérobait, soutirait, écorniflait, trouvait de quoi jongler, une semaine, deux... Ce pauvre Barclay a été perdu par sa mégalomanie et son imagination délirante : il a décidé de donner une messe à Notre-Dame en l'honneur de Mary Stuart. Son illustre aïeule ! Il a loué Notre-Dame, et Tout-Paris est venu. Tout le monde avait reçu ses bristols. Tous les nobliaux incultes et les mondains ont rappliqué. Mais parmi les destinataires, il y avait la vraie descendante de Mary Stuart, la duchesse de Fitz-James... Qui a fait intervenir la police. Barclay est parti en panier à salade au Palais de Justice et on ne l'a jamais revu. Thierry Le Luron adorait le pathétique et sublime personnage.
Le pauvre Baron est mort en 1986 au pénitencier de l'île de Ré après avoir été condamné à la "relègue" à perpétuité... »

IL-EST-VILAINE...

« Dans le restaurant-magasin-d'antiquités de Gerald Nanty du 16 rue Jacob où l'on peut tout acheter, des chaises aux assiettes, j'ai croisé Philippe Erlanger créateur du Festival qui m'a dit avoir fait un rêve fou : faire venir Brigitte Bardot au Festival de Cannes... Jean Le Poulain qui se sustentait à une table voisine me faisait songer avec sa ravissante mousseline rose à une toile de Van Dongen. »

« La semaine d'Edgar Schneider », mars 67,
Jours de France.

En 1938, les jurés de la sixième Biennale cinématographique de Venise furent fermement encouragés, par pressions conjointes de Hitler et de Mussolini, à couronner deux films de propagande fasciste : *les Dieux du stade* de Leni Riefenstahl et *Luciano Serra, pilote* de Goffredo Alessandrini. Parmi les jurés se trouvait un diplomate, Philippe Erlanger, directeur de l'Association française d'action artistique. Humilié et vexé d'avoir plié et cédé, comme ses collègues, Erlanger imagina à son retour de Venise une manifestation française semblable à la Biennale mais indépendante du pouvoir politique et capable de la concurrencer. Son projet de Festival de cinéma français fut présenté et accepté au Conseil des ministres, et la ville de Cannes fut officiellement désignée pour accueillir le Festival International du Film.

Philippe Erlanger fut nommé délégué général de la manifestation. Il demanda à Louis Lumière, âgé de soixante-seize ans, d'en être le président d'honneur. Le Festival était programmé pour septembre 39 ; Clark Gable, Cecil B. De Mille, Douglas Fairbanks, Ruben Mamoulian, Charles Boyer, Katharine Hepburn, et la jeune héroïne du film *le Magicien d'Oz*, Judy Garland, avaient confirmé leur présence... Le Casino meringué de La Croisette accueillerait projections et cocktails. L'aura scintillante de la « French Riviera », ce paradis de palmes, d'azur et de mimosas en fleurs, l'attrait de Cannes, « l'ocre rose de ses vieux remparts, la dent mauve des Alpes qui ferment l'Italie se réfléchissant dans la mer[1] », agirait comme un aimant sur les milliardaires et les artistes et hisserait le Festival au rang des grands événements culturels.

Mais Hitler envahit la Pologne le 29 août 1939, et le 3 septembre, la France déclara la guerre à l'Allemagne. On reporta le Festival au mois de

1. *Réfléchissant dans la mer...* : in *Tendre est la nuit,* Francis Scott Fitzgerald.

février 40, confiant que la guerre serait circonscrite, courte et victorieuse.

Six ans et plus de 50 millions de morts plus tard, l'édition inaugurale du Festival de Cannes ouvrit le 20 septembre, avec *Rome ville ouverte* de Roberto Rossellini, *The Lost Weekend* de Billy Wilder, *la Bataille du rail* de René Clément... Erlanger assuma avec délectation ses responsabilités de Délégué jusqu'en 1951. Historien, biographe, spécialiste des XVIe et XVIIe siècles, il scénarisa deux films historiques : *Marie-Antoinette* de Jean Delannoy (1956) avec Michèle Morgan en Reine raccourcie, et surtout *la Prise du pouvoir par Louis XIV,* « essai sur la technique d'un coup d'Etat » de Roberto Rossellini qui le réalisa pour l'ORTF. La biographie de Louis XIV par Philippe Erlanger avait passionné Rossellini ; l'historien écrivit le scénario et les dialogues de ce film « ethnologique » sur les premières années du Roi-Soleil. Ironiquement, le film fut présenté en avant-première à la Biennale de Venise, en 1966...

Gerald Nanty rencontra Philippe Erlanger en 1965 par l'intermédiaire de Michel Beaufort, un jeune pied-noir ambitieux qui papillonnait au théâtre et au cinéma (*Brigade des mœurs* en 59, aux côtés de Dalida et de Eddie Barclay...). Michel Beaufort avait eu son quart d'heure warholien en 1963 avec *la Sérénade féroce*[1], un livre à sensations

---

1. *La Sérénade féroce* : Editions Solar.

(et à clés) où il relatait assez impudiquement son amitié ambiguë avec un tout jeune chanteur de rock'n'roll, « le Dieu du Golf Drouot », Silvio, jeune animal peu civilisé, immature, brutal, masochiste et narcissique...

Nanty eut une idylle avec Beaufort, qui était le compagnon officiel de Philippe Erlanger et le redevint une fois l'inflammation amoureuse calmée. « Alors que je ne me sentais pas vraiment coupable, je me répétais cette observation de Feydeau "On peut changer d'affection. Le cœur ça se déplace !" Nous étions des galopins... » Erlanger était curieux du petit jeune homme de la nuit envers lequel il n'éprouvait pas d'animosité ; il se savait laid (Nanty l'avait surnommé Il-est-Vilaine) ce qui le forçait à l'humilité, mais sincèrement aimé par Michel Beaufort ; la vivacité de Gerald Nanty lui plut tout de suite, ainsi que cette façon de vous faire sentir que ce qui l'excitait chez vous, c'était votre QI.

Nanty resta proche de Philippe Erlanger jusqu'à sa mort, en 87, à Cannes, l'année de la Palme d'Or de *Sous le soleil de Satan* réalisé par Maurice Pialat.

LE CERCLE DU MILIEU

> *« Bougez pas ! Les mains sur la table ! Je vous préviens qu'on a la puissance de feu d'un croiseur et des flingues de concours ! »*
>
> *Les Tontons flingueurs*, Michel Audiard.

« Le Club 65 avait du succès et je n'en revenais pas ! Un soir deux hommes se plantèrent au bar. L'un, une sale gueule olivâtre montée sur ressorts, donnait du "La Puce" à l'autre, un microgangster. La Puce commença à rouler, demanda une puis deux bouteilles de champagne, et à la troisième me dit droit dans les yeux "celle-là, tu la vois ? Tu peux t'asseoir dessus !" Instinctivement, je fis l'andouille et lui répondis : "vous savez, moi je ne suis que l'animatrice ! ! !"
Ils ont levé le camp, je ne savais pas à quoi m'attendre, c'était ma première affaire, je n'avais jamais imaginé l'irruption du Milieu dans mon quotidien, c'était pour moi de la fiction digne des pulps américains ! Cette méchante grosse Puce était Jean-Claude Attali, le frère de Roland Attali, un homme de main des frères Zemmour que la police arrêta lors de la fusillade du Thélème, en 75. La Puce a terminé sa

carrière dans un caniveau du XVIIIe arrondissement, criblé de balles, en mars 76.

A la même époque, une femme plutôt chic et discrète, une certaine Eliane, s'asseyait au bar et buvait des babys. Eliane assista à la scène et me murmura à l'oreille en partant "Gerald, je vais venir boire un verre demain soir avec mon mari, j'aimerais que vous le rencontriez". Eliane était une amie de Francis Le Niçois et venait se détendre dans l'ambiance délirante et artiste de Saint-Germain-des-Prés. Elle a raconté la descente de La Puce au Niçois. Intrigué, celui-ci a voulu me rencontrer. Ils sont venus le lendemain soir avec René R. de la bande des Trois Canards, et les frères Jo et Dominique. Francis était plutôt bel homme, R. était inquiétant, et les frères un rien patibulaires. Rien à voir avec les zigotos insouciants et les papillonnes de nuit du quartier. L'air s'était épaissi, Le Niçois s'est présenté, Francis Priola, et m'a déballé son pedigree puis me dit "OK, petit, tu es rigolo et complètement à côté de la plaque, Eliane dit du bien de toi, on te sent bien, tu n'auras rien à craindre, on passera de temps en temps boire un verre avec toi..."

On n'a jamais revu La Puce ni personne de chez les Zemmour au Club 65.

J'étais gamin, les voyous me fascinaient, la mythologie du Milieu était exotique et romanesque, totalement apolitique, sans la violence pathologique qui s'est emparée du Milieu dans les années 70 et 80. On était encore dans du Simonin grandeur nature ! *Les Tontons flingueurs* de Michel Audiard était sorti en 63, j'adorais ça ! »

Francis Priola était surnommé Le Niçois ou Le Balafré à cause d'une cicatrice consécutive à une rixe. C'était ce qu'on appelait un souteneur, un « beau mec » qui n'a pas tardé à se diversifier dans le racket, la limonade et l'immobilier. Lorsque Gerald l'a connu, il avait trente-neuf ans. Par la suite, il fit main basse sur les affaires d'un certain Jean Breuil, un bras cassé qui tenta de passer des dizaines de kilos d'héroïne de France en Espagne dans une AMI 6. Le Niçois est devenu dans les années 70 un caïd des milieux parisiens, corses et marseillais, spécialisé dans le proxénétisme et le racket. Il était un pilier des Trois Canards de la rue La Rochefoucauld, et était très ami avec un autre habitué des Trois Canards, « Monsieur François », François Marcantoni.

Priola s'était payé un yacht et une voiture dorée, sans parler des appartements à Neuilly, des boîtes et des bars. Le journaliste nyctalope Pierre Bénichou se souvient des manteaux de fourrure du Niçois, et des conseils paternalistes que celui-ci prodiguait aux filles frigorifiées qui travaillaient pour lui : « Mets-toi des billets de cinq mille dans les chaussures, ça te réchauffera ! » A l'époque du Club 65, Francis Priola possédait également le Donkey bar, à Paris, et le Ranch, à La Napoule, dans les Alpes-Maritimes où Nicoletta et Hervé Vilard se produisirent un été. Après Eliane, Le Niçois s'éprit de Katie pour laquelle il commanda une chanson à Marc Aryan, chanson qui devint un tube, « Oh Katie Katie ». Quant à sa « dernière femme », elle gère un bar à Paris.

« En 68, j'ai rendu visite à Francis dans son bar, le "Donkey", rue Chauveau-Lagarde, un restaurant de nuit avec une petite cave pour dansoter tenue par Robert Ripa, un chanteur de charme des années 60. J'ai fait des charters pour le Donkey avec Geneviève Fath, Sylvie Gélin, Sophie Litwak. Francis était content, je lui servais un peu de couverture ! Un soir, il y a eu une descente de la Brigade antigang, tout le monde s'est retrouvé les mains sur la tête, les hommes emmenés, nous n'avons heureusement pas été inquiétés. Mais à la suite de ça, le comptable de Francis m'a demandé si j'accepterais d'être le gérant du Donkey. Complètement inconscient, j'ai dit oui, et je suis devenu ami avec Francis. En 79, le lendemain du jour où Madame Billy me proposa de transformer un ancien bordel, le Grand 4, en restaurant de nuit, je dînais avec Francis et sa fiancée. Le Niçois m'a lancé "On le fait ensemble" et c'était comminatoire. La fiancée s'est retrouvée au bar, lui bichait, reluquait, enchanté de voir certains soirs Peyrefitte, Chazot, Marie Daëms. Malheureusement, la fermeture prématurée du restaurant ne fut peut-être pas étrangère au statut de mon associé.
Ma folie le faisait rigoler. Je lui parlais au féminin, je le taquinais "Comment va mon mari" ? ! Il avait douze ans de plus que moi, m'appelait le gosse, et me disait : "Tu sais que si quelqu'un d'autre se permettait de me parler comme tu le fais, il serait mort !" J'appelais les deux hommes de main aux

lunettes épaisses comme des fonds de bouteilles, Jo et Dominique, “les sœurs Lissac”. Pour le Milieu, j’étais le bourgeois, le fils de famille, la folle. Ils n’ont jamais rien demandé en contrepartie... »

2006. Il est minuit trente au Mathi's.

Gerald Nanty accueille Aurore, Dani, Nicole et des hommes. Il y aura ce soir comme tous les bons soirs plus d'hommes que de femmes.

Aurore fait remarquer que cet endroit est le pôle Nord des femmes : un milieu raréfié dans lequel celles-ci respirent mieux, si elles aiment la fraternité des veillées au long cours.

Le secret des professionnels de la nuit à l'ancienne, la nuit conversationniste, relève de la théorie des dominos. Une phalange d'homosexuels mûrs, brillants et drôles façonne la réputation d'un lieu. On y rit, on y médit. Cette ambiance d'eunuques à la langue bien pendue attire les jolies filles intrépides, amies de l'intelligence. Elles sont fatiguées d'être draguées, et savent que chez les homos, un compliment n'est jamais suivi par son visqueux complément d'objet sexuel. Les homos attirent les jolies filles, les jolies filles font venir quelques vieux play-boys patinés. Ils n'ont plus de dents, et sont à peu près inoffensifs, mais ils répandent la bonne parole, « de très jolies femmes au

Mathi's... », et ils peuvent, surtout, ne rien tenter. Eux aussi se reposent dans cette énigmatique zone franche de la drague de nuit, où tout est séduction, et rien n'est libido.

LE CENTRE DU MONDE

« Les années 60 : amour libre, drogues dures et échange de pull-overs. »

Zouzou la twisteuse.

En 1965, Gerald Nanty habitait rue Saint-Benoît, comme Marguerite Duras. Anciennement rue de l'Egout, longue de cent soixante-dix-sept mètres, large de douze, renommée en 1742 d'après le fondateur de l'ordre des Bénédictins – les religieux de Saint-Germain-des-Prés – cette artère qui commence boulevard Saint-Germain, à l'angle de l'actuelle librairie La Hune et du Café de Flore, et se termine 31 rue Jacob fut au début des années 60 la plus trépidante de Paris. Des témoins se souviennent qu'à l'heure de pointe – entre dix-huit heures et vingt et une heures – on mettait au moins une heure pour la descendre et se frayer un chemin entre les yé-yé, les théâtreux, les jolies filles en Courrèges ou en shetlands rouge cerise, les godelureaux et les blousons dorés, les branleurs et les musiciens, tous les baguenaudeurs pour lesquels la vraie vie commençait au crépuscule.

Hôtel Montana – Hôtel Cristal – Restaurant La Malène – quartier général de la bande Saint-Benoît – Club Saint-Germain – Pizzeria Saint-Benoît – Bistrot Saint-Benoît, où il fallait avoir son rond de serviette : la rue Saint-Benoît était une scène, au sens dramaturgique ou anglo-saxon du terme, *a scene :* le lieu de la pavane, de la roue, de l'échange, du théâtre social, de l'affirmation de soi, de la vérification narcissique, du « fleurt », des trafics en tous genres : de disques, de plans de surprises-parties, de virées à Deauville ou sur la côte... Dès 1967 la rue devint safran, fuchsia et mauve avec les premiers vêtements hippies taillés par Jean Bouquin dans des foulards iraniens en soie de Mesheb. D'énormes corolles rose tyrien s'animaient au gré de la démarche des enfants-fleurs. La jupe gitane, la chemise coupée dans des foulards indiens s'arrachaient. Pieds nus, vêtu de tuniques aux couleurs aveuglantes, flottant au-dessus du bitume tel un Jésus envapé jailli des flots d'Essaouira, le beau Richard Bohringer était un des rois de la rue Saint-Benoît. Fourré toutes les nuits dans les clubs de jazz, auteur de deux pièces de théâtre, *Zorglub* et *les Girafes,* il agrégeait autour de lui les gens de théâtre et de cinéma : Marc'O, Barbet Schroeder, Pierre Clémenti, Marc Porel, le demi-frère comédien du photographe Jean-Marie Périer, Bob Calle, le père de l'artiste Sophie Calle, et le futur cinéaste Francis Girod qui venait de publier le

Manuel de la pensée yé-yé, un facétieux ouvrage de sociologie appliquée sur la vacuité de la culture yé-yé, mouvement qui était à la rébellion juvénile ce que l'édulcorant est au caramel.

Nanty aimait beaucoup Richard Bohringer.

> « Il était amoureux de Nicole, ma belle-sœur, qui était caissière au Nuage ! Il est apparu rue Saint-Benoît vers 1963 ; il était sexy, intense, avec ses grands yeux verts translucides, mais sa frénésie soûlographique ne connaissait ni jours fériés ni dimanches. Il cherchait la bagarre, se battait dans la rue, c'était pourtant un amour. »

Le Bohringer de Saint-Germain-des-Prés était déjà un écorché vif, un gémisseur métaphysique ! Il voulait tous les soirs se suicider en se jetant sous un capot de voiture mais il fallait que ce soit une Jaguar ou une voiture de luxe. Le patron du Bilboquet le gardait après la fermeture pour l'empêcher de commettre l'irréparable. Tout le quartier était habitué aux excès de Richard qui finissait par se jeter *SUR* le capot d'une voiture de série. Le peintre Charles Matton fut le témoin d'une scène à la Marcel Aymé : monté ivre dans un platane de la place Saint-Sulpice pour y donner la sérénade à une jeune personne, Bohringer ne put en redescendre une fois dégrisé, et attendit toute une nuit les pompiers. Captivé par son regard de lycanthrope, Matton lui confia un rôle dans le film *l'Italien des roses* et lança sa carrière.

Au 5 de la rue, demeurait Marguerite Duras, la Pythie du quartier. Elle s'y était installée en 1942 avec son mari Robert Antelme et Dionys Mascolo, son amant et le père de son fils Jean dit Outa. Marguerite Duras avait désormais quarante-huit ans ; elle avait publié *Un barrage contre le Pacifique* en 1950, mais c'est véritablement en 58 avec *Moderato Cantabile*, deux ans avant *Hiroshima mon amour* d'Alain Resnais, dont elle avait écrit le scénario, que la romancière devint une figure germanopratine. Des jeunes gens cultivés interpellaient avec un immense respect la petite femme courtaude aux yeux rieurs encadrés par des pare-brise à monture d'écaille noire. Ils lui disaient combien son combat anticolonialiste et ses romans les motivaient.

Actifs ou oisifs, les Germanopratins sortaient tous les soirs, collés les uns aux autres comme des bonbons. Ils avaient l'esprit de horde, vivaient dehors, pas question de faire comme les bourgeois rentrés sous la lampe à six heures, et cherchaient tous à devenir les *habitués* des lieux « in ».

C'est un des fondamentaux de la nuit : on s'assoit tous les soirs dans un bar ou un club, on referme ses bras sur tel ou tel habitué qu'on n'avait pas vu depuis longtemps, c'est-à-dire l'avant-veille, « Où étais-tu passé ? », on élit une famille de substitution sous le regard bienveillant d'un animateur qui décide de vous adopter, parce que vous êtes beau, silencieux, habité, dingo, ou que vous faites rire sans jamais la ramener. Vous êtes devenu un *habitué*...

A Saint-Germain-des-Prés, les *habitués* représentaient un noyau dur de trois cents personnes qui évoluaient jour et nuit dans une arborescence d'une dizaine d'adresses se déployant autour de la rue Saint-Benoît et du Flore.

On buvait au Bar Bac, repère d'Antoine Blondin, à l'Espérance, où le sociologue Edgar Morin aurait inventé l'expression « musique yé-yé », à la Reine Blanche, en face du Flore, où Madame Alice promenait des regards d'institutrice faussement courroucée sur la faune de gigs et de « dorelots » réfugiée dans son estaminet. On dînait le plus souvent possible à la Pizzeria Saint-Benoît. Dormir à l'hôtel n'était pas un luxe mais un signe de ralliement à l'Internationale de la Jeunesse ; on créchait au Montana ou à l'Hôtel de Seine. Ce petit hôtel pour artistes de tous calibres s'élevait face au Rock'n'roll Circus. Dali y a résidé épisodiquement. Des petits jeunes gens audacieux le traquaient, et racontaient l'avoir vu fouler de ses longs pieds osseux un tapis de seins en silicone. « J'ai besoin de sentirrr des seins sous la plante de mes pieds ! » graillonnait le Maître.

Le Cherry Lane, rue des Ciseaux, était une des boîtes homosexuelles historiques de Saint-Germain-des-Prés. Guy Cuevas y fit ses premières armes de disc-jockey. L'écrivain Bernard Minoret se souvient de l'assiduité de Roland Barthes, toujours très entouré. Nanty, lui, était fasciné par les apparitions de l'épouse d'un des plus hauts dignitaires de la République. L'insatiable chasseresse embarquait dans des voitures banalisées des filles qu'on voyait baisser les paupières sous la violence de l'émotion. Être choisie par une femme laide et puissante semblait être un aphrodisiaque raffiné entre tous.

Avant que Nanty ne s'en occupe, La Pergola rue du Four était une brasserie glauque, théâtre de transactions sexuelles entre turlupins pas frais. Pierre Clémenti, « grand cannibale gracieux », faune enténébré aux longs cheveux sales qui avouait à contrecœur ses dix-sept ans, y échouait quotidiennement sa longiligne carcasse. Le futur acteur traînait dans le quartier de jour comme de nuit, moulé dans des petits blousons étriqués et des jeans rapiécés. D'une beauté de berger nourri d'ambroisie et de miel sauvage, il lisait des poèmes dans la rue, testant son impact sur les hommes et les femmes assis aux terrasses. Grâce au manadier Jean Lafont, rencontré sur un tournage de film en Camargue, il croisa et séduisit Marie Laure de Noailles qui le surnommait « Jésus-Christ » et l'installa à la villa Noailles de Hyères. Il y pêcha des carpes. Il aurait fait l'amour à sa bonne fée. Elle lui paya ses cours d'art dramatique. « Je suis beau dans ses yeux, je l'aime » disait-il. Et puis il disparut en Italie. Le *ragazzo* indomptable allait se mesurer au *Guépard* de Luchino Visconti.

Chez Castel, rue Princesse, régnait la loi du cœur. Jean, le patron, aurait pu entonner avec

Georges Brassens « Les copains d'abord ». Il n'entendait rincer que les âmes trempées dans le goût du partage et de la camaraderie. Quelques beautés féminines remplissaient leur rôle d'adjuvant. La disposition des lieux couvrait deux niveaux : en haut, l'Elite, où s'agglutinaient play-boys aux conversations de maquereaux, rugbymen aux conversations d'intellectuels, artistes plus ou moins bien embouchés, futurs prix Albert Londres échappés des rotatives ; au sous-sol une piste de danse de dix mètres carrés où dansaient les Zouzou, Dani et et consœurs. Le rapport entre l'exiguïté du lieu et l'excitation qui saisissait les clients, une fois le seuil franchi, était de l'ordre de l'explosion d'un feu d'artifice dans une boîte d'allumettes. Le Foyer était le seul restaurant de nuit ayant la malice de servir du foie de morue à des personnes habituées au caviar Beluga. Chez Castel plus qu'ailleurs, la nuit était « un sport et un passe-temps », un art de vivre, une esthétique : on s'amusait.

En 1967, le club accéda à l'immortalité avec un couplet chanté par Jacques Dutronc : « J'aime les filles de chez Castel... Si vous êtes comme ça, téléphonez-moi... Si vous êtes comme ci téléphonez-me... »

Très prisé par les carnivores, le restaurant les Petits Pavés était tenu par un grand résistant, Marcel, ami de Jean Castel et spécialiste de l'étranglement à une main. A l'époque de l'affaire Ben Barka, en octobre 1965, des dîneurs ont vu Figon avoir une explication virulente avec le journaliste

Bernier, et lui casser un verre sur la tête ; le propriétaire se leva, saisit les deux hommes par le cou, à mains nues, et les jeta dehors, pathétiques lapins à moitié estourbis.

Entre les Deux Magots et le Café de Flore, il fallait choisir son camp. Le Flore avait un truc en plus : « le vieux Boubal », son propriétaire, un Aveyronnais qui tint boutique d'une main de fer, de 1939 à 1983.

> « Il habitait au-dessus du disquaire Vidal » se souvient Nanty. « Selon une rumeur persistante, il surveillait à la longue-vue le calibre des rondelles de citron servies avec les thés en terrasse ! Sa femme Henriette reprisait elle-même les rideaux du café. Une après-midi, j'étais assis avec Yann Queffélec, Robert Sabatier et le petit-fils de Boubal. Celui-ci arrive, nous voit et tonne "mon petit-fils ici présent veut être écrivain ; je préférerais encore qu'il soit pédé !" A quoi Robert Sabatier a répondu, pincé : "Merci pour nous !"
> D'extraordinaires histoires sont attachées à la légende du vieux Boubal. Dans les années 60, il aurait enterré au fond du jardin de sa maison de campagne des lingots dissimulés dans des sacs en plastique... Il avait plu cette année-là. Il y eut des écoulements, et des infiltrations. Un beau jour, Boubal avisa une piscine en construction chez ses voisins, et un peu plus tard, une Mercedes flambant neuve. Il pensait qu'ils avaient gagné à la Loterie nationale. En fait, c'était la loterie "Boubal" ! Les lingots avaient glissé dans le terrain mitoyen... »

Toujours en 1965, les anglophones chanceux, tel Dennis Berry, le fils du cinéaste John Berry, fréquentaient une extravagante buvette ouverte sept jours sur sept dans l'appartement du romancier James Jones, Quai d'Orléans. Jones était arrivé à Paris en 1958 avec la deuxième vague d'immigrants américains artistes. Cet ancien soldat boxeur dont le visage octogonal et le nez dévié dégageaient une impression de force butée avait été témoin de l'attaque japonaise de Pearl Harbor, et fut blessé à Guadalcanal pendant la bataille du Pacifique. Il était célèbre pour un diptyque romanesque, *Tant qu'il y aura des hommes* et *Une mince ligne rouge*. Pendant dix ans, un barman servait les visiteurs de vingt heures à quatre heures du matin, même si le maître de maison était absent de son débit de consolation. Une colonie anglo-saxonne hétéroclite, James Baldwin, William Styron, Norman Mailer, Bob Kennedy, Frank Sinatra, Nicholas Ray, Gregory Corso, Jack Kerouac, mais aussi des clochards ou des vétérans avides de rencontrer le héros amer de Guadalcanal se retrouvaient Quai d'Orléans.

Gerald Nanty ne parle pas l'anglais et n'a jamais rencontré James Jones, mais celui-ci l'a aperçu au Nuage. Jones adorait l'endroit, y sifflait des petits trains de Whisky Sour, se remémorant peut-être ses propres mots rédigés en 1951 :

> « *C'est le chant des hommes qui n'ont plus d'endroit à eux, chanté par un homme qui n'en*

a jamais eu, ce qui le prédestinait à le chanter. C'est le chant qui vous empêche de vous endormir la nuit. C'est le chant que vous faites taire avec cinq Martinis. C'est le chant de la Grande Solitude qui voyage avec le vent du désert et déshydrate l'âme des hommes. C'est le chant que vous entendrez le jour de votre mort[1]. »

« Jones venait me chercher vers midi rue Saint-Benoît » sourit Dennis Berry, « et me disait, se croyant encore dans les tranchées en Corée, *let's have some chow*[2]. Le soir, on démarrait souvent au Nuage tenu encore par le sympathique Johnny Romero. Nanty a repris l'établissement, on a continué même si Jones déplorait la subite raréfaction des ivrognes internationaux. Le Nuage était devenu un bar chic et franco-français. »

Enfin il y avait le Fiacre, l'étoile la plus brillante de cet astérisme germanopratin, et son cocher, Louis Baruc, dit « Louise », un ancien maître d'hôtel originaire du Pays basque. Un accent rocailleux, une moustache, un seigneur.

Baruc faisait partie de ces homosexuels chez lesquels l'esprit d'à-propos et la rapidité tiennent lieu d'intelligence et de raison sociale. Il recevait le Tout-Paris, et le monde entier dans toutes ses

1. *Le jour de votre mort* : extrait de *Tant qu'il y aura des hommes*, James Jones, réédité au Livre de Poche. Fred Zinnemann et Terrence Malick adaptèrent les deux romans au cinéma en 1953 et 1998.

2. *« Let's have some chow » :* « Allons nous taper un chow mein », plat d'origine chinoise très populaire en Corée et dans les îles du Pacifique.

acceptions, l'international, le grand ou le demi. Le duc de Windsor, Rubirosa, Yves Saint Laurent, Marie-Louise Bousquet, Karl Lagerfeld, ainsi qu'une ménagerie haute en couleur de tapins et de jolis affamés y ont dîné, chassé, dansé.

Au rez-de-chaussée, le bar était le domaine de Charles, le compagnon de Louis. « Fleurs coupées », biquets et tapettes s'y répandaient, volubiles et tactiles. Au premier étage, le restaurant acceptait les femmes. Les tapins ne montaient pas, mais ils se postaient dans l'escalier incurvé menant à l'étage, offerts, alanguis, décoratifs. Une rampe d'hommes. Entre deux plats, les dîneurs chaloupaient sur la micropiste de danse du restaurant. Nanty se souvient de sa fierté, lorsqu'il obtenait une table au Fiacre, au début des années 60. Il était empli du sentiment gratifiant d'être admis au cœur de la machine mythologique. Dîner coude à coude avec les bonnes personnes, être vu là où il fallait être vu était enivrant. Nanty rêvait de faire rire, de séduire et de capturer ce Paris si capricieux et volatil des garçons rapides et cambrés, et des mondains.

Le Fiacre avait trois égéries : la célèbre Paulette, qui tenait le vestiaire, Zina, une mondaine qui n'aimait que la compagnie des homosexuels, et Rose-Marie Le Guellec, légendaire mannequin cabine de Jacques Fath. Elle avait des yeux myosotis et la tournure d'esprit de Zazie dans le métro. Rebelle, mal élevée, insolente, irrésistible. Et comme la fameuse Zouzou, aucune ambition. De mémoire d'habitué du Fiacre, Rose-Marie avait toujours un juron frais à la bouche comme d'autres ont une cibiche. Elle disait « J'm'en fous » à ceux qui la complimentaient sur sa beauté, répondait « Va fanculo » à l'Aga Khan et aux nombreux hommes qui la demandaient en voyage ou en mariage. Elle a fini concierge dans le VIIIe arrondissement de Paris, loin de Saint-Germain-des-Prés, protégée par le couturier Azzedine Alaïa...

LES BANDES

Si l'on voulait être quelqu'un dans la jeunesse parisienne des années 50 et 60, il était bon d'appartenir à une bande ou de graviter autour. Ces bandes dont la plus célèbre portait le nom de son QG, le Drugstore, s'inspiraient des bandes de blousons noirs américains nées avec le rock'n'roll et mythifiées par le cinéma. Tout le monde avait vu *la Fureur de vivre* de Nicholas Ray, sorti à Paris en mars 1956, et *West Side Story*, en mars 62, et fut impressionné par la bande « cool » de Buzz, par les Jets et les Sharks... Rebelles par principe contre l'ordre établi, crachant à la gueule du système et des bourgeois, les bandes parisiennes étaient matérialistes, obsédées par les disques et les bolides de sport, par l'objet ou l'endroit « in », comme le chantait Serge Gainsbourg dans « Qui est "in" qui est "out" ». Le mythe d'une camaraderie noble et pure, fondée sur un esprit de corps digne des Mousquetaires s'effondre face aux témoignages des survivants des bandes, tous aujourd'hui gaillardement sexagénaires : ces sociétés hyperjuvéniles – certains avaient treize-quatorze ans – et très brutales relevaient d'une organisation politique et économique impitoyable pour le faible ou le pauvre.

Le cinéaste Benoît Jacquot, qui resplendissait à l'époque d'une beauté méphistophélique, était un « mec du Drug' » : « Dans les bandes de la Rive Droite, tout particulièrement celle du Drugstore, c'était tribal. La bande était une association de malfaiteurs, pas une amicale d'entraide ! Facteur aggravant, le sentiment d'impunité de ces rejetons issus d'une classe sociale privilégiée. Les bandes étaient violentes, délinquantes, âpres, avec une sexualité qui n'a rien à envier à celle des banlieues du XXIe siècle : les tournantes étaient quotidiennes, les filles se pliaient volontiers à ces rites de passage et d'intégration, elles s'en foutaient plutôt car la transgression était un signe extérieur de modernité ! On les maquait un peu, ça les excitait, tout était à la fois dégueulasse et bénin. Rien n'est plus romantique qu'une bande de jeunes gens beaux et libres, or rien n'était moins romantique que nos bandes... »

Dans la nébuleuse, on distinguait la bande du Français, nommée d'après le café jouxtant Lido Musique sur les Champs-Elysées ; la bande de Saint-Lazare et de la Trinité, qui compta Jacques Dutronc et Johnny Hallyday parmi ses affidés, très voyoute, prolétaire, nerveuse, multipliant les larcins ; à la Muette, un grumeau de fils de famille salement dévergondés, les vrais « blousons dorés » entourés de filles blondes aux yeux étonnés ne rêvaient que de surprises-parties et de coucheries.

La bande du Drugstore[1], en référence au Drugstore des Champs-Elysées, s'est constituée en 1960. Assez snob, obsédée par Londres pour des raisons vestimentaires et musicales, cette bande de minets comptait parmi ses membres Benoît Jacquot, François Armanet ainsi que l'acteur Jean-Pierre Léaud, le marchand de chemises Alain Figaret, les frères Castille, le riche Pilotas, ou encore le pittoresque Tarzan, « un Chéribibi poilu qui levait une fille par jour sur les Champs-Elysées » note, envieux, un autre vétéran, le photographe Jean-Marie Périer, lequel « observait » au Scossa et au Mami's, deux QG historiques.

La bande du parc Montsouris était gauchiste, artiste, plus pacifique et faisait circuler le joint autour de Jean-Pierre Kalfon et Valérie Lagrange. Celle de Vincennes était bourgeoise, celle du square des Batignolles petite-bourgeoise. La bande de l'Etoile, antérieure à toutes les autres, eut pour héros les frères Marquand, Serge et Christian. Quelques vieux play-boys se souviennent d'une farce tropézienne de Serge Marquand qui desserra le frein à main d'une Ferrari stationnée sur le port de Saint-Tropez et la précipita à l'eau, sans raison, pour la beauté ravageuse du geste. Histoire apocryphe ? Plausible en tout cas...

Hors catégorie, la bande des Zemmour, qui razziait sporadiquement la rue Saint-Benoît, et la bande des Yougos, qui s'attaquait aux bandes riches.

1. *La bande du Drugstore* : immortalisée en 2002 dans un roman (Gallimard), puis un film, tous deux de François Armanet.

Huile dans l'eau, les bandes se côtoyaient plus ou moins souplement mais ne se mélangeaient pas. La rue était un hall de gare démesuré, une salle des pas perdus. On était mercredi, on était samedi, et il devait se passer quelque chose d'extraordinaire. On guettait le coup, bon ou mauvais. On attendait du leader charismatique une inspiration, une idée. Le shopping compulsif, cette sexualité désespérée, n'existait pas, le téléphone portable n'existait pas, la télévision n'intéressait personne à part les pensionnaires des hospices ; on braquait des appartements ; on volait à la tire ; on dansait ; on buvait ; on allait au cinéma, on fréquentait le Mac-Mahon où communiaient les *hitchcocko-hawksiens,* la Cinémathèque ou les salles des Champs-Elysées, mais ce quotidien routinier n'apaisait ni le mal-être, ni l'envie de vivre aiguille bloquée dans le rouge, comme Sagan, qui en était à son deuxième accident de voiture. James Dean, l'acteur au regard de chien battu et aux épaules de jeune Dieu, était mort de cette maladie de la vitesse et de l'insatisfaction le 30 septembre 1955, au volant de « Little Bastard », sa Porsche 550 Spyder.

Qu'est-ce qu'on peut bien faire ? Cette interrogation, cette angoisse du désœuvrement, un film français la comprit, la désossa, en fit une douloureuse aporie existentielle que seule la mort était en mesure de résoudre : dans *Pierrot le Fou* de Jean-Luc Godard, Anna Karina chantonne sans conviction « Qu'est-ce que j'peux faire... J'sais pas quoi faire... » tandis que Ferdinand, pitre jusqu'au-boutiste déjà revenu de tout, c'est-à-dire de l'idéal, ne voit pas d'autre issue que de se faire sauter le caisson. On était en 1965. Jean-Luc Godard avait deviné la nature du mal. Vivre sans but les tuait à petit feu. Par l'insurrection, ou la consommation, il faudrait que ça change.

> *« J'ai pas peur des petits minets*
> *qui mangent leur ronron au Drugstore*
> *Ils travaillent tout comme les castors*
> *Ni avec leurs mains ni avec leurs pieds*
> *Croyez-vous que je sois jaloux ? »*
> (Jacques Dutronc, 1966.)

Au début des années 60, un phénomène migratoire modifia la sociologie de Paris : toutes les bandes de la capitale convergèrent vers la rue Saint-Benoît.

« Je crois qu'on est venus à Saint-Germain-des-Prés pour fumer des joints avec les musiciens de jazz, les Américains qui traînaient au Old Navy, et les pré-hippies » avance Dennis Berry. « La fumette ne faisait pas partie des habitudes de la Rive Droite. L'exode a commencé en 60. Fumette et dégoût ont été les deux déclencheurs. Dégoût, parce que dans les bandes de la Rive Droite, on professait un mépris croissant envers l'être humain. Saint-Germain c'était la douceur de vivre, l'ambiance y était plus drôle, plus libre, plus artiste, plus déglinguée. Et il y avait plus de respect de l'autre. »

Quel était le lien entre hétérosexuels et homosexuels ? Le sexe. Il fallait de l'argent pour se payer un Solex, une sortie, des disques, un *poulover*, ou une voiture de sport pour parader et lever des filles. La moitié des jeunes filles gigolaient sans penser à mal. Quant aux minets, on les retrouvait la nuit au Fiacre, draguant de généreux michetons. Un noceur de l'époque, Michel Barnes, se souvient : « Certains avaient la chance de ne pas avoir besoin d'être homosexuels occasionnels. Question d'argent. » L'homosexualité n'existait pas officiellement dans les bandes. Sucer n'était pas jouer. Mais l'économie du sexe attestait de son existence. De nombreux homos, antiquaires, décorateurs, en firent les frais, se faisant dépouiller par les gigolpinces hétéros.

> « Les décorateurs, les antiquaires, les hommes qui dînaient dehors avaient envie d'accueillir des gens nouveaux, venus d'autres milieux, racontant d'autres histoires. C'était très exactement l'ambiance de *Plein Soleil* » affirme Nanty. « Dans le milieu homo raffiné de Saint-Germain-des-Prés, on regardait les bandes comme un ramassis de zazous, de zozos d'une autre planète, on savait que ces petites frappes servies à table chez leurs parents, ces gamins trop beaux pour être honnêtes étaient prêts à tout pour le fric... »

Electron libre, Gerald Nanty se mouvait dans la nuit de façon transversale. Solitaire, sans affiliation précise à une bande, il était déjà quelqu'un, déjà un petit nom dans le Paris nocturne.

PETITE SOLITUDE AU MILIEU DES SOLEILS[1]...

En 1964, les Beatles chantèrent trois semaines à l'Olympia et les Rolling Stones découvrirent la salle des Grands Boulevards le 18 octobre de la même année. On changea des fauteuils après leur passage. Le quotidien *France-Soir* fit preuve d'une belle sagacité : « Les Beatles : leur yé-yé est le pire que nous ayons entendu depuis quatre ans. Et physiquement, ils sont encore plus démodés que leur musique. Il n'est rien que le public puisse moins supporter que des vedettes démodées. »

Les ringards vendirent cent dix millions de disques en 64, et furent introduits en Bourse le 17 février 1965... *HELP !*

En 65, une gamine aux cheveux de paille susurra sur un mode mécanique « Je suis une poupée de cire une poupée de son » et gagna l'Eurovision. Derrière France Gall se profilait Serge Gainsbourg, qui saurait injecter un peu de mélancolie Mitteleuropa, beaucoup de poésie et quelques obsessions sexuelles

1. Titre d'un tableau de Francis Picabia.

sophistiquées[1] dans la chanson française jusqu'alors polluée par les moustiques yé-yé.

En fin d'après-midi, après la fac ou le collège, on vivait l'oreille collée au transistor Radiola, dans l'attente du rendez-vous quotidien de dix-sept heures avec *SLC*. Les résultats du baccalauréat s'en ressentirent. La musique était le ciment de la génération des baby-boomers, et pas un jeune de l'époque n'aurait considéré qu'être traité de « dégénéré » par André Brincourt dans *Le Figaro* était une insulte : c'était la Légion d'honneur de la jeunesse dans le vent !

Seul Gerald Nanty, animateur du Club 65, n'achetait pas de disques, n'écoutait pas la radio, et se fichait éperdument de la musique !

> « Je suis passé à côté de l'arrivée des Beatles et des Stones. Je trouvais les yé-yé nuls et ridicules. Je n'ai jamais eu de musiciens dans mon entourage, ni de jazzmen, ni de rockeurs, ni de chanteurs pop. J'ai depuis vingt ans *un* ami musicien, le compositeur Frédéric Botton, il est mon unique et mon plus précieux spécimen. J'ai eu des copains chanteurs de variétés, Nicoletta et Hervé Vilard, mais je suis étranger à la musique. Je vis pour les mots, pas pour la musique. J'aime Cole Porter, Nat King Cole, mais ce n'est pas de la musique, c'est une conversation sous une autre forme que verbale. »

---

1. *Sophistiquées...* : Serge Gainsbourg fut lapidaire sur sa surprenante collaboration avec France Gall : « J'ai retourné ma veste parce que je me suis aperçu qu'elle était en vison. »

La discothèque est née en France, le poing levé et un doigt posé sur la bouche : sa justification originelle fut un acte de résistance à l'occupation nazie. Les « discothécologues » distingués s'entendent sur cette origine. Cabarets, restaurants de nuit et bistrots étaient autorisés par l'occupant allemand, alors qu'une interdiction drastique pesait sur les dancings de « swing » et les clubs de jazz, à cause des liens culturels entretenus par ces institutions avec « les races noires et juives ». Le jazz est naturellement devenu l'emblème de la sédition. A Paris, rue de la Huchette, des clubs clandestins bravaient le *verboten,* diffusant des disques en sourdine. En 1941, un de ces clubs éphémères se baptisa tout naturellement la Discothèque. L'ADN de la discothèque à la française est quasi héroïque ; dès l'origine la pénombre de la clandestinité, l'alcool, la musique et la désobéissance s'y sont mélangés.

Après guerre, alors que les orchestres de jazz retrouvaient droit de cité et faisaient fureur à Montparnasse, Saint-Séverin ou Saint-Germain, l'entrepreneur marseillais Paul Pacini ouvrit en 1947 le Whisky à Gogo. On consommait des cocktails et des alcools forts à la mode américaine. La piste de danse était minuscule, et très vite encombrée. Mais la révolution, c'était cette machine féerique, scintillant de mille feux, qui contenait des 45 tours empilés comme des crêpes : le juke-box.

Dix ans plus tard Paul Pacini avait dix-sept

Whisky à Gogo sous franchise. Il avait inventé un jeu, « Cuite ou double en cinéma scotch » : on ouvrait au hasard un roman de Peter Cheyney, Pacini mimait l'action et offrait une soupe, un verre de lait ou un whisky aux participants, selon qu'ils avaient perdu ou gagné.

L'ambianceur marseillais fut à l'origine de la carrière de Régine : en 1952 il l'engagea au Whisky à Gogo de la rue du Beaujolais, derrière le Palais-Royal. La toute jeune rouquine accepta de passer les disques (le juke-box avait vécu), de donner des cours de danse aux empotés, et parfois, d'être dame pipi. En 56 Régine ouvrit son premier club, rue du Four, à Saint-Germain-des-Prés ; Françoise Sagan l'adopta instantanément, devenant pour la presse « la première romancière noctambule française ». En avril 61, la troupe de la comédie musicale *West Side Story* qui se produisait à Paris débarqua dans le club de Régine et investit la piste en faisant des mouvements décomposés, rapides et ludiques qui les délassaient après chaque représentation. Les jeunes Américains dansaient le twist. Régine apprit les pas en cinq sec' et lança le twist, en même temps que sa carrière de reine du clubbing jet-set. *Twist again like we did last year...*

Son New Jimmy'z ouvrit boulevard du Montparnasse, en 1962, décoré dans le style Art déco par François de la Mothe. Gerald Nanty s'en inspira dix ans plus tard pour le Colony de la rue Sainte-Anne...

Autre phénomène lié à la préhistoire de la nuit : la bataille du 45 tours. Avec le shetland tricoté sur la bête, et la voiture de sport, le microsillon tout juste pressé à Londres était le Graal des jeunes gens dans le vent. En 60, les yé-yé yaourtaient, tandis qu'à Londres les salles de concert accueillaient de grandes messes rock'n'roll menées par Hendrix, les Kinks, les Animals, Donovan, les Who. Les plus aventureux des Parisiens allaient écouter et acheter sur place la musique des demi-dieux à gueules de gouapes sensuelles. « A Londres, c'est la folie et on trouve des disques ! » Ce fut le mot d'ordre d'une poignée d'aventuriers qui découvrirent en 62 et 63 une scène londonienne électrisante, en pleine beatlemania. Mods et rockers, filles en collants rose shoking ou vert cucumber, cheveux longs, *miniskirts* de Mary Quant, brassage social autorisant les prolos à frayer avec les lads de l'upper class pourvu que les uns et les autres aient du talent, la rue londonienne était humoristique, carnabyzarroïde, l'excentricité était la norme, et de nouveaux groupes éclosaient chaque semaine. Gino Rica, un ami de Jean-Marie Périer, rapportait de Londres des disques que l'on découvrait en primeur dans les boîtes de nuit. Les disquaires de Régine, Castel, du Whisky à Gogo, ou du Club Saint-Hilaire lançaient des danses : le Madison, le Locomotion, le Twist, le Jerk, le Watusi, le Woodpecker, le Boogaloo... Paris était redevenu une fête.

En 1958, la première génération de « professionnels » de la jeunesse surgit en France, arrachant ce commentaire attentif à François Nourissier : « Voici que se lève, immense, bien nourrie, ignorante en histoire, réaliste, la cohorte dépolitisée et dédramatisée des Français de moins de vingt ans [1]... »

Des jeunes qui « ne croyaient plus à rien », comme l'écrivit, en pesant son verbe « croire », le révérend père Daniélou dans *l'Express* en décembre 1957, qui voulaient s'en mettre jusque-là, en profiter, gueuletonner au banquet des Trente Glorieuses, cannibaliser leur propre jouvence. Qui estimaient ne pas avoir volé leur plaisir, après l'apocalypse fabriquée par leurs aînés. Une Génération *Eperdue* de plaisir. La Guerre entre les deux grands blocs Est-Ouest était-elle Froide ? La vie des jeunes serait chaude ! Les idéologies s'invalidaient les unes derrière les autres, les idées s'effritaient sous l'acide du doute ? On se jetterait dans la vie matérielle, dans *les Choses* avec Georges Perec et son divan Chesterfield, dans les robots-mixeurs avec Boris Vian, on célébrerait le Progrès et la modernité.

« Dans les années 60, nous avions un devoir d'insouciance, un devoir de bonheur ! » : on doit cet enthousiaste oxymore à Pierre Bénichou qui rappelle que des gens « marchaient pieds nus à

1. *Des Français de moins de vingt ans...* : François Nourissier cité dans *Chronique des années soixante* de Michel Winock, Editions du Seuil.

Saint-Germain-des-Prés, bien avant la décade hippie. Ceux qui avaient connu la Libération à dix-sept ans nous fascinaient. Nous aimions le jazz, les big bands, et un as de la chansonnette, Boris Vian, qui surnommait Gershwin "Guère swing" et clamait sans se prendre au sérieux "En avant la zizique !".

Le Saint-Germain-des-Prés des années 60 était nostalgique du Saint-Germain-des-Prés des années 40. On a toujours été nostalgiques et admiratifs des plus vieux, on voulait frayer avec eux. Un Gerald Nanty est en ligne directe avec les acteurs du passé, il transmet aux gosses d'aujourd'hui quelque chose de cette grandeur d'un bonheur alors frénétiquement cultivé. »

Avoir vingt ans en 1958, c'était découvrir le soleil, par exemple, dont les générations précédentes n'avaient eu qu'un échantillon avec le Front populaire : 1936, tous à l'eau, 1939, tous aux abris. Le soleil s'était trop vite éclipsé.

En 1955, Françoise Sagan et Roger Vadim sifflèrent « Par ici, la jeunesse ! » Celle-ci découvrit que le soleil avait élu domicile dans le Var, et qu'il brillait mieux, de jour comme de nuit, à Saint-Tropez.

« Il y a les vents d'abord, ces trois ou quatre vents qui tombent sur la presqu'île, qui la balaient, la nettoient, et qui projettent ensuite cet air si léger, si fou, si gai qu'en deux jours on se

sent changé et remis d'aplomb. Il y a ce soleil jaune et paisible, ce soleil aimable qui luit là souvent, tandis qu'il pleut à Cannes et à Monte-Carlo[1]. »

Du milieu des années 50 à 1968, Saint-Germain-des-Prés fut un dancing grandeur nature, mais surtout une extravagante réserve où abondaient nombre de spécimens sévères. Bras cassés inspirés, agents provocateurs, inadaptés fiers de l'être, filles splendides dont la seule présence faisait monter d'un cran la densité voltaïque d'une boîte à la mode, dandys volontairement clochardisés et autres génies brefs passèrent et brûlèrent à la vitesse des novae. Nanty les a croisés. Quelques livres, quelques films les ont capturés.

> « Je n'ai pas vu les films fameux de Zouzou la twisteuse, *Hitler... Connais pas* de Blier, ni *le Désordre à vingt ans*, de Baratier, ni *l'Amour l'après-midi* d'Eric Rohmer » constate Nanty, « mais je me souviens bien de cette pétroleuse en pantalon ! Zouzou faisait des courants d'air au Flore, elle avait toujours un paquet de types à ses trousses, Goude puis Michel Taittinger, des chanteurs, des photographes. Très plate, très vive, très gouailleuse, un garçon manqué réussi, l'anti-Vartan, l'anti-Hardy, pas commode et pas bêcheuse ! »

1. *A Monte-Carlo...* : Françoise Sagan.

Zouzou, avec un Z, comme zézaiement, et comme « zéro ambition » : la twisteuse de Saint-Germain-des-Prés habillée par Jean-Paul Goude devint célèbre du jour au lendemain, grâce à *Paris Match*, fit des films d'art avec Charles Matton et Martial Raysse [1], des disques avec Jacques Dutronc et Alain Chamfort, joua une Vierge Marie très enceinte de Jésus pour Philippe Garrel en 67 (l'année de la légalisation de la pilule), fut une étoile filante à Hollywood, une icône du magazine *ELLE*, un mythe culturel, et *la* femme qui fit aimer le camembert à Jack Nicholson, sans jamais rien chercher, ni provoquer, ni comptabiliser. La Nico française (en plus rigolote) ne calculait rien. Sans le chercher, elle devint l'Impératrice de la jeunesse, la ministre du mode de vie des jeunes.

En cela, Zouzou est l'emblème de l'insouciance des années 60, et le talisman de tous ceux qui, aujourd'hui, déplorent la « Staracadémisation » des esprits.

Eric Rohmer offrit à Zouzou le rôle de Chloé, la maîtresse d'un homme marié, dans *l'Amour l'après-midi* ; elle devint une star en 72. Rohmer l'érotomane puritain avait compris depuis longtemps que Saint-Germain-des-Prés était un réservoir de prototypes féminins *et* masculins. Ainsi, dans *la Collectionneuse* (1966), un conte moral assez cruel tourné à Saint-Tropez avec Haydée Politoff,

1. *Raysse...* : *La Pomme*, de Charles Matton (1966), *Portrait électromachinchose*, de Martial Raysse.

Patrick Bauchau, et les robes de chambre de Brigitte Bardot, l'artiste Daniel Pommereulle déclamait d'une voix sépulcrale « *Je ne fréquente que des gens qui sont dangereux* ». On le retrouva un an plus tard dans *les Idoles* de Marc'O, comédie foutraque qui déconstruisait la mythologie yé-yé et pulvérisait la société du spectacle, tournée par un réalisateur culte, compagnon de route du situationniste Guy Debord.

Daniel Pommereulle était un starlet du quartier. Peintre, sculpteur, passant ses nuits chez Castel, très agressif (l'agressivité était considérée comme un acide chlorydrique antibourgeois), il se prenait pour Marcel Duchamp. Il avait sculpté un immense toboggan dont la piste était une lame de rasoir géante, et avait exposé en 65 au Salon de Mai un arbre fruitier, commentant pompeusement : « J'introduis le péché(r) dans l'art ».

Le nouveau quartier de prédilection de Gerald Nanty avait été surnommé « Saint-Ghetto-des-Prêts »[1] par Gabriel Pomerand, qui n'en sortit pourtant jamais. Boris Vian le décrivit ainsi : « Un mètre soixante-huit, cheveux hirsutes, yeux noirs, poids : cinquante kilos, il fut successivement parasite, prisonnier, étudiant, résistant, écrivain, gigolo puis époux. » D'un commerce délicieux, Pomerand, dit l'Archange Gabriel, fit de sa vie une aventure artistique vociférante et modeste. Il vivait juste au-dessus du Flore, rue Saint-Benoît, avait trans-

1. *Saint-Ghetto-des-Prêts...* : d'après son roman éponyme.

formé sa chambre en fumerie d'opium où Dennis Berry faisait de régulières stations allongées, et appartenait, depuis sa rencontre avec Isidore Isou dans une cantine pour déportés juifs en 45 – il avait alors dix-neuf ans –, au groupe lettriste, qu'il représenta dans les caves de Saint-Germain-des-Prés. A la fondation du Tabou, Pomerand y récita tous les soirs des poèmes phonétiques. Ce VRP du lettrisme créa en 47 une « Symphonie en K », publia un roman, *les Puérils*, chez Robert Laffont, et se suicida en 72, à quarante-six ans.

Sa mort furibonde ne pesa pas lourd face aux extases de la révolution sexuelle, mais elle envoyait un signal : les plus purs, les plus épris d'absolu avaient définitivement démissionné. Un texte de Pomerand, lu lors d'une séance lettriste en décembre 47, semble avoir été écrit la veille de son suicide.

> *« Brutale et insolite comme un coup de pied dans les fesses, la jeunesse est un tract ambulant. Elle doit choisir, et c'est pourquoi elle a l'âge du suicide ou de l'acceptation. Le rôle de la jeunesse est de faire peur, et c'est sa justification. Elle arrive comme une épidémie dans la cité qui roupille. Nous allons emmerder votre tranquillité, votre lâcheté ; nous allons vous contraindre à lever les couilles drapeau du monde, ou à crever. »*

Dans un autre genre, Paul Gégauff marqua les esprits. Il aurait écrit les scénarii des *Bonnes Femmes* (tourné par Claude Chabrol) et de *Plein*

Soleil (René Clément) en trois jours à chaque fois. Dennis Berry le côtoya et concède que Gégauff était grandiose : « Il avait inventé le jeu grandeur nature le plus dingue auquel j'ai participé, une cueillette aveugle de champignons suivie d'un dîner "roulette russe" cuisiné par ses soins. Il invita six producteurs de cinéma. Ils étaient de la couleur des verres de lait servis par Gégauff en guise d'anti-poison... »

Jean-Marie Périer confirme : « Paul était fou, il se tapait du LSD à la boîte Kodak ! En quantités surhumaines ! Ordinairement, les gens en mettaient deux gouttes sur un sucre, mais Paul lapait le contenu d'une demi-boîte de pellicule cul sec. Il tenait quarante-huit heures, il en a beaucoup pris. » Provocateur, Gégauff pouvait se déguiser en officier allemand de la Seconde Guerre mondiale pour perturber des raouts communistes. « Avant guerre, on aurait dit qu'il était maurrassien » assure Charles Matton, qui garde le souvenir d'un grand insomniaque, noctambule par angoisse, dont l'humour et la sociabilité masquaient mal le profond pessimisme et la neurasthénie. Paul Gégauff est mort percé d'un coup de couteau par sa fiancée norvégienne Coco Ducadeau, qu'il mettait sans cesse au défi de le tuer, lui disant : « t'es pas cap' »...

L'autodestruction par le suicide, les notions d'exploit, de blague et de surenchère dans le canular étaient prégnantes à cette époque. Car l'époque était une méchante paire de tenailles : le téléphone rouge de la Guerre froide d'un côté, la pilule de l'autre. L'orgasme sous la bombe atomique ? L'absurdité de la situation développait le goût de la fête et du saccage. Dieu était mort, c'était une affaire entendue, mais dix ans, quinze ans après la fin de la guerre, les jeunes gens bien nourris, « cette belle jeunesse où nous avons souvent pensé crever de rire [1] », eurent une gueule de bois métaphysique et à retardement. Pomerand, Pommereulle, Gégauff et d'autres réactivèrent plus ou moins consciemment les « valeurs » d'un mouvement né à la fin de la Première Guerre mondiale et dissous fin 23 : Dada. Le goût de la vitesse, de la dérision, du canular, de l'alcool, des drogues, l'amour des armes à feu, l'anticonformisme et le refus du système avaient fondé l'esprit Dada. Quarante ans plus tard, une poignée d'« absolutristes » de Saint-Germain-des-Prés émirent une lumière noire, comme autant de petits soleils de suie. Ils s'adressaient des clins d'œil lorsqu'un film, *le Feu follet*, tombeau pour Jacques Rigaut, ou un scandale ressuscitait cet esprit Dada, né du « dégoût », mais aussi de la jubilation d'être vivant à la fin de la guerre. Trois ans après la mort d'Albert Camus, Tristan Tzara revint sur la genèse de Dada : « Dada n'était pas seulement l'absurde, pas seulement une blague, Dada était l'expression d'une très forte douleur des

1. *Crever de rire...* : Roger Nimier.

adolescents, née pendant la guerre de 1914[1]. Ce que nous voulions c'est faire table rase des valeurs en cours, mais au profit justement, des valeurs humaines les plus hautes. »

Au milieu des années 60, le train de l'histoire était passé, Auschwitz – Hiroshima, et son vacarme ne cessait pas de résonner dans le temps.

Oui, certains pitres apparemment bénins, certains farceurs désespérés de Saint-Germain-des-Prés perpétuèrent Dada, avant de se massacrer, pour la beauté du geste. Trop de lucidité, pas assez de lithium.

---

1. *Guerre de 1914*... : cf. Jacques Rigaut en 1923 : « Jusqu'à présent, nous n'avons rien fait, pas un poème, pas un petit crime qui en vaille la peine. Il y a quelques autos et quelques petites filles qui peut-être ne nous dégoûteraient pas, mais l'effort est au-dessus de nos forces. Tout ça finira par un mariage. »

En 1963, les circumnavigations parisiennes de Gerald Nanty tenaient dans un mouchoir : rue Jacob – Café de Flore – Fiacre... Un jour, Alain-Philippe Malagnac surgit devant lui au Flore. Une apparition davidhamiltonienne avant l'heure. L'enfant ravissant âgé de quatorze ans n'avait pas froid aux yeux. Il se disait étudiant, n'entendait pas en faire une habitude, habitait Vincennes et voulait « faire » des photos.

La conversation roulait lorsqu'une femme les interrompit :

« Bonjour, je m'appelle Josée Dayan, je suis l'assistante du réalisateur Jean Delannoy qui tourne le film *les Amitiés particulières* d'après le roman de Roger Peyrefitte. Nous cherchons des figurants pour interpréter les élèves du pensionnat. Le tournage se déroule à l'abbaye de Royaumont... »

Le jeune adolescent a rejoint le plateau le lendemain, et rencontré le romancier. « Fait succomber », corrige Gerald Nanty, qui n'entendit plus parler de l'adolescent.

Dans *Propos secrets*, ses mémoires, Peyrefitte a évoqué la rencontre avec lyrisme : « C'était comme s'il sortait de moi, comme si je l'avais recréé, à l'égal de son père et de sa mère. »

Trois ans plus tard, Nanty reçut un coup de téléphone au Prélude lui annonçant la venue de Messieurs Peyrefitte.

Messieurs ?

ROGER PEYREFITTE

« Il faut montrer l'homme nu, « intus et in cute... culoque », à l'intérieur et dans sa peau, comme disait le satiriste Perse, à quoi je joins : et même dans son cul. »

Propos secrets III, Roger Peyrefitte.

Gerald Nanty n'a pas détesté aimer un homme impopulaire. Roger Peyrefitte était son combat. Nanty ne s'est pas attaché à l'homme de lettres par snobisme, mais par vertu, et péché d'orgueil. Il est plus aisé d'être fidèle à un héros qu'à un artiste humainement discutable. Le milieu littéraire lui a donné pendant trente ans des surnoms ignobles. Le « marché aux prépuces » fit carrière ; Philippe Jullian persifla que Roger Peyrefitte était « le fruit des amours d'une concierge toulousaine et d'un mauvais prêtre ». Plus bénin, le « septuagénaire à bouclettes » d'Angelo Rinaldi... En aimant son ami Peyrefitte, Nanty s'est forgé une morale de la loyauté.

« Roger Peyrefitte et Françoise Sagan ne s'aimaient pas. Françoise m'engueulait : "Minou, comment peux-tu aimer ce réac, c'est un cornichon, il est très vulgaire !"
Françoise avait pour meilleure amie Florence Malraux, la fille d'André, et Roger n'avait jamais ménagé ses attaques contre celui qu'il tenait pour un « imposteur ». Entre Françoise et Roger, je zigzaguais pour éviter les balles.
Roger et Jean-Paul Aron se détestaient ouvertement. Jean-Paul me disait : "Mon agneau de lait, cessez de le voir, c'est le diable !" Et ainsi de suite... Au fond, les gens adoraient le détester. Il était pourtant de tous les dîners, tous les débats télévisuels et toutes les fêtes car sa liberté forcenée fascinait. Le Tout-Paris le courtisait pour mieux le critiquer ; il était le bouc émissaire qui permet de se draper dans sa dignité à bon compte. Mais toutes ces calembredaines faisaient marrer Roger. Il vivait selon son bon plaisir.
Il est vrai que la plupart des reproches qu'on lui adressait étaient fondés. Il était réac, s'acoquinait avec Jacques de Ricaumont et d'autres, osant signer des papiers dans *Minute*, pour emmerder le monde. Il y avait aussi ce côté délateur, Grand Inquisiteur. Mais Roger était mon ami, un ami formidable, enthousiaste, toujours partant, généreux, curieux de tout, allant au bout des entreprises dans lesquelles sa fidélité l'entraînait. Sans lui, je n'aurais pas ouvert le Colony et le Bronx dans les années 70, et je n'aurais pas connu l'une de mes héroïnes, Marie Laure de Noailles. Je suis lucide, mais éternellement reconnaissant. J'adorais Roger. »

Toute société est divisée en deux classes de gens, avait noté Chamfort, « ceux qui ont plus de dîners que d'appétit, et ceux qui ont plus d'appétit que de dîners ». Du sur mesure pour Peyrefitte. Il était omniprésent dans les rubriques mondaines, vibrionnait de premières en dîners de gala et se nourrissait comme un ascète. « Il faisait le régime crétois avant la lettre » s'amuse Charles-Henri Flammarion dont le père Henri recevait Peyrefitte au domicile familial, à Sèvres. L'écrivain faisait des lectures de ses manuscrits en petit comité, et Henri Flammarion sortait son stylo pour tenter de biffer les passages diffamatoires. Pas toujours avec succès, mais toujours sans avocat...

> *« Soudain il n'y eut plus de spectacles, plus de pensées : il n'y eut plus qu'un personnage. Sur la prairie, entre les saules, Alexandre avançait, vêtu d'un petit caleçon bleu. Il avait cueilli un glaïeul écarlate, et s'amusait, en marchant, à le faire tenir droit sur la paume d'une main. Sa fine chaîne d'or dansait autour de son cou. Les rayons du soleil le portaient, l'herbe pliait à peine sous ses pas. Georges n'avait jamais rêvé plus délicieuse vision. "Je me rappellerai toute ma vie, murmura-t-il, que j'ai vu cela, que cela fut." »*

Lorsque Roger Peyrefitte publia en 1944 son premier roman, *les Amitiés particulières*, la France profonde considérait encore l'homosexualité comme une maladie, une déviance typique des artistes,

Gide et Proust en tête pour ceux qui avaient des préjugés *et* de la culture, voire une malédiction.

En 1928, Jean Cocteau publiait presque sous le manteau *le Livre blanc*, hymne ardent aux garçons de son enfance et de sa vie d'homme, dans lequel il pousse ce cri : « Mes malheurs sont venus d'une société qui condamne le rare comme un crime et nous oblige à réformer nos penchants. » Dans l'aristocratie ou la grande bourgeoisie, beaucoup d'hommes se mariaient, et vivaient leur homosexualité en sous-mariniers schizophrènes et culpabilisés. En 1955, dans son essai autobiographique *la Chambre des écureuils,* Marie Laure de Noailles décrit *la révélation* des penchants de son mari Charles : « J'avais dit que je voulais me coucher tôt, avant ce long voyage. Le Baedeker était resté dans sa chambre à lui. Lui était couché... Le Baedeker traînait sur le sol... Bastien était nu à ses côtés... » Infinie tristesse à peine dicible, phrase qui meurt et se suspend comme meurt l'amour...

Pour un Jean Genet sauvage, marginal, et révolutionnaire, capable de dire en 1956 « J'ai décidé, choisi librement ma pédérastie, au sens sartrien du mot » ou encore « Je me refuse à l'imposture », combien d'hommes et de femmes muselés, donc mutilés ?

Oscar Wilde avait ironisé sur l'enfer de la clandestinité et la peur de la répression qui était le lot des homosexuels anglais à la fin du XIXe siècle : « De tous les exercices, l'homosexualité est le plus sain. Presque tout se passe en plein air… et il faut tellement marcher ! »

Les homosexuels français de l'après-guerre acculés à la fréquentation des « tasses » (les vespasiennes) [1], des buissons, des jardins publics et des quais dans les grandes villes, n'auraient pu mieux dire. Les rassemblements d'homosexuels tombaient sous le coup de la loi. Le gouvernement de De Gaulle avait confirmé en 1945, un an après la parution du livre de Roger Peyrefitte, une disposition prise par Laval et le gouvernement de Vichy. L'article 331-1 du code pénal assimilait une relation homosexuelle à un délit passible de la prison si l'un des deux participants avait moins de vingt et un ans. Une ordonnance du 1er février 1949 décrétait que les hommes n'avaient pas le droit de danser entre eux. Le 18 juillet 1960, l'homosexualité fut inscrite sur la liste des « fléaux sociaux » français, à côté de l'alcoolisme et de la tuberculose, à l'initiative d'un certain Paul Mirguet, député en mal de publicité ! L'amendement fut voté par Valéry Giscard d'Estaing, comme François Mitterrand le rappela pendant la campagne présidentielle de 1974, dans une lettre adressée au fondateur de l'association Arcadie, André Baudry.

---

1. « Les pissotières, ces lieux où l'on est frôlé par les squales. » Marcel Jouhandeau.

« Après guerre, le pédéraste était l'innommable, "*l'innominato*", comme l'avait écrit Roger. Avec son goût de la provocation, il a osé lancer *les Amitiés particulières* à la face de De Gaulle ! Je ne partageais pas du tout son "adophilie" mais j'étais son ami, ou son "neveu" comme disaient parfois les échotiers. Son roman a été le premier roman homo à gros tirage ! Roger était un peu ridicule et excessif, mais il a été un militant farouche pour la cause homosexuelle. »

Toutes proportions gardées, Roger Peyrefitte se serait bien vu en Cambacérès de la France gaullienne, protecteur et zélote de l'homosexualité. Il aurait pu endosser le surnom de l'Archichancelier de Napoléon[1] « Tante Turlurette » avec un éclat de rire.

Après la guerre, « libéré » de ses fonctions d'attaché d'ambassade à la suite d'un incident pédophile survenu à Athènes, l'écrivain fonda Arcadie. Il y avait à ses côtés André Baudry, ancien séminariste et professeur de philosophie, auteur d'un roman timidement turgescent, *les Amours buisson-*

1. Jean-Jacques Régis de Cambacérès fut l'instigateur et le principal rédacteur du code civil, promulgué le 21 mars 1804, et qui avait supprimé la répression de l'homosexualité entre deux adultes consentants. Talleyrand surnommait l'Archichancelier « haec », « celle-là » ; son « petit défaut », comme on disait à la fin du XVIIIe siècle, était notoire. Napoléon moucha un jour son conseiller qui s'était présenté en retard, soi-disant par la faute d'une dame : « La prochaine fois, vous direz à cette dame de prendre sa canne et son chapeau et de vous laisser vaquer ! » L'Empereur lui demanda de se marier, malgré son « penchant pour Corydon » : Cambacérès épousa Mademoiselle Cluzot, une actrice des Variétés qui s'habillait en travesti... Il mourut en 1824.

nières ; André du Dognon « une peste lettrée », et Jacques de Ricaumont. Ce dernier était un écrivain mondain maurrassien dans la tradition d'une certaine aristocratie française, ami de Paul Morand et de Philippe Jullian, maîtresse de maison accomplie, et féru de « snobologie » (Le Mercure de France publia son *Eloge du snobisme*[1]).

André Baudry était le gardien du temple Arcadie, Peyrefitte en assumait le rôle de bonimenteur infatigable. Les membres d'Arcadie eurent leur revue à partir de 1953, inspirée par *Akademos*, la première revue homosexuelle française fondée par Jacques d'Adelsward-Fersen, oncle maternel de Jean Cocteau, et héros de Roger Peyrefitte qui en fit son « Exilé de Capri ». Les Arcadiens réfutaient l'appellation d'« homosexuels », car on ne saurait nommer la chose ; on pouvait faire « cattleya » ou s'enculer avec des protestations d'estime distinguées, mais on le faisait avec le petit doigt, pas le sexe ! On usait d'euphémismes pour se désigner : on « en était », on était « Arcadien », « anticoniste[2] », « homophile »... Baudry exaltait la sublimation, et vouait aux gémonies la sodomie, la drague, le cuir, et *in fine*, le passage à l'acte.

1. « La difficulté pour le snob est de concilier deux exigences en apparence contradictoires : il lui faut connaître beaucoup de monde ; il lui faut n'en voir que très peu. (...) Il poussera peut-être un soupir en déchirant le carton, mais il aura la conscience tranquille. A son devoir il a sacrifié son plaisir, ou plutôt, à la volupté d'être répandu, celle, plus raffinée, d'être rare. » *Eloge du snobisme*, Jacques de Ricaumont.

2. *Anticoniste :* terme du XVIIe siècle.

« Nous sommes des pères » disait Cocteau. Baudry n'aurait pas pu mieux dire. Le référent érotique du mouvement était le modèle gidien, et avant lui, l'éphèbe grec, Antinoüs. Arcadie cultivait le raphaélisme, ce mouvement hérité du symbolisme, chantant la beauté de l'Ange blond, pur, le Tadzio de *la Mort à Venise* de Thomas Mann.

« Et son cœur était rempli et agité d'une tendresse paternelle... »

« En 70 », remarque le journaliste Philippe Tesson, « avec la politisation, l'après mai-68, l'âpreté de la vie, la sociologisation et le durcissement généralisé, l'homosexualité a basculé dans le modèle Genet, considéré par Arcadie comme ignoble, trop incarné, et délictuel. Cocteau, Gide ont été démonétisés. Genet a succédé à Gide, Pasolini à Cocteau, Guibert à Bory, les vieux modèles ont été balayés. »

On ne rigolait pas tous les jours chez les Arcadiens ; André Baudry et la revue excluaient de la normalité « homo » tout ce qui avait trait de près ou de loin à la folle, l'homme efféminé ou le travesti. « L'homosexuel dans la société est un homme ; ce n'est pas une poupée, un clown ou une imitation de la femme » : tel était le credo de Baudry, dont beaucoup d'homosexuels se désolidarisèrent progressivement.

Dogmatique et intolérante, l'association était une plate-forme intégrative pour homosexuels bourgeois rêvant d'appartenir à l'establishment, qui s'encanaillaient le dimanche après-midi en pratiquant la « danse du tapis » avec des petits « jeun'hommes ».

Bory, Galey, Curtis, Navarre, Detrez (auteur d'un roman à clé, *le Dragueur de Dieu* où un ancien séminariste découvre les backrooms) naviguèrent autour d'Arcadie jusqu'en 1968. Dès le début des événements de mai, l'association se boucha le nez. Beaucoup de ses membres firent scission, certains partirent au Front homosexuel d'action révolutionnaire, le FHAR. En 69, après les émeutes de Stonewall à New York, trois jours d'affrontements consécutifs à une descente de police trop musclée dans un bar gay de Greenwich Village[1], le mouvement militant homosexuel français se sentit pousser des ailes, prit ses marques, et Arcadie commença à ressembler à une réserve d'espèces en voie de disparition, les homosexuels gido-archaïques !

Jacques Chancel à Roger Peyrefitte[2] :

« Vous êtes l'enfant de Proust ou de Gide ?

— Des deux. Je ne sais lequel peut être le père et l'autre la mère... »

---

1. Selon Edmund White, « Judy Garland venait de mourir et tout le monde se sentait à cran. Pour une fois, les clients gays résistèrent à l'arrestation » (*Mes vies*).

2. *Radioscopies*, entretiens de Jacques Chancel, Ed. J'ai Lu, 1975.

Peyrefitte et Henry de Montherlant avaient beaucoup chassé ensemble le tendron dans les années 30 et 40. Peyrefitte reprochait sans cesse à l'auteur des *Jeunes filles* sa pathologique hypocrisie ; il le narguait en lui citant Voltaire : « On vous devine mieux que vous ne savez feindre, et le stérile honneur de toujours vous contraindre ne vaut pas le plaisir de vivre librement. » Cela n'ébranlait pas Montherlant qui lui répondait : « On est lu par les femmes. Si elles savent que je suis pédéraste, elles ne me liront plus et j'en serai réduit à balayer les rues. » Peyrefitte hennissait de rire, et partait se taper un greluchon aux Tuileries.

Cependant les deux hommes se réclamaient de la même aristocratie sensuelle, portant au pinacle la conception pédérastique de la Grèce antique, modelée sur le lien de couple qui unissait Zeus et Ganymède : une homosexualité pédagogique, entre mentor et mignon, aîné actif et élève passif. L'amant, *erastes*, choisissait ou raptait l'aimé, *eromenos,* qui devait être *kalos*, beau, et *agathos*, brave, l'isolait deux mois, le formait à la réflexion, à la chasse et au combat, avant de le ramener en ville, devenu homme et citoyen.

Peyrefitte avait coutume de dire : « J'aime les agneaux, pas les moutons ! » Le double sens de la formule lui permettait de revendiquer en une pirouette un goût pour les très jeunes hommes, et un net refus du « panurgisme », de la conformité sociale et morale. Alain-Philippe Malagnac avait treize ans lorsque le romancier qui en avait cinquante-sept tomba amoureux de lui, seize ans lorsqu'ils devinrent amants.

> *« Le prêtre caressa doucement le front de Georges :*
> *— Il ne faut pas pleurer ainsi, enfant que vous êtes ! murmura-t-il. Je serais moins indiscret si vous étiez moins secret, et vous n'avez pas le droit de m'en vouloir. (...) Je vous le répète, mille dangers vous entourent sans que vous vous en doutiez. C'est pour cela qu'il faut être vigilant : je suis épris de votre pureté, comme il est dit dans le psaume "le roi est épris de votre beauté". Et la pureté est la beauté des anges. »*

Evocation des premiers émois de trois tout jeunes collégiens encadrés par des prêtres eux-mêmes tentés par les tendrons, le roman de Peyrefitte évoque le conflit de la chair et de la foi dans une saturation d'odeurs de glycines et d'encens, de gravité et de pompe mystique. Curieusement, *La ville dont le prince est un enfant*, pièce de Montherlant publiée en 1951, est une variation hautaine et glacée sur les mêmes thèmes et situations.

Les Amitiés particulières reçut le prix Renaudot en 1945, après avoir raté de peu le prix Goncourt, la romancière Colette prisant peu ces bondieuseries moites et votant *in extremis* pour *Le premier accroc coûte deux cents francs* d'Elsa Triolet, ce qui enragea longtemps Peyrefitte.

Pour Gerald Nanty, « être l'ami de Roger était un bonheur et une source de problèmes. Il fallait assumer. Je ne parle pas de courage, ce serait indécent, plutôt d'inconscience. J'en avais à revendre. Un soir, nous nous sommes fait déloger du Théâtre des Mathurins. C'était la générale de *Fleur de cactus* de Barillet et Grédy. Roger venait de publier un livre indéfendable, *les Juifs*. Pour l'argent, et par goût de la provocation. Nous arrivons aux Mathurins et je vois avec la netteté d'un mauvais rêve, car je pressens ce qui ne manquera pas d'arriver, que les Wildenstein, les Weissweiller, les Rothschild, Edmond, Nadine, Marie-Hélène et Guy, un Günzburg, bref, la fine fleur de l'aristocratie juive française est installée à l'orchestre et que l'ouvreuse nous conduit droit vers eux, devant eux, au deuxième rang, leurs yeux sur nos nuques. Quinze secondes s'écoulent. Puis toute la rangée se lève, sans un commentaire, et quitte l'orchestre. Le thermomètre a chuté de vingt degrés, Roger n'a pas cillé, il a souri un peu plus. L'ouvreuse nous a fait lever avec tact, puis expédiés dans une loge. Toute la rangée s'est rassise, sans un regard. Je crois, mais je ne suis pas sûr, avoir entendu à leur retour des applaudissements étouffés. Je ne savais plus où me mettre... J'étais avec lui, et avec eux.
Nous n'avons pas été amants, mais il m'a pygmalionné, en me présentant Florence Gould, Marie Laure de Noailles, Marie-Louise Bousquet, toutes ces dames qui tenaient des salons littéraires. En contrepartie, j'emmenais Roger partout dans Paris, il voulait tout connaître, des travelottes aux gens du Milieu en passant par ceux du cinéma.

Il arrivait que Roger évoque ses recherches historiques en vue de sa pharaonique biographie d'Alexandre le Grand. Je me fichais de lui : "Ah bon, tu veux écrire un bouquin sur Alexandre ? Les 'Essais de Mon Peigne' ? ! ?" Je jouais à l'innocent qui confond le coiffeur parisien et le conquérant de Macédoine. Ça le faisait rire. »

De Abano, Grand hôtel Terme Royal,
le 21 juillet 1969 :

« Mon cher Gerald. Décor pompéien. Colonnes phalliques. Canapés aussi profonds que peuvent l'être ceux de l'Elysée. Harpe que va faire vibrer la main de Sapho. Cortège d'éphèbes qui glissent sur les mosaïques. Non ce n'est qu'un rêve. Un décor... bien réel, hanté par des couples en voyages de noces de diamant. (A ce propos, il y a quelques jours, 100 millions en diamants se sont envolés d'une chambre, dans des conditions que le directeur me dit "misterioso...") La cure semble avoir été efficace et je serai de retour la semaine prochaine pour une mise en orbite autour d'un astre éteint qui s'appelle la France. Je sais que tu me prépares une soirée et je m'en réjouis. Bien le bonjour à Antinoüs et aux autres, je t'embrasse, Roger.

Et moi aussi alors ! Alain-Philippe. »

« Roger était graphomane, il envoyait des cartes postales et des lettres à profusion. Il m'est arrivé d'en recevoir deux écrites la même journée. Il souhaitait faire partager une observation amusante qu'il venait de faire. De Paris à Paris, ses cartes mettaient deux jours alors que nous nous parlions quotidiennement. Dans les années 80, l'écriture s'est un peu brisée, devenait difficilement déchiffrable. Quelque chose était perdu de la gaieté et de la malice de ses commentaires. Il m'a fait découvrir beaucoup de choses, parmi lesquelles Saint-Tropez. Jusqu'en 1974 j'allais à Cannes à la plage Sportive, on y faisait des déjeuners en gang avec Charon, Hirsch, Philippe Erlanger, Le Poulain... et parfois Roger. L'été 75, nous avons loué une maison sur la route des plages. Sagan avait abandonné le village au début de la décennie, préférant la Normandie ; moi, j'ai succombé. La lumière, le bar du Gorille sur le port, le Café des Arts où Jean-Marie Rivière faisait cabaret jusqu'au bout de la nuit, l'Escale, les marchés aux herbes, les dîners d'intenses rigolades, à quinze, dans les maisons, L'Epi Plage, avec les play-boys, Alix Chevassus, les Taittinger et enfin une fois tous les quinze jours, le rituel du dîner aux Mouscardins au bout du port, pour l'omelette norvégienne qu'adorait Roger. »

L'enterrement de Roger Peyrefitte en novembre 2000 fut plus qu'intime. S'y croisèrent une petite poignée de fidèles : Gabriel Matzneff, auquel Peyrefitte avait tressé des lauriers pour son essai *les Moins de 16 ans*[1], Alain-Philippe Malagnac, son

1. Dans *Pariscope* du 14 novembre 1974, Peyrefitte publie « Les délices de Matzneff » : « Merci, cher ami, de ce charmant rectangle dédié aux "Moins de 16 ans" (on aurait pu dire avec la même justesse, "aux mains de 16 ans"). (...) Est-il besoin de vous dire que nous pratiquons la même morale, sinon toujours les mêmes jeux ? Vous montrez et abondamment que vous l'avez puisée aux mêmes sources et c'est sans doute ce qui, dans nos générations respectives, suffirait à nous distinguer. »

ancien amour, l'exécuteur testamentaire Alexandre de Villiers, quelques dames, et Gerald Nanty. A force de flirts poussés avec la diffamation, Roger Peyrefitte avait fait le vide autour de lui. On ne lui pardonna pas ses prises de position favorables à Jean-Marie Le Pen à la fin de sa vie, ni un épisode sordide impliquant Pierrette Le Pen, qui aurait demandé à Peyrefitte de rédiger un pamphlet contre son ex-mari. L'affaire n'eut pas de suites éditoriales, mais la rumeur fut fatale à l'écrivain. Trop de soufre, trop de provocations, trop de compromissions. La collaboration avec le régime de Vichy, *les Juifs* en 1968, tout revenait comme un boomerang nauséeux. Peyrefitte est mort à quatre-vingt-treize ans, à peu près seul comme un chien.

Il souhaitait en vain que son épitaphe fasse écho à celle de Stendhal : Arrigo Peyrefitte, scrisse, visse, amo...

Alain-Philippe Malagnac est mort brûlé vif dans sa maison, trois mois après le décès de Roger Peyrefitte.

« Il approchait de la maison. Il allait y rentrer avec un hôte caché qui ne le quitterait plus. Une nouvelle existence commençait pour eux. Le deuil d'aujourd'hui appartenait à l'ancienne. Demain c'était l'anniversaire de Georges, le premier anniversaire de Georges et Alexandre. Demain, ils auraient quinze ans. »

AMANDA L.

> *« J'ai une prédilection pour les jeunes filles et les homards. Comme les homards, les jeunes filles ont l'intérieur exquis. Comme les homards, leur carapace (de pudeur) est architecturale. Comme les homards, elles rougissent quand on veut les rendre comestibles. »*
>
> *Les Passions selon Dali*, Louis Pauwels.

Nanty n'est pas tout à fait certain qu'Amanda Lear soit son amie, « trop personnelle », mais elle fait partie de sa vie. Il avait répondu à Thierry Le Luron qui s'enquérait de leur première rencontre « je l'ai connue en 1964, elle avait une petite queue-de-cheval ! ».

Son patronyme, jeu euphonique sur « délire », et peut-être, inconsciemment, sur « Dali », était flambant neuf.

Elle avait fait les Beaux-Arts à Paris. Commencé, en tout cas. Elle était maigre, grande, tout en jambes et en dents. Elle avait, si l'on en croit photos de l'époque et témoignages, un sublime sourire de hyène. Sa marque. Aujourd'hui encore, intacte. Il faudrait attendre quinze ans avant qu'Amanda Lear n'entame sa période disco-Queen, qu'elle ne devienne *Infamous* comme disaient les Américains à propos de Truman Capote ou de Quentin Crisp. Le mot est intraduisible. Fameusement infâme ?

En 1964, Amanda était une « wannabe » comme des centaines d'autres. Une gueule, grande, une ambition, pas encore canalisée, mais démesurée. Devenir quelqu'un. Vivre la vie DeLuxe. Frayer avec le haut du panier, le gratin. Des rock stars si possible. Elles furent nombreuses à nourrir ces grandes espérances, mais Amanda avait quelque chose qui sentait le soufre en plus, quelque chose d'unique...

Elle se présenta un jour à l'Ecole de mannequins créée par Lucky, la mannequin vedette de Christian Dior, et son ami Nanty qui en était le directeur et le professeur de maintien. Gerald envoya Amanda à Karl Lagerfeld, « un ancien camarade de cha-cha-cha du Fiacre », qui était alors modéliste chez Jean Patou. Lagerfeld la fit défiler avant que Paco Rabanne n'en fasse son égérie. Amanda Lear allait ensuite rencontrer Catherine Harlé, la directrice de l'agence de mannequins à la mode qui faisait travailler Anna Karina, Nico, Anita Pallenberg, la compagne de Brian Jones, Patti Boyd, celle de George Harrison ou encore Elizabeth Teissier. Harlé, qui ressemblait plus à Harpo Marx (selon son amant de l'époque Alejandro Jodorowski) qu'à une de ses pensionnaires, sut vite voir le potentiel de la blonde.

Malgré ses petits œufs au plat, Amanda posa pour la campagne publicitaire des dessous Chantelle, puis partit pour Londres. Trois ans plus tard, les filles du monde occidental commenceraient à brûler leurs soutiens-gorges, et Jane Fonda ferait jurer à un de ses amants français de ne plus jamais porter de slips ou de caleçons de sa vie. A poil dans le pantalon. Quarante ans plus tard, l'homme n'a pas brisé son serment.

A Londres, Amanda Lear eut plusieurs idylles dont elle fera inlassablement la publicité : ombrageuse et autodestructrice avec Brian Jones, l'âme des Rolling Stones, paradoxale avec David Bowie qu'elle trouvait immonde et qui voulait l'épouser, bien que déjà marié, un peu désinvolte avec Brian Ferry, joli marshmallow et dandy chanteur du groupe Roxy Music.

Parallèlement à ces frasques nécessaires sur la route du *stardom*, Amanda Lear était l'accompagnatrice officielle de Salvador Dali depuis 1965. Agé de soixante et un ans, le peintre était dans une période « parisienne ». Il préparait activement la publication de trois ouvrages en France (*Lettre ouverte à Salvador Dali, Entretiens avec Salvador Dali*, d'Alain Bosquet, *les Passions selon Dali,* par Louis Pauwels), tout en se prêtant (avec intérêt) à un projet de documentaire-fleuve, « Dali autoportrait mou », conçu par son biographe Robert Descharnes et réalisé par Jean-Christophe Averty.

Sa canne d'apparat, ses gilets en peau de panthère ou en soie diaprée, son regard fanatique d'homme qui « brûle l'étape civilisée, sert sa vérité crue », « le seul possédé qui ait su s'exorciser lui-même, être à lui-même sa propre Inquisition et conquérir une parfaite possession de soi » selon Louis Pauwels, agissaient sur les papillons nocturnes comme l'huile sur le feu. Dali était un accélérateur de soirées parisiennes ! En outre, le peintre y jardinait : en mystique de la cueillette érotomane, il choisissait minutieusement des êtres androgynes ou asexués, un tel pour sa nuque, une telle pour sa peau, une telle pour sa chevelure, aux fins de les réunir en « clédalies » de trois, quatre ou quinze participants, « orchestration des formes, des mouvements et des couleurs » dans le but d'obtenir « de grands orgasmes intellectuels ». Dali était passionnément voyeur, détestait le contact, et jurait ne « couler » qu'en Gala, même si des lèvres parmi celles qui « s'y attendent le moins recueillent sa sève ». Désirer sans consommer était l'idéal érotique du yogi catalan... « Le désir comme valeur transmutante : mon foutre intériorisé qui rejaillit à la pointe de mon pinceau »...

Le coup de foudre de Salvador Dali pour Amanda Lear a eu le temps d'être poli, enjolivé, galet mirifique roulé de main en main, de bouche en bouche, de livre en livre[1], anecdote réévaluée à

1. *De livre en livre...* : dernier en date, *Egéries sixties*, de Fabrice Gaignault, Fayard.

la hausse au fil des ans sur l'échelle des événements qui dépassent l'histoire privée et résument une époque, une manière d'être, une inclination collective : dans le cas de l'hétaïre au sexe ouvert à toutes les hypothèses, même les plus farfelues, et de son Sigisbée, ce qui excitait tant, c'est cet alliage du show-biz et de l'art, du mannequinat et de l'argent, de l'art et de la nuit. De ce point de vue, l'histoire de Dali avec Lear, et le voyeurisme mondain du New-Yorkais Andy Warhol qui polaroïdait les soirées et publiait les clichés dans son magazine *Interview*, accouchèrent de la culture people d'aujourd'hui.

Dali rencontra Lear chez Castel, au sous-sol, en présence de Paco Rabanne, couturier-métallurgiste qui verrait dans une autre vie des soucoupes volantes, mais pour l'heure prétendait vouloir « plastiquer » la mode, et de Donald Cammell, un cinéaste anglais délocalisé à Montparnasse, pôle d'attraction de la vie bohémienne de l'époque. (Il coréalisa avec Nicolas Roeg le film *Performance*, en 1970, un instantané sur l'énergie sauvage du rock'n'roll et sa sous-culture fondée sur la fascination des gangsters, des filles, et de l'autodestruction.)

Léonine, maigre, les maxillaires émaciés tel un ossement pelvien séchant au soleil d'un désert à perpétuité, Amanda Lear était en représentation à une table. Dali se trouvait en face, aux côtés de Gala, l'omniprésente, « la Gradiva, la guérisseuse des épouvantes, (...) la mère ».

Dali n'a pas désigné Amanda avec sa canne. Il s'est contenté de demander qu'on lui amène cette créature dont le visage était un si parfait masque mortuaire. Elle a adoré. Il lui a demandé en quoi consistait son activité, et se serait gaussé lorsqu'elle évoqua ses tableaux. Macho comme un Hemingway, il aurait évoqué l'incompatibilité du chromosome XX, le chromosome de la femme, avec la peinture. Curieusement, Amanda l'a bien pris. Ils ne se sont plus quittés, avec l'assentiment de Gala qui vaquait, sachant le maître captivé par cette Médusa glam'.

Gerald Nanty qui aime plus que tout au monde les mots d'esprit, est extatique lorsqu'il évoque un échange entre Salvador Dali et Amanda Lear au cours duquel Dali expédia un missile sol-sol entouré d'un ruban rose.

> « Le peintre, qui jouissait de sa propre méchanceté, s'est vu demander son avis sur la nouvelle chanson d'Amanda "Follow me", qu'elle chantait harnachée de cuir, fouet à la main...
> "*I'll give you wings, i'll sell you fame, Merry-go-round, may be to hell, I am the key to your problem, So follow me, just follow me...*"
> "Qu'en pensez-vous ? lui demande Amanda.
> — C'est parfait, lui a répondu Dali, continuez, vous avez une voix Black et Decker." »

Il est vrai que Dali détestait la musique. Il la tenait, comme André Breton, pour un art inférieur, impropre à « communiquer la pensée concrète de l'homme... ».

SEAU D'HOMMES...

Pour durer, l'homme de la nuit doit vivre comme un moine, sans jamais céder aux dérèglements sensuels et moraux qu'il incite, tolère, ou même exploite, si l'on est sévère. Cette ascèse est une règle d'or, dont la transgression affamée fut payée de leurs vies par Fabrice Emaer du Palace, Steve Rubell du Studio 54, Armel Issartel de l'Elysées Matignon, et quelques autres moins mythiques...

La longévité exceptionnelle de Gerald Nanty dans la nuit parisienne s'explique par le renoncement. Le véritable professionnel de la nuit est un metteur en scène qui ne passe jamais à l'acte et trouve dans cette abstinence une grande volupté : tel un Valmont de la boule à facettes, il est celui qui organise la dépense, le rire et la jouissance, sans qu'une seule petite particule grise de cendre ne vienne tacher son revers.

> « J'ai toujours eu peur de tout » affirme Nanty. « Je ne me suis jamais drogué, jamais bituré, j'ai toujours mené une vie mesurée, une vraie vie de bourgeois !

Je n'ai par exemple jamais mis les pieds à Pigalle, alors que tous les homos s'y retrouvaient à l'époque de Madeleine. Je suis monté une fois à Montmartre chez Madame Untel, l'ancêtre de Chez Michou, avec Philippe Erlanger et Michel Beaufort. Un type extraordinaire, la Grande Eugène, s'y pavanait. J'ai vu les débuts de Michou, cul à l'air, dents en or, blond platine, très cambré, chantant "Je suis un bébé requin"...
Je n'ai pas fréquenté les maisons closes pour garçons, comme cela se faisait beaucoup dans les années 50-60. Mais je me faisais raconter... La plus célèbre était une maison de passe de Pigalle, l'Hôtel de Paris de Madame Madeleine, Villa Guelma, entre la rue des Abbesses et le boulevard de Clichy. Madame Madeleine recevait Jouhandeau, Montherlant, Roger Peyrefitte, Cocteau, Jean Marais, Jean-Louis Bory, Jean Sablon, Pierre Demeron et tant d'autres... Les clients venaient, laissaient leurs passeports, montaient avec le jeune homme de leur choix, redescendaient, se voyaient offrir une tasse de thé, récupéraient leurs papiers, "au revoir Madame, cher Monsieur, au plaisir !" Le rabatteur s'appelait Jackie, je l'ai très bien connu, il maraudait sur les boulevards, dans les brasseries, et ramassait des garçons. »

La légendaire Madame Madeleine fut formée au « métier » par Monsieur Jean, qui s'enorgueillissait d'être le fils spirituel d'Albert Le Cuziat, dépeint par Marcel Proust sous les traits de Jupien dans *le Temps retrouvé*.

« En somme son désir d'être enchaîné, d'être frappé, trahissait, dans sa laideur, un rêve aussi poétique que, chez d'autres, le désir d'aller à Venise ou d'entretenir des danseuses. Et M. de Charlus tenait tellement à ce que ce rêve lui donnât l'illusion de la réalité, que Jupien dut vendre le lit de bois qui était dans la chambre 43 et le remplacer par un lit de fer qui allait mieux avec les chaînes. »

Le romancier (reconnaissant ?) abandonna à Le Cuziat quelques meubles trop volumineux pour son dernier appartement du 44 rue Hamelin. On parle d'une « dot » qui aurait payé l'installation de l'hôtel de passe. Proust s'était-il offert un balcon avec vue imprenable sur les abymes humains ?

Dans son autobiographie *la Mauvaise Vie*[1], Frédéric Mitterrand raconte y avoir dépensé un peu d'argent de poche et compare feu Madeleine à une « Mistinguett dans le laisser-aller ». Autre amateur du clandé le plus littéraire et artistique de Paris, un artiste vénéneux et que Gerald Nanty a connu du temps du Fiacre. Raffiné, il se raconte avec fougue. Sa vie, pathétique dans sa prime jeunesse, contient un levain romanesque si puissant

1. *La Mauvaise Vie*, Frédéric Mitterrand, Robert Laffont. « Je voyais des monstres passer devant la loge, chevaux de retour de la gigolaille à brioche, dents en or et brushing teint sur racines grises et clairsemées. (...) Il est vrai que j'ai aussi vu passer de ces plantes carnivores qui me faisaient frissonner et attestaient du métier de M. Jackie quand il voulait bien se donner la peine. »

que le cinéaste André Téchiné en a tiré deux films, *la Matiouette*, et *J'embrasse pas.*

« Chez Madeleine, je me payais des petits gigolos à 50 francs que je méprisais car je les trouvais *cheap*. Moi je prenais 60 dollars avec mes michetons américains, j'étais une denrée de luxe. Je croisais Jean Genet qui habitait dans les hôtels de passe de Pigalle, il y avait aussi de sublimes pissotières autour de la place, des réservoirs de mecs frénétiques et silencieux. J'ai tapiné de 59 à 62 autour du Drugstore Saint-Germain avec des bouquins de Claudel dans la poche, mais c'est Roland Barthes qui m'a levé, à Cannes. Il sortait avec mon fiancé, j'avais dix-sept ans et je ne comprenais rien à rien, je croyais que Barthes était son papa. J'ai été un des plus célèbres tapins de Saint-Germain, et un gigolo recherché. Avec d'autres, nous allions au Fiacre. Les "carolines" étaient folles de nous... On se laissait choisir, parfois aussi je payais, on dansait, on se tripotait pas mal... Ma mère a eu trois enfants de trois pères différents, un boulanger, un docteur, un boucher ; quand j'étais enfant je pensais que j'étais le fils du boulanger alors que j'étais celui du boucher... Je l'ai su à quatre ans et demi. J'ai développé un sens aigu du malaise et de l'écoute, j'étais rejeté par tout le monde. J'ai compris que j'étais homosexuel parce que j'étais attiré comme un fou par mon père. La maison était une niche, on était mélangés comme une portée d'animaux... Mes parents m'ont laissé partir à seize ans et m'ont émancipé, j'ai tapiné, gigolé, et puis j'ai découvert à vingt-trois ans Strindberg, Artaud, le rien, le silence. J'ai tout arrêté. » Et il s'arrête net.

L'artiste tient son verre de Perrier entre ses deux mains comme s'il tenait un ciboire. De quelles eucharisties profanes se souvient-il tandis que son regard volette çà et là ? Il sourit. Les mots ne se bousculent plus. C'est un homme en apparence apaisé qui quitte le Select et s'engage sur le boulevard du Montparnasse, pensant peut-être à cette phrase de *Père*, d'August Strindberg : « *On n'est jamais sûr du père*. »

> « J'ai fait faire son premier reportage à Pierre Bénichou sur ce milieu », conclut Nanty. « C'était l'interview d'un tapin. Il s'appelait Willy, travaillait boulevard Saint-Germain, et grâce à Pierre, a eu son quart d'heure de gloire dans le *Nouvel Adam* en 1970. Willy a terminé sa carrière en Fabienne, tapineureuse motorisée dans une Cadillac Eldorado autour de la rue du Colisée... »

JACQUES CHAZOT

« Je ne sais rien de plus fatigant que d'être moralement très heureux, et matériellement très malheureux. »

La Maison Nucingen, Honoré de Balzac.

Jacques Chazot surnommait Nanty « *N'assistera pas* », celui-ci refusait toutes les invitations en ville.

Il n'aimait que le Gin Tonic, Françoise Sagan, et les bonnes manières, pas les bonnes maniérées...

Il n'a jamais été jeune.

Sous des dehors amidonnés, il était « gamin ».

Il avait toujours froid.

Il était le sosie de Christopher Lee, le vampire salarié de la Hammer Film : cheveux noirs de poupée japonaise, peau couleur de talc, lèvres plus fines qu'une cicatrice : il n'était pas beau, mais sa silhouette était une leçon de respect de soi.

Attablé au Café de Flore avec quelques camarades homosexuels à la fin des années 70, il vit passer une petite souris et rugit : « C'est bien la première fois que je vois une souris passer tranquillement devant des tapettes ! »

Il avait de l'esprit, mais pas beaucoup d'autodérision.

Il prenait soin des autres qui prenaient soin de lui en retour, c'était le secret de sa vie tournée vers l'amitié.

En amour, en revanche, c'était le désastre...

> « Chazot a débarqué au Prélude en 1968, flanqué de Jacques Iskander qui s'était fait renvoyer de chez Chanel après s'être déguisé en femme. Chazot ne nous a plus quittés. Il passait tous les soirs. Il m'a beaucoup appris, beaucoup guidé. J'avais un peu d'humour, mais il l'a affûté. Jacques avait le cœur routinier, il aimait aimer les mêmes gens, parmi lesquels Thierry Le Luron, Robert Hirsch, et Sagan, comme une sœur. Son grand regret fut de ne pas avoir épousé Françoise avec laquelle il a eu sa seule expérience amoureuse hétérosexuelle. Sur le mode, *chiche* ! Flirt ou coucherie, ça s'est passé à Equemauville, il me l'avait confié à demi-mot. Françoise et Jacques, c'était le couple parfait, ils riaient sans arrêt, ils étaient dans un perpétuel assaut d'attentions, une surenchère de gentillesses, ils s'éblouissaient l'un l'autre. Ils s'étaient connus en 1956. Peggy Roche, la compagne de Françoise, était logiquement le souffre-douleur de Jacques et sa rivale pour rire. Un jour il a offert à Françoise devant Marie-Hélène de Rothschild un petit paquet avec rasoir et mousse à raser en lui susurrant "C'est pas pour toi, c'est pour ton mari". »

L'autre grande histoire d'amitié de Chazot fut avec Thierry Le Luron. Rappelez-vous. La fin des années 70. Laurel et « Hardi ». La pile électrique et le pince-sans-rire raide comme un balai. Le gosse d'extraction modeste faisant le hold-up de la décennie sur le show business français, et le mondain compassé. Le petit brun aux œillades de braise et le fils naturel de Dracula et de la baronne Staff. Le frimeur et le précieux. Le jouisseur et l'amateur des « grandes tueries mondaines ». A l'Opéra, aux générales théâtrales, rue Sainte-Anne, sur la mosaïque des petites photos de *l'Œil de Vogue*, de *Point de vue-Images du monde*, de *Jours de France*, ce tandem, Le Luron-Chazot, dissemblable et inséparable... Un instantané de l'homosexualité giscardienne.

> « La mort de Thierry Le Luron à trente-quatre ans, en 86, alors que Chazot en avait cinquante-huit lui a porté un coup terrible.
> Thierry martyrisait Jacques, se foutait de lui. Ils se faisaient des coups pendables en permanence.
> A Saint-Tropez, Thierry frimait dans sa Rolls couleur d'œuf dur avec Jacques assis à l'arrière, jamais bronzé, tiré à quatre épingles, l'air courroucé alors qu'il était évidemment aux anges. Quel attelage...
> Un soir à l'Espace Cardin, Jacques et Thierry se sont engueulés. “Tu ne crois pas que je suis suffisamment l'effigie des tapettes, j'en ai marre que tu me parles au féminin !” disait Jacques à Thierry.
> “Mais je m'en fous !” lui répond l'autre. “Comme tu voudras ! En attendant tu veux rentrer ? On appelle un taxi.”
> Ils montent dans le taxi.
> “Jour... Ooh, bonjour Monsieur Le Luron et Monsieur Chazot. Vous allez où ?” demande le chauffeur de taxi enchanté.

“Avenue de Suffren, nous déposons Monsieur Chazot.”
Pendant tout le trajet, Thierry prend une voix de baryton pour s’adresser à Jacques.
“Ça va, Jacques ? Dis donc, tu vas au foot demain ?
— Non.
— Ah bon, y a pas match ? Mais tu retrouves tes potes, non ?
— Non.”
Etc.
Jacques rencoigné et exaspéré, Thierry hilare.
Arrivés avenue de Suffren, Jacques descend, soulagé de quitter cette ambiance virile. Thierry beugle “Salut Jacques”, Jacques fait un sourire gelé, relève le menton, et s’éloigne. Thierry baisse la fenêtre à toute allure, le chauffeur de taxi n’en perd pas une miette.
“Oh Jacques, j’ai oublié de te dire quelque chose, embrasse ton mari ! ! !”

Jacques inventa le Bal des Débutantes, Jean Castel riposta avec “Le Bal des Dégoûtantes” ! Tous déguisés en femmes, surtout les garçons. Chazot a eu un grand amour dans sa vie, Amédée Junior, chanteur et danseur de l’Alcazar, une petite fille toute bouclée. Chazot lui avait acheté un studio, soupira longtemps après lui, puis réalisa que le jeune homme ne l’aimait pas, qu’il le trouvait laid, ridicule, empressé, encombrant. L’affaire tourna court, le chagrin de Chazot dura longtemps. Jacques n’était ni un sensuel, ni un amoureux. Il aimait la rapidité sous une porte cochère, mais préférait presque à l'amour la conversation. *Loin des yeux loin du cul,* disait-il, profondément sceptique sur l'amour.

Pierre Bergé fut généreux avec Chazot ; il lui avait offert une somptueuse salle à manger achetée dans le magasin de Madeleine Castaing. Menacé de saisie, Jacques demanda à Sagan de prendre la salle à manger chez elle, et organisa un coup avec *Paris Match* : il apparut en photo sur une double page, vêtu d'une pelisse doublée de vison, assis sur une valise dans son appartement, la marque noirâtre des tableaux aux murs, l'air désespéré, avec ce titre : "Saisie impératrice ! !"

Jacques est mort d'un cancer du larynx. Un comble pour un bavard. Il était terrorisé, n'avait jamais eu plus qu'une prise de sang dans sa vie. Lorsqu'il était malade, il prenait de l'eau sucrée, et en cas de grand mal, recourait à l'agent orange des bactéries, l'aspirine. Je dois dire que jusqu'à l'apparition du sida, nous étions tous un peu comme lui, une aspirine et ça repartait. Jacques m'a fait le canular le plus sinistre de sa vie : il avait des séances de rayons à la clinique Hartmann de Neuilly ; je l'accompagnais, le déposais devant l'entrée, l'attendais dans la voiture et le ramenais chez lui. En réalité, il entrait de son pas de grand kudu dans la clinique, ressortait par-derrière et allait au café le temps de la séance et revenait par le même chemin s'asseoir dans la voiture, bon comédien, mimant la fatigue, racontant des bêtises sur d'imaginaires infirmiers... On lui a enlevé la moitié du larynx. J'ai beaucoup culpabilisé car je n'avais rien vu pendant tout ce temps perdu avec ses enfantillages.

Je me souviens d'une visite postopératoire. Jacques avait un énorme pansement, et une perfusion baladeuse. Nous appelons l'ascenseur, les portes s'ouvrent sur un vieux type qui avait le même pansement et la même perfusion à roulettes. Chazot écarte les bras majestueusement, nous le désigne et lance "Mes chéris, ma doublure lumière !" Tête du bonhomme ! A la fin, il ne parlait plus tant il souffrait, mais se servait d'une ardoise. Brialy l'a logé dans sa maison de Montyon. C'était un aller simple, nous le savions tous. Jean-Claude recevait à tour de bras pour distraire Jacques, qui trônait en bout de table, mi-sphinx mi-momie, nuageux à cause de la morphine. Il ponctuait sur la petite ardoise.
Il est mort théâtralement. Pendant un déjeuner, il a fait "au revoir" de la main, a crayonné "ça ne va pas je remonte me maquiller" sur son ardoise et s'est effondré dans l'escalier.
Dans *Agent X 27*, Marlène prend le sabre du soldat, et se remet du rouge à lèvres en observant son reflet dans le tranchant du sabre. Puis elle meurt fusillée. Inentamée. Jacques a copié. Pour la première fois de sa vie. Le sabre, c'était son ardoise. Le rouge à lèvres, le pourpre cardinalice de sa robe de chambre. D'accord pour recevoir le baiser de la mort, mais apprêté. »

FRANÇOISE SAGAN

« Rendez-vous avec Françoise Sagan aux Deux Magots.

(...) Petite et brune, avec des yeux ronds, sombres, elle fait à peine ses dix-huit ans. (...) Moins dure et pointue que son livre, mais elle y ressemble par sa grâce et son sérieux d'enfant. Voix sèche, rapide : elle parle presque "illisible". (...) Elle se dit ulcérée de tout le bruit qu'on fait autour de son nom et trouve la gent littéraire "assommante et abrutie" (...) Elle prétend qu'elle abandonnerait toute ambition littéraire pour un grand amour partagé. (...) C'est une lymphatique, avec la tête sur les épaules. Très intelligente, elle devrait bien se débrouiller dans la vie, l'air de ne pas y toucher. »

Journal de Matthieu Galey (3 juin 1954).

« En 1967 Mademoiselle Sagan est entrée avec son ex-mari Bob Westhoff dans mon restaurant d'antiquaire, rue Jacob. J'étais honoré. Malheureusement, c'était la "Nuit des Marie", un dîner donné par Marie Laure de Noailles en hommage aux Parisiennes portant ce prénom, et je me suis répandu en excuses, après lui avoir demandé si son deuxième prénom n'était pas Marie... En jeune Reine de Paris imprévisible et désinvolte, Françoise ne s'est pas formalisée, et le couple est reparti enchanté d'avoir croisé Marie Bell et Marie Laure de Noailles. Un an plus tard, au printemps 68, Jacques Chazot est venu avec Sagan au Prélude. Quand je l'ai vue entrer, j'ai frôlé l'apoplexie, et je suis retombé en enfance. Les yeux de Françoise pétillaient, on aurait dit la petite voyoute la plus populaire de la cour de récréation, elle vous donnait envie de faire partie de sa bande et de jouer avec elle ! Nous avons tout de suite sympathisé. »

En 1967, Sagan et Bardot sont les deux grands mythes féminins français. Le scandale les a propulsées telles des fusées, mais le vrai scandale, c'est leur souveraine indifférence de filles bien élevées de la bourgeoisie qui tirent la langue à leur milieu avec un irrésistible sourire d'excuse. Elles se connaissent, s'apprécient, ont beaucoup de points communs : une éducation familiale assez sévère, le sentiment précoce de leur destinée, l'amour de leur fratrie, et cette expérience médusante de la haine idolâtre des foules qui s'abat sur vous, ne sait plus si elle vous préfère malheureuse ou comblée, triomphale et exhibée, ou sacrifiée.

Sagan est un jeune monument âgé de trente-deux ans, coiffée comme un Beatles. Elle a vendu à des millions de lecteurs français et étrangers la séduction d'un mode de vie alcoolisé, luxueux et désinvolte, Bardot a vengé la France de Marilyn. Avec la romancière, l'intelligence a du sex-appeal (André Malraux a dit « à force d'avoir du chien elle a du charme »), avec l'actrice, le sex-appeal devient une vertu, un atout, un trésor national, une denrée facilitant les exportations. Sagan réconcilie les contraires, la bourgeoisie bleu marine plissée et la jet-set, l'ingratitude physique et le désir, la spontanéité et une forme de rouerie désabusée ; elle fréquente les Hussards, Michel Déon surtout, mais signe le Manifeste des 121 réclamant le droit à l'insoumission dans la guerre d'Algérie (ses parents furent plastiqués par l'OAS).

Elles pourraient toutes les deux émarger au ministère de l'Industrie et du Commerce extérieur, ou au Quai d'Orsay. Bardot, future Marianne qu'Alain Aslan sculptera à la demande du général de Gaulle en 69, est une commotion planétaire permanente, objet de chansons, de livres, de films, de poupées. Sagan est « Miss Sadness » en Angleterre, la « Sagante » en Italie, ses romans sont brûlés par les Chrétiens Absolus lors d'un autodafé à Düsseldorf, interdits à la lecture et à la vente en Afrique du Sud sous peine de cinq à douze ans de prison...

« La vitesse décoiffe le chagrin » constate Sagan, qui aime les voitures depuis que son père a rapporté à la maison un prototype de voiture électrique élaboré pour la Compagnie Générale d'Electricité. L'image de Bardot au volant d'une Mehari sur la route de Pampelonne, riant dans le vent, a façonné la légende de Saint-Tropez. L'une et l'autre sont célèbres pour aimer conduire pieds nus, « pedal to the metal ». On est heureuses pour leurs orteils, on mesure bien la force du symbole. L'une et l'autre, enfin, s'épanouissent dans *la dépense* des forces de vie, sexuelles ou ludiques, une dépense jaillissant avec d'autant plus de force que l'Occupation et les angoisses de l'après-guerre avaient incité à la mesure, à l'économie. Bardot consomme les maris avec allégresse, elle vient d'épouser le troisième, Gunther Sachs, tout en s'offrant une romance-éclair avec Serge Gainsbourg. Un microsillon sublime, *Initials B.B.*, sera le tombeau de leur amour en 68. Sagan consomme des maris qui restent des amis, Guy Schoeller puis Bob Westhoff, et des amies qui deviennent des maîtresses...

Si le général de Gaulle a incarné la France libre, en 1967, Bardot, trente-trois ans, et Sagan, trente et un ans, incarnent la France libérée, définitivement décorsetée. Emancipée. L'une et l'autre sont deux femmes libres, ce qui, selon leurs contemporaines[1], est bien plus fascinant que des « femmes libérées », car on ne sent pas l'effort : la liberté avec laquelle Sagan et Bardot ont mené leurs vies dans les années 60 était étrangère à tout calcul, à tout impératif de combat idéologique. « Liberté, Facilité, Volupté », telle aurait pu être leur devise.

1. Entretiens de l'auteur avec Charlotte Aillaud et Florence Malraux.

Sagan avait un fidèle petit clan d'amies : Juliette Gréco, Florence Malraux, Véronique Campion, Annabel Buffet, et Charlotte Aillaud, dédicataire du roman *Des bleus à l'âme*. Cette dernière apporte de précieux éclaircissements sur la genèse de *Bonjour tristesse* : « Le père, Pierre Quoirez, était un grand bourgeois un peu méchant, que j'aimais beaucoup, et la mère, Marie, un oiseau des îles qui babillait joliment. Un rituel avait été institué : tous les jours l'on déjeunait en famille, et l'on racontait chacun à son tour ce que l'on avait fait la veille. Chacun disposait de deux minutes pour captiver la tablée. Jacques Quoirez, le frère aîné, s'exprimait à la vitesse d'une toupie, faisant rire tout le monde, Suzanne, la sœur de Françoise, une très jolie fille, racontait gracieusement des riens. Quand venait le tour de Françoise, elle bafouillait, bégayait, détestant être contrainte de s'exprimer à heure fixe. A chaque fois, on lui disait, "ton temps est écoulé, tant pis, finis ton assiette" !

En 53, elle m'a confié en avoir tellement marre qu'elle s'était juré d'"écrire un roman en un été, pour tous les surprendre !" Et elle ajouta : "Il se vendra si bien que je m'achèterai une Jaguar !" »

En 67, *Bonjour tristesse* était déjà loin. Françoise Sagan avait trente et un ans. Ses goûts de playboy flambeur juraient drôlement avec son allure modeste d'ancienne élève du Couvent des Oiseaux (dont elle avait été expulsée pour « manque de spiritualité »). Elle avait la conviction que ses caprices affectifs ou physiques devaient toujours lui être passés avec célérité et gratitude par les hommes ou les femmes sur lesquels elle jetait son dévolu. Elle continuait à brûler sa fortune avec enthousiasme, sur les conseils de son père auquel elle n'avait jamais désobéi. Sagan n'était pas une rebelle, mais une joueuse jouisseuse. Avec elle Dionysos et Apollon étaient à la fête.

Sa bibliographie comptait dix romans, quatre pièces de théâtre, et un journal intime illustré par son ami Bernard Buffet, *Toxiques*, œuvre « au noir » introspective et douloureuse publiée après son très grave accident de voiture de 1961. *Le Garde du cœur*, un thriller sentimental situé à Hollywood, un peu bâclé de son propre aveu, et dédié à Jacques Chazot, venait de se faire éreinter par la critique – « Du champagne éventé » (*JDD*), « Un mauvais pastiche » (*Figaro*), « Un mauvais devoir d'écolier américain en France » (*Combat*), « Platitude de la langue, néant des personnages (Kléber Haedens, *Paris-Presse*) – ce qui laissait Françoise de marbre, si l'on en croit Florence Malraux. La fille du ministre de De Gaulle a connu Sagan en 1946, à douze ans, et fut toute sa vie l'amie « sérieuse et responsable », le garde-fou de Lili l'Espiègle. Elle lui ressemble d'ailleurs étrangement, même port de tête, même silhouette menue, même phrasé, même timbre de voix légèrement étouffé. Aimer son âme sœur conduit souvent au mimétisme.

« Jacques Chazot et Françoise ont eu un long flirt dans les années 60, juste après Bob », se souvient Florence. « Ils ont quasiment vécu ensemble, ont même caressé l'idée du mariage pendant trois minutes. Françoise ne pouvait pas rester seule. Mais Peggy est arrivée... Au printemps 68, j'étais assistante réalisatrice sur *la Chamade*, d'Alain Cavalier, aux côtés de Jean-François Stévenin. Y jouaient Catherine Deneuve, Michel Piccoli et Jacques Sereys. Françoise en a écrit l'adaptation avec Alain Cavalier à Saint-Tropez, à l'Hôtel de la Ponche. Deneuve disait de l'héroïne Lucile "elle me va bien, elle est douée pour le bonheur". Le tournage s'est interrompu durant un mois, à cause des événements de mai. Catherine Deneuve a défilé une après-midi à Denfert-Rochereau, Alain Cavalier était avec Truffaut, Godard, Alain Resnais, aux Etats généraux du cinéma. Quant à Françoise, elle était à l'Odéon ! Elle est partie à la rencontre des insurgés, c'était une curiosité de romancière et de gamine. Elle ne partageait pas leurs convictions, d'autant qu'elle penchait vaguement pour de Gaulle à cette époque. Françoise était trop détachée des contingences, trop ironique. Elle avait une conscience aiguë de ses privilèges. Elle appartenait à un autre monde. Tout cela lui semblait à la fois historique, dérisoire et amusant. Mais tout ce qui a été dit et écrit sur son passage à l'Odéon est vrai, et elle en était très fière. Un jeune très en cheveux l'a interpellée des tribunes : "Camarade Sagan, tu es venue avec ta Ferrari ? !" Françoise lui a répondu du tac au tac : "C'est une Maserati, camarade Dupont", ce qui a fait rire tout le monde. Ces gosses connaissaient les bolides de luxe ! Elle a vécu le reste des événements en faisant la java chez “Maman”, chez Régine, ou au Prélude, attendant la reprise du tournage de *la Chamade*. Mai 68 a été un épiphénomène dans sa vie qui ne lui a rien révélé. Son vrai traumatisme fut la découverte des camps de concentration, en 46, à douze ans. Elle avait vu des actualités au Cinéac, un cinéma près de la gare Saint-Lazare. Elle n'était pas juive, pas concernée par la déportation, et venait d'une famille pas vraiment résistante. Ce choc explique ses prises de position ultérieures, contre le racisme et l'antisémitisme. »

Juste avant mai 68, Sagan a rencontré Peggy Roche chez Gerald Nanty. Cette jeune rédactrice de mode était aussi sophistiquée que Sagan était adorablement brouillonne et « chandail ». « Peggy est sans doute la seule personne qui, au cinéma, lorsque l'héroïne doit être sauvagement poignardée, remarque la forme de son turban ou la cambrure de ses chaussures[1]. » Peggy Roche était l'épouse de Claude Brasseur. Sagan vivait avec son ex-mari Bob Westhoff, expliquant à ses amis perplexes qu'il lui avait fallu divorcer pour retrouver l'amant dans le mari... Tous les soirs, Nanty voyait arriver au Prélude, Peggy et le couturier Tan Giudicelli. Sagan donna l'assaut, jouant sur l'ambivalence de son image, cette note de tête de soufre et

1. Françoise Sagan à Charlotte Aillaud.

de pâquerette, cette allure de petit animal irresponsable et soumis cohabitant avec une maturité et une détermination d'airain. Le coup de foudre entre les deux femmes fut dévastateur, selon Florence Malraux :

« Françoise a aimé Peggy beaucoup plus qu'elle ne voulait se l'avouer. Peggy était sa part d'absolu, et Françoise papillonnait avec d'autant plus de désinvolture et de cruauté qu'elle se savait aimée. La passion de Françoise pour Guy Schoeller avait été une vraie passion de jeune fille, alors qu'elle se comportait avec Peggy comme un séducteur qui se refuse à succomber. Peggy a pourtant sauvé la vie de Françoise lorsqu'elle a perdu en deux ans Bob Westhoff, Jacques Chazot, Jacques Quoirez, son frère, et son chien Banco, que je mettrais presque en tête de liste... Pour quelqu'un qui avait eu une vie globalement agréable, ce fut abominable. La mort de Peggy après une longue agonie a achevé Françoise ; quand Peggy est entrée à l'hôpital pour y mourir, elle m'a dit "vous prendrez soin de Françoise" sans un mot sur sa maladie. Pour Françoise Sagan, Peggy Roche s'est élevée à la hauteur de l'amour fou. »

2006. Restaurant du Mathi's, deux heures du matin.

Sortie des théâtres, entrée des comédiens sur la scène du Mathi's. L'Actrice et l'homme jouent à « lame en table ». Couteaux pointés en direction du vis-à-vis. Louise de Vilmorin employait l'expression avec de l'espièglerie. L'Actrice ne le sait pas, et le saurait-elle, qu'elle s'en ficherait. Elle a envie de crever. Ou de le crever. Leur conversation est à couteaux tirés. Rien de tel pour vous tirer les traits. Et merde. « Larmes en table »...

En quarante ans de nuit, Gerald Nanty a affûté ses capteurs. Il sent les vibrations de la colère, les aigus de la détresse. Prudemment, il détourne l'attention des dîneurs. « Bande de figurantes ! » lance-t-il à sa troïka de serveurs, Cyril, Olivier et Monsieur Mâchon.

Le grand Cyril répond au quart de tour, une main théâtralement posée sur la hanche : « la patronne est d'une humeur, ce soir ! ! » et s'en va, digne et caoutchouteux, son étroit bassin se propulsant DEVANT ses épaules. Aucune polytechnicienne du mannequinat ne saurait exécuter cette démarche. Il conclut l'échange par un haussement d'épaules de femme du monde, très « Mais QUI me parle ? »

L'Actrice rit. Elle reconnaît le talent.

Soulagé, Nanty pirouette pour saluer un chanteur minuscule mais majeur, regard d'aigle, longs cheveux argentés, voix de cristal, de dancing désert à l'aube, d'étreintes bleutées. Il est chaussé comme le Chat Botté. Il veut boire autre chose que du lait.

L'Actrice et l'homme ont séché leurs larmes.

« Tu es magnifique. Tu es au-dessus de mes moyens. Avec toi je vis au-dessus de mes moyens sexuels, intellectuels, et financiers, évidemment. Tu es ma ruine, ma chérie.

— Tu vas quand même m'épouser ?

— Tu vivrais toi aussi au-dessus de tes moyens. Pourquoi m'épouser ?

— Parce que tu n'as que moi, idiot !

— Ça fait six mois que je te fais chier et que tu ris. C'est un miracle. Dans mon sommeil je me demande parfois comment une femme comme toi peut se lever le matin pour faire un café trop fort à un abruti comme moi ?

— Mais l'amour n'a rien à voir avec les bonnes raisons, disait Henry James !

— Salope ! »

Un sourire passe. Il se pose sur le visage de Nanty. A ce train-là, il sera témoin de mariage.

« PASSE-MOI *LA* SEL »

Jacques Iskander, personnalité de Saint-Germain-des-Prés et figure des temps héroïques de chez Castel, était un copain de Gerald Nanty. Il avait deux marottes : parler au féminin et s'habiller en femme. Au Café de Flore, au marché ou dans le métro en seconde classe, il était invariablement en femme. Par tous les temps. Et lorsque Jacky saluait Jean Castel qui ne jurait que par le rugby, la camaraderie masculine, et les hommes qui en ont, il lançait un « Elle va bien ? » théâtral qui les mettaient tous les deux en joie.

Gerald a connu Jacky en 1968. Iskander venait de faire la blague la plus fabuleuse de sa vie, mais elle lui avait coûté son emploi. Il était alors secrétaire particulier de Coco Chanel. Pour faire rire la galerie et amuser les mannequins dont il était la mascotte, Jacky s'était glissé parmi les filles et avait défilé en femme lors d'une présentation de collection. Ce fut un scandale. Une bombe. Un geste fou, et un crime de lèse-majesté. L'intrus atomisait la liturgie solennelle du défilé de Haute Couture ! Comme si un participant à une orgie dans un club échangiste prenait soudain du recul et se mettait à rire aux éclats. Lorsque le rituel est dépouillé du sacré, le rire en révèle l'immense ridicule. La présence d'un homme travesti en femme parmi une assemblée de mannequins (en 1968 !) avait aussi valeur d'interrogation sur le costume, les attributs de la féminité, le genre sexuel, et le théâtre de la séduction. C'était trop. On le renvoya...

> « Il n'était pas mécontent d'échapper à la poigne de fer de Coco Chanel qui n'avait jamais su par quel bout prendre cet être atypique, mais il était mortifié d'avoir perdu son gagne-pain. Je l'ai engagé au Prélude, il me donnait un coup de main. En femme. Il n'a pas voulu me suivre au Nuage et il est parti seconder Jean Castel. Il a tenu jusqu'à sa mort le Foyer, un restaurant de poche contenant dix tables et servant de la cuisine de bistrot, œufs mimosa, sardines et onglets-frites.
>
> On lui avait sacrifié le Bazar Princesse, un ancêtre du concept-store Colette tenu par Suzanne Lulling, la directrice des salons de la maison Christian Dior qui avait un goût exquis mais se fichait un peu de la rentabilité de son Bazar. Jacky et moi avons suggéré à Jean Castel de le transformer en bistrot. Les gens venaient dîner au Foyer pour Iskander, un des hommes les plus tendres et les plus libres que j'aie connu. Il vivait rue Guisarde, à deux pas de chez Castel, dans une studette de vingt mètres carrés, une chambre de bonne améliorée devenue loge d'actrice avec dessus-de-lit en fausse fourrure. Le confort était rudimentaire, mais Jacky se fichait de la taille de son

gourbi ; ce qu'il avait vu de la vie pendant la guerre lui conférait une immense capacité à relativiser et à se satisfaire de son sort. Il était d'une pudeur immense, il y avait un je-ne-sais-quoi chez lui qui vous donnait envie de l'enlacer et de le protéger, mais il n'était pas question de poser des questions. Jacky tirait souvent le diable par la queue, mais il sacrifiait volontiers une partie de sa paye pour offrir une semaine de hachis parmentier à un copain démuni.

Son accoutrement faisait tellement partie du paysage ethnologique de Saint-Germain-des-Prés que nous n'y prêtions plus attention ! Il portait des chaussures à petits talons de trois centimètres, généralement des mules et ne tortillait pas du derrière ! Vu de dos, c'était une démarche élégante à la Madame Butterfly. Ses tailleurs et ses robes étaient toujours en jersey. Sa tenue emblématique était une tunique col Mao à la Thierry Mugler, et un pantalon à pattes d'éléphant très évasé. Le look idéal pour une après-midi Tupperware. Il lui arrivait de porter des perruques blondes qui le faisaient ressembler à Juliette Achard, la spectaculaire femme du dramaturge et académicien Marcel Achard. Il avait un physique assez viril, et son travestissement fascinait parce qu'il ne cherchait pas à se faire passer pour une femme. Il ne se maquillait pas, contrairement aux travestis classiques, sauf un peu de rimmel. »

Le père de Jacques Iskander était chef de rayon aux Grands Magasins du Louvre, et son collègue le plus proche, au sens topographique et affectif, avait un garnement qui suivait des cours d'art dramatique. Le jeune Jacques Iskander voulut donc faire comme le jeune Jacques Charon. Son père refusa de peur qu'il ait « des mœurs ». Le fiston se résigna. Un an plus tard, il était modiste ! Et entra grâce à son ami Jacques Charon, dont il devint le secrétaire occasionnel, au département costumes de la Comédie-Française.

Pierre Bénichou a été le témoin d'une scène digne du film *Opération Jupons* de Howard Hawks : « Au début des années 60, j'étais chez Castel au rez-de-chaussée. Débarquent deux types baraqués aux beaux regards clairs. Des Anglais, anciens pilotes de la R.A.F. Ils demandent après "Mister Jack Iskander" avec l'accent oxbridgien le plus pur. Lorsqu'il les a vus, Jacky, qui portait ce soir-là une robe de chaisière, a fondu en larmes. »

Bénichou précise, un ton en dessous : « Jacky était très émotionnel. Il disait "Je ne peux plus écouter Jean Ferrat dans *Potemkine* ! ! Quand il chante 'Marin, ne tire pas sur un autre marin', je pleure, je fais rimmel ! ! ! (Pause) Bon, pas Rommel quand même ! ! !" Et il se marrait avec des roulements d'yeux... »

« Les deux Anglais et Iskander », poursuit Bénichou, « avaient été faits prisonniers en Allemagne, pendant la guerre. Jacky aurait d'ailleurs porté l'étoile rose désignant les homosexuels. Les aviateurs ont été formels : "Des mecs avec des couilles, nous en vîmes, mais des comme lui, rarement..."

On était assez fiers de notre ami. Il était le contraire d'un rouleur qui se met à quatre pattes au premier coup de vent. Lui avait beau s'habiller en femme, c'était un dur. »

Jacky Iskander ne parlait qu'au féminin. Nanty, tel le carbone 14, date très précisément la naissance de cette manie, en 1963. Jacky aurait accueilli Sacha Distel chez Castel avec un sonore « comment ça va ma petite fille ? ». Distel se serait retourné pour chercher partout la drôle de petite fille qui n'était pas encore couchée à deux heures du matin.

Iskander fut le premier à systématiser en public ce que les homosexuels dotés du goût du théâtre, du jeu et de la dérision faisaient en privé depuis la nuit des temps, se donnant du « ma chérie » dans les salons, ou les réunions en petits comités. Iskander le faisait dans la sphère publique, avec tout le monde, homos ou hétéros, démocratiquement...

Néanmoins, rien à voir avec les singeries pathétiques de Zaza Napoli dans *la Cage aux folles*. C'était une mise en abîme subtile et volontairement tapageuse : un homosexuel n'ayant jamais perdu de vue qu'il était un homme surenchérissait dans l'efféminé, ce qui prenait de court les homophobes, désamorçait leurs quolibets et leurs insultes.

Il aurait pu dire « On me prête des tendances efféminées, je les rends au centuple, ainsi on me fiche la paix ! ».

Pierre Bénichou se souvient d'avoir entendu Iskander dire « Passe-moi *la* sel ». Gerald Nanty se signe, et ne dément pas, constatant que toute une génération d'homosexuels gravitant autour du théâtre et du spectacle a joué avec les stéréotypes de la « folle » en parlant au féminin. Fabriquant de la visibilité, au forceps. Et une sous-culture, qu'on retrouverait au cinéma et dans la rue, vingt ans plus tard. Il incarnait le *« camp »* à la française... Les drag queens sans paillettes ont une maman : Jacky Iskander.

Le journaliste Philippe Tesson, qui a croisé Iskander dans les années 50 au Fiacre et dans l'entourage des comédiens du Français, regrette qu'« on entende toujours parler de la méchanceté des pédés, mais plus rarement de ce qui les distingue : la dérision de soi. Elle était le biais choisi afin de moins souffrir des attaques des homophobes, avant 68 ». L'homosexualité à cette époque, ainsi que la vivait Iskander, ce pouvait être une mise en scène politique de soi, un immense éclat de rire dans lequel la souffrance était miraculeusement soluble.

Pierre Bénichou crédite Nanty de la plus belle histoire de « parler au féminin » qu'il ait entendue à Paris.

En juillet 76, au bar du Colony, Nanty et un ami.

L'ami : « Alors, elle va où la petiote en vacances ?

— Nulle part. Elle en a marre. Saint-Tropez,

pour voir toutes ces horreurs toastées au Piz Buin, non merci.

— Et la Normandie ?

— Il pleut tout le temps.

— Hum. Pas faux. Moi je crois que je vais aller en Corse.

— En Corse ! hurle Nanty. Pour prendre une grenade dans la chatte ! ! »

C'est l'hiver. Une bise coupante s'engouffre rue du Four, et pénètre dans le petit canyon de la rue Princesse. L'air est gelé, il n'y a pas un bruit car l'aube approche. Soudain, une voix très caractéristique, un peu nasillarde, lance un anathème contre le froid. Roger a parlé. Gerald blague, des rires déchirent le silence ouaté. Trois silhouettes désaccordées surgissent de chez Castel : très grand et très mince, Gerald Nanty enfile un manteau de cachemire noir, Roger Peyrefitte est déjà emmitouflé dans une épaisse pelisse, il enfonce sur ses cheveux blancs une chapka en astrakan, rapportée d'un voyage en U.R.S.S.

A leurs côtés, Jacky Iskander trottine en robe décolletée à peine réchauffée par une arachnéenne mousseline jetée sur ses épaules.

Roger se tourne vers Jacky et l'apostrophe :

« Mais tu dois grelotter, tu es à moitié nu ! »

Jacky lui répond :

« Roger... quand on est en femme, on n'a jamais froid ! »

« A l’automne 75, lors de l’enterrement de Jacques Charon, le plus vieil ami de Jacky, celui-ci est apparu complètement bouleversé, s’appuyant sur une canne ayant appartenu à Sarah Bernhardt que lui avait offerte Chazot. La mort de Charon faisait d’Iskander un orphelin. Le chagrin fut si violent que Jacky est tombé pendant la cérémonie et a été transporté à l’hôpital. Il est mort quelques mois plus tard d’un cancer des os foudroyant. Il est mort d’amitié. C’était tout lui. »

LES SALONS ÉLECTRIQUES

« Aimer les femmes intelligentes est un plaisir de pédéraste. »

Charles Baudelaire.

1967 : Tandis qu'une jeunesse mondiale en fleurs et en pétard se prépare au Grand Soir, électrisée par Jimi Hendrix (*Are you experienced ?*) et Jim Morrison (*Break on through to the other side, We want the world and we want it... NOW !* ou *The End* et son célèbre monologue crypto-biblique *« Father ? Yes, son. I want to kill you... Mother ? ! I want to fuck you ! »*), une civilisation achève de mourir. Elle a porté au pinacle l'urbanité et la malle-cabine faite sur mesure, le culte du Beau et la conversation, l'audace et la Modernité au sens où l'entendait Baudelaire, une synthèse du contingent et de l'éternel. A Paris, quelques femmes incarnent encore cet idéal élitiste qui ensorcelle bibelotiers littéraires, Matthieu Galey en tête, collectionneurs de personnages *bigger than life* tels François-Marie

Banier, Bernard Minoret, Jacques Grange, ou jeunes homosexuels ambitieux parmi lesquels Gerald Nanty.

> « A vingt-neuf ans, j'ai voulu tenir un salon, être une dame du faubourg Saint-Germain ! Je l'avoue, j'ai toujours été snobé par les écrivains et par l'intelligence. J'ai donné des après-midi littéraires, le mercredi. Fort de la présence de mes égéries, Marie Laure de Noailles, Florence Gould et Marie-Louise Bousquet, j'ai commencé à envoyer des cartons et les gens sont venus ! Les quolibets ne m'ont pas empêché de m'amuser. Ma marotte a duré quelques mois. C'était bon enfant, pas décadent, un peu loge de concierge, un peu Flore à la maison, pas intello pour deux ronds, mais j'avais mes écrivains ! Je n'ambitionnais pas de copier Les Temps Modernes, moi ce qui m'intéressait, c'était Les Temps d'Antan ! Philippe Erlanger m'avait emmené chez son amie Florence Gould qui offrait traditionnellement le dîner de clôture du Festival de Cannes. C'était encore le temps des mécènes, pas des sponsors... Philippe et moi étions deux pies attirées par ce qui brillait chez Florence Gould : son cénacle et ses diamants. Elle portait un bijou qui m'a marqué, un fabuleux sautoir en diamants, des diamants gros comme des morceaux de sucre ; elle avait aussi une grappe de raisins en émeraudes, rubis et grenats qu'elle portait agrafé à la va-comme-je-te-pousse. Elle venait dîner rue Sainte-Anne au Colony, et mettait un point d'honneur à trouver *tout* normal, les rumeurs des bacchanales hard du Bronx comme les tapins aguichant dans la rue. »

Florence Gould, milliardaire grâce à son mariage avec l'héritier des chemins de fer américains Frank Jay Gould, perpétua à partir des années 50 et pendant vingt ans la tradition française des salons littéraires mondains inaugurée au XVIe siècle par la poétesse Louise Labé en son « bureau d'esprit » lyonnais, et la duchesse de Retz qui recevait dans le « Salon vert » de l'Hôtel de Retz les poètes de la Pléiade, Ronsard, et la reine Margot...

Florence Gould ne se faisait pas passer pour une intellectuelle ; elle aimait l'esprit, de préférence masculin, avec une faiblesse pour les femmes atypiques, notamment Dominique Aury, l'auteur d'*Histoire d'O*[1]. Gould s'inspirait de plusieurs hôtesses de légende qui avaient transcendé la dimension « Verdurin » de cette activité mondaine ; ces fées polymorphes tenaient du bureau de placement, de l'agence de relations publiques, de la banque d'idées, du tam-tam africain, de la muse portative et de la soupe populaire cinq étoiles.

A l'époque où Gerald Nanty s'institua « hôtesse », sans jamais être dupe de lui-même, la tradition parisienne du salon s'éteignait.

Natalie Clifford Barney, l'Amazone de Rémy de Gourmont, avait reçu pendant un demi-siècle, au 20 rue Jacob, tout le génie homosexuel franco-anglo-saxon, de Truman Capote à Renée Vivien en passant par Colette, Gore Vidal, Edmund White ou Marguerite Yourcenar. *Friday only*. Thé

1. In *Dominique Aury* par Angie David, Ed. Léo Scheer.

servi par des Chinois mutiques, cakes cuisinés par Berthe, flirts et fleuret moucheté épigrammatique. Son Temple de l'amitié n'était pas une excroissance sacrée de son anatomie mais un véritable temple grec installé dans son jardin, qui laissa Hemingway bouche bée comme il le raconta dans *Paris est une fête*.

Chez Lise Deharme, dans l'entresol de la rue de Grenelle, la littérature française pensant à gauche (mais préférant manger à droite) s'ébrouait dans une atmosphère bohème, ludique, qu'adoraient Raymond Queneau ou Georges Auric. Excentrique au « visage de vieille momie », elle s'intéressait à la magie noire et aux envoûtements.

Plus international était le salon de Marie-Louise Bousquet. La directrice de l'édition française du *Harper's Bazaar* américain recevait place du Palais-Bourbon. Pierre Benoît, Christian Bérard dit Bébé, Violet Trefusis, Marcel Jouhandeau, Sacha Guitry, Bernard Grasset, Jacques-Emile Blanche, Cristobal Balenciaga, plus tard Yves Saint Laurent et Pierre Bergé, tous se pressaient chez cette superbe conteuse aux sourcils broussailleux. Pour Philippe Soupault (coauteur des *Champs magnétiques* avec André Breton), « c'était encore une époque où le sort d'une pièce ou d'un livre se décidait en partie dans quelques salons de Paris, dont le sien ».

Bousquet recevait tous les jeudis. Gould fit de même, régalant pendant la guerre Drieu La Rochelle, Marcel Arland, Jean Paulhan, Gerhard Heller (dignitaire allemand en charge du secteur littéraire de la Propagandastaffel, qui inspira à Vercors un personnage du *Silence de la mer*) et bien sûr Ernst Jünger[1] à l'hôtel Bristol. La paix revenue, les « Jeudi-Florence » menèrent Paul Morand et Paul Léautaud, Jouhandeau et Paulhan au 129 avenue de Malakoff, en bas de l'avenue Foch, puis à l'hôtel Meurice.

Chez la romancière Louise de Vilmorin, on riait beaucoup. Aux perles de l'hôtesse, tout d'abord, « féeriste » du verbe et virtuose quasi oulipienne de l'olorime, du palindrome, de l'anagramme, de la babebine et parfois du calembour le plus épais[2] ! Au bonheur, ensuite, de se retrouver tous les dimanches soir au domaine de Verrières-le-Buisson, dans le Salon Bleu, attablé devant le pot-au-feu le plus « bonne femme » et le plus chic du monde ! La croqueuse d'hommes (Saint-Exupéry,

---

1. Ernst Jünger (1895-1998), officier allemand affecté au Commandement militaire de Paris sous l'Occupation, auteur en 1939 d'un roman dénonçant la barbarie hitlérienne, *Sur les falaises de marbre*, et d'un journal de guerre humaniste publié chez Julliard.

2. Exemples d'acrobaties verbales et autres coq-à-l'âne de Louise de Vilmorin :
« *Suce ses écus* »
« *Etonnamment monotone et lasse*
Est mon âme en automne, hélas »
G AC ZE FET LEBZIR LRU LDT
(J'ai assez aidé et fêté et les baisers d'hier et les ruelles d'été)
« *Elle sort là-bas des menthes*
La belle Eve a l'âme hantée
Et le sort l'abat clémente
L'abbé laid va lamenter. »
« *Un amant cela ment*
une amante se lamente... »

Orson Welles, Roger Nimier, Duff Cooper, Gaston Gallimard, Pierre Seghers, Pali Palffy, Ali Khan, André Malraux...) reçut au cours des années 50 et 60 un aréopage scintillant, très artiste après-guerre puis un peu plus politique et journalistique au milieu des années 60, sous l'influence de son « Dédé ». La mort de Roger Nimier brisa son élan vital. « Mon cœur est l'époux de ma peine » devint son leitmotiv. La disparition de Cocteau, un an plus tard, l'enchagrina à perpétuité. Elle devint luciférienne. L'alcool alimentait son feu mauvais. Elle avait la mélancolie urticante. Gerald Nanty lui fut présenté par Marc Doelnitz à l'Alcazar en 1968 ; il l'évita soigneusement, comme l'on contourne une ortie faussement dolente.

En 1978, deux ans après la mort d'André Malraux, Thierry Le Luron eut l'opportunité de louer le domaine de Verrières-le-Buisson, et il emmena Gerald Nanty visiter l'ancien domaine de Louise. « J'occuperai la chambre d'André Malraux, toi celle de Louise, on sera deux châtelaines ! » Leurs déambulations les conduisirent dans le Salon Bleu, joyau de cet ancien relais de chasse édifié sous Louis XIV, puis dans le parc dessiné par Lenôtre. Antoine Parmentier y avait planté quelques-unes de ses pommes de terre chéries, et l'aïeul Philippe André de Vilmorin y introduisit au début du XIXe siècle des cèdres du Liban, des pins de Calabre, et des chênes d'Amérique [1]. Enchantés par tant de

1. Le fondateur de la « maison » Vilmorin, le grainier Philippe Victoire, grand ami d'Antoine Parmentier, avait assisté en personne, en 1786, à l'introduction de la pomme de terre à la Cour de France. Louis XVI et la

beauté, et étourdis de mythologie mondaine et malrucienne, Nanty et Le Luron firent une halte sur un banc de pierre au fond du parc. Le Luron venait de décider de louer Verrières pour une saison lorsqu'il poussa un cri : phobique de tout ce qui évoquait de près ou de loin la mort, il désigna à Nanty une main en bronze surgissant de la terre et tenant une petite plaque elle aussi en bronze sur laquelle étaient inscrits ces mots : *Au Secours !*

C'était la tombe de Louise de Vilmorin, et son dernier trait d'humour...

Le Luron ne revint jamais à Verrières.

Lorsque Gerald Nanty se lança dans le monde des dames de lettres, en 1967, la vétérante des hôtesses du Tout-Paris était toujours en activité. Marie Laure de Noailles, ou Marie L'or, comme fait exprès pour le blason de la maison de Noailles, « des gueules à bandes d'or », tenait salon depuis le milieu des années 20... Descendante du marquis de Sade et de la poétesse Anna de Noailles, préférant son âne Gonfaron, si humain, à ses deux filles, trop humaines, « Académicienne de la Moule Poilue » (distinction qu'elle partageait avec Raymond Queneau), « Bonne dame de Néant », « Méduse, née Radodla[1] » Marie Laure accumulait les surnoms, les coups d'éclat, et les homosexuels lorsque

reine Marie-Antoinette apparurent avec des bouquets de fleurs de pommes de terre accrochés à la boutonnière et au corsage, et enjoignirent les courtisans de goûter au tubercule.

1. *Née Radodla... :* surnom donné par Jean Cocteau.

Nanty la rencontra. A soixante-cinq ans, elle avait connu la Génération Perdue, Salvador Dali sans un dollar, René Crevel vivant, inventé le mécénat mondain avec Buñuel, lancé l'Art déco, les sports aquatiques chic, « biceps et bijoux », Hyères et les décorateurs de demain, Jean-Michel Frank en tête. Elle avait raté Cocteau, réussi un mariage durable d'où l'amour était prudemment absent. Elle pouvait faire n'importe quoi, ce n'importe quoi avait toujours du chien, si ce n'est de l'élégance. Selon Roger Peyrefitte, « elle était un dictateur génial, effrayante et éblouissante, avec une tête à la George Sand ». Le romancier avait été renvoyé de la villa Noailles de Hyères à coups de pied dans le derrière par la Vicomtesse qui n'avait pas goûté certains de ses propos sur la sodomie. Marie Laure avait organisé en 1967 « La nuit des Marie » dans le restaurant-bazar d'antiquités de Gerald Nanty, à la joie du jeune homme, conviant toutes les Marie célèbres de Paris, Marie-Louise Bousquet, Marie Bell, Marie Daëms...

Tous les homosexuels qui recevaient dans les années 50 et 60, de François Guirche à Jacques Lefranc, voulaient être Marie Laure de Noailles. Lefranc était décorateur ; il avait son jour, et recevait en cercle autour de son métier à tisser, à la façon de la marquise de Flers dans *la Vieille Maîtresse* de Barbey d'Aurevilly ! Il piquait et repiquait tandis que les vacheries fusaient, et que les jeunes gigolos de service faisaient des chatteries, répandus aux pieds de Lefranc telle une portée de lévriers barzoï chez la Grande Catherine de Russie. Plus raide, François Guirche « donnait de somptueux déjeuners, un peu collet monté, au 5 rue Bonaparte ». On avait surnommé son ami « l'Ananas au Guirche » se souvient Nanty.

Marie Laure de Noailles, elle, était une fusée. Son talent dans le portrait-minute et l'exécution cinglante, un art appris auprès de sa grand-mère Laure de Sade, et de Jean Cocteau, fascinait Nanty, qui en prit avidement de la graine.

> « En 1968 quand je n'étais pas chez moi ou chez Castel, je passais ma vie au Cherry Lane, rue des Ciseaux, avec le décorateur de Marie Laure de Noailles, Georges Geffroy. Georges avait une marotte : il parlait comme *les Incroyables et les Merveilleuses,* sans prononcer les "r". Je l'avais accompagné lors de sa première visite de l'hôtel particulier des Bestegui. Je n'oublierai jamais la vision de ce petit monsieur virevoltant de pièce en pièce, très énervé, criant "je 'ois êver, je 'ois 'êver ! ! !"
> Bernard Minoret [1], un grand ami de Marie Laure, riait des expressions précieuses de Geffroy, notamment : "ce n'est pas le contraire d'une belle chose" !
> Georges se fâchait régulièrement avec Marie Laure de Noailles. Chaque fois qu'il lui téléphonait en

1. Bernard Minoret est l'auteur avec Philippe Jullian d'un très amusant pastiche de roman du XIXe, *Les Morot-Chandonneur, Une grande famille française* (Plon, 1955), adapté pour la scène et créé en 1970 au Théâtre du Sept, rue Sainte-Anne, dans une mise en scène d'Yves Gasc de la Comédie-Française.

période de fâcherie, elle faisait semblant de ne pas le reconnaître au téléphone.
“Qui êtes-vous ? – Mais, Georges Geffroy ! (avec elle, il prononçait les “r”...) – Eh bien couvrez-vous et au revoir Monsieur !”
Un autre soir, elle donna un dîner pour Lucie et Edgar Faure, Alec Weisweiller, Simone Simon etc. Geffroy est arrivé très en retard, confus, un index entouré d’un énorme pansement, une poupée, on ne voyait que ça. Marie Laure ne l’a pas raté, avec un petit sourire suave : “Dites-moi, Georges, vous êtes en retard ! – Oh Madame je souffre, j’ai un panaris ! – Georges Geffroy, quand on a un panaris, on le garde en cage, et son propriétaire avec ! !”
Je ne peux pas me vanter d’avoir fréquenté Marie Laure, seulement croisée les trois dernières années de sa vie, entre 67 et 70. Son dernier amant, le peintre Oscar Dominguez, son “vieux caïman”, venait de se suicider en se tranchant les chevilles. Elle n’aimait plus personne, voulait seulement être distraite. J’ai vu Marie Laure arriver à un cocktail une paire de charentaises aux pieds, de deux couleurs différentes. Une conversation avec elle était un ping-pong spirituel terrifiant et très stimulant. Elle était méchante comme une sorcière, mais inspirée, habitée. Elle disait “il n’y a que les folles qui me soient fidèles”. La réciproque fut vraie. »

LA NUIT DE WARREN

« Rien ne va plus depuis toujours. »

En 1968, Gerald Nanty engagea au Nuage une portière bien trop ravissante et maligne pour ce métier. Elle était étudiante, ressemblait à Dayle Haddon. Elle avait l'allure d'une jeune femme fatale, voulait s'encanailler, et se contenta de charmer tout le monde. Assise à la place du mort dans une Rolls blanche, Anne se tua sur une départementale de l'Essonne. Elle avait fait ses premiers pas dans la nuit grâce à son oncle, qui estimait qu'on fait ses humanités tant dans la rue qu'à l'université. L'oncle était une tante au rire d'ogre et au regard de cosaque. Il s'appelait Michel Warren. Son vrai nom était René Vacheux. Il était peintre, extralucide, sybarite, désespéré, d'une drôlerie unanimement regrettée, et sa fin fut étonnamment opaque au point que parmi ses amis, personne n'est capable d'en livrer la même version.

Didier Grumbach, neveu de Pierre Mendès France et président du Syndicat de la Haute Couture, très proche du tandem Saint Laurent-Pierre Bergé, a connu la Café Society et la Haute Bohème des quarante dernières années, tous ceux qui étincelaient à l'intersection de l'argent, de l'esprit et du génie artistique. Warren était son ami. « Il a marqué, voire changé la vie de beaucoup de ceux qui le côtoyèrent. Il donnait des dîners extravagants, dans des lieux somptueux, dans lesquels il arrivait vêtu des pieds à la tête de satin rose, par exemple. Sa faconde, son érudition, sa folie, sa vie de danger avec les garçons, qu'il dévorait et consommait sans répit, tout chez lui était fascinant. » Charles Matton l'a mis en scène et photographié. Il se souvient d'un séducteur adorant par-dessus tout lever des hommes hétérosexuels. Bernard B. récuse l'étiquette de « pervers », et le décrit comme un Maurice Sachs mâtiné de Huysmans, un grand décadent mégalomaniaque détruit par une ambition déçue de peintre. Parmi les dons de Warren, figurait la voyance. Il était parfois saisi par une vision, une prémonition trop réaliste qui hurlait dans sa boîte crânienne. L'une d'elles est restée légendaire dans le petit cercle de ses proches. Un de ses amis devait partir en avion. Warren s'est rué à Orly, a supplié son ami de ne pas embarquer, lui a dit qu'il avait eu une vision, qu'il ne pouvait pas partir. L'avion, un Comet De Havilland, s'est écrasé au-dessus de la Turquie.

Grand consommateur de garçons, Warren faisait du « cruising » avant l'heure entre le Fiacre et le Nuage, pas seulement pour dire bonjour à sa nièce.

Nanty l'aimait beaucoup, convenant qu'il était un des mecs les plus fous et les plus drôles qu'il ait croisés.

> « Warren faisait rire Violette Leduc, c'est dire ! On les a beaucoup vus ensemble pendant quelques années dans les cabarets et parfois les bouges de Saint-Germain-des-Prés. Elle le regardait amoureusement boire jusqu'à tomber par terre. »

Violette Leduc-Michel Warren, l'attelage avait de quoi étonner. N'aimant que les femmes et les homosexuels – sa passion pour Maurice Sachs ne connut pas de réciprocité[1] – célèbre depuis la parution de *la Bâtarde* en 1963, folle de jouissance masochiste, Leduc jeta en 1964 son dévolu sur ce magnifique aventurier de trente-quatre ans.

Warren avait été un élève précoce et doué de l'école de la Haute Couture de la rue Saint-Roch à Paris mais il bifurqua vers l'art après sa rencontre avec le collectionneur et marchand Daniel Cordier[2], qui l'aida à ouvrir sa première galerie de

---

1. Dans *Tableau des mœurs de ce temps* Maurice Sachs a décrit Violette Leduc sous les traits de « Lodève » : « Le nez grotesque qui au-dessus d'un menton ravalé lui fait une figure de gargouilles, (...), cette bouche indiscrètement sensuelle, ces gros yeux à fleur de peau – quelle fée vicieuse les a assemblés en un seul visage pour une caricature des caricatures ? »

2. Daniel Cordier, historien et biographe de Jean Moulin, fut son secrétaire pour la zone nord en 1943. Moulin avait choisi la profession d'artiste-peintre comme couverture de son activité de résistance, et il initia Cordier à la peinture de Bonnard, Renoir, Picasso et Toulouse-Lautrec en mai 43

peinture rue des Beaux-Arts. Warren représenta Bram van Velde et Fernand Léger, quitta Paris, « ce cagibi », pour New York, sur les traces de Cordier. Il s'en revint insatisfait, hydropathe, et rencontra Violette Leduc au Fiacre.

Elle avait vingt ans de plus que lui, ils jouaient à être amants, s'insultaient, roucoulaient, recommençaient, se faisaient jeter de la Closerie des Lilas où on en avait pourtant vu d'autres... Elle le traitait de « crevasse », il rétorquait que ses livres « sentaient la culotte de femme », elle se troussait en public pour l'emmerder... Ils furent les rois du scandale, et se firent pendant trois ans moins de bien que de mal.

Warren publia peu ou prou, mais bien : *l'Anti-steak, petit traité de dandysme culinaire, 87 recettes inédites* paru chez Denoël en 70. Ce livre de recettes à déguster « sur une nappe en tweed » donne un alléchant aperçu des menus de ses dîners, de la *Béquille du débauché* à la *Hippie Sauce* en passant par les *Œustravagants,* la *Chasse gardée,* ou le *Steak du Truand*[1].

---

lors d'une visite dans une galerie de l'île de la Cité, à Paris. Cordier devint marchand de tableaux en 56, à Paris et New York. Collectionneur de Dubuffet, Rauschenberg, Mapplethorpe, il a fait don de 500 œuvres à l'Etat français.

1. On aime l'idée qu'une des trouvailles de Warren réjouisse le palais de quelques lecteurs qui ont compris que le sang, la viande, l'humour noir, et une forme d'attirance pour les marges définissaient (partiellement) son univers. D'où ce bonus, la *Recette du Steak de Truand,* à éviter pour un dîner de fillettes :

« Dans un bol, mélangez 2 jaunes d'œufs avec 1 cuillerée à soupe de moutarde, 2 cuillerées à soupe d'huile, un peu de Tabasco, 1 oignon haché

Michel Warren avait été l'amant de Francis Bacon ; les deux hommes restèrent amis, et l'actrice Aurore Clément se souvient de plusieurs soirées « intenses, très alcoolisées, très drôles, dans l'atelier de Michel. Francis Bacon était assez droopyesque, son ivresse était intériorisée, il tanguait au-dedans de lui-même, alors que Michel explosait en provocations, en violence verbale, et en rires gargantuesques. Michel avait un talent d'enfance pour inventer des jeux, rebondir sur un dessin, une image, une gesticulation, forcer ses amis à se surprendre eux-mêmes ». Et surtout, « une dimension quasi chamanique, celle d'un passeur qui donnait tout, le savoir le plus rare, le plus singulier, comme s'il donnait son sang... ».

« j'ai de l'idéal au ventre
j'ai un passé   je suis antique   nulle part
j'ai perdu une petite minute une minute une minute jolie même
la sueur d'une minute le savoir d'une minute la raison d'autres
minutes l'horreur d'une minute la confusion d'une minute

---

très fin, une dizaine d'olives vertes finement hachées, 1 cuillerée à café de câpres.

Salez et poivrez vigoureusement.

Prenez un kilo de bœuf haché, pétrissez la viande avec un verre de whisky pendant 5 minutes. Ajoutez le mélange préalablement cité et faites-en 4 steaks que vous garderez au réfrigérateur au moins 45 minutes avant de les servir. Vous découvrirez que les Truands sont quelquefois plus civilisés que les Tartares... »

L'Antisteak, Editions Denoël.

j'ai perdu une fois quelque part une minute
d'un autre
temps
je savais tout   la raison de   tout
je la retrouverai
(Michel Warren, 1973.)

Warren a beaucoup peint dans un style qu'on osera qualifier de figuratif convulsif néo-baconien ; Jean-Paul Sartre et Simone de Beauvoir décrétèrent d'une seule voix que ce n'était pas de la peinture [1]. En revanche, les galeristes Claude Bernard et Iris Clert, Jacques Kerchache, le gourou des Arts Premiers, ou encore Jean-Jacques Aillagon, qui lui acheta sa première toile, furent d'un avis contraire.

En 78, Fabrice Emaer avait commandé les fresques du Palace à Garouste et il demanda à Warren un tableau pour le sous-sol. Warren voulut peindre une Cène, comme avant lui Léonard de Vinci, mais décadente et homo-érotique, avec des modèles trouvés la nuit, ou dans la rue. Chaque fois qu'il trouvait et peignait un garçon, il se passait quelque chose de terrible ou d'extraordinaire : un modèle, Pierre, lui offrit un bracelet de diamants pour le remercier d'avoir posé son regard sur lui, un autre le dépouilla. Warren se voyait comme Vinci dont il connaissait l'histoire par cœur, les incursions dans des estaminets aux odeurs d'ammoniaque pour y ramasser des modèles garçons...

1. Cités par Carlos Jansiti dans sa biographie de Violette Leduc.

La Cène de Warren ne fut jamais terminée.

Dans les dernières années de sa vie, Warren a peint de façon obsessionnelle des hommes nus, blessés, coupés, têtes bandées, images sans yeux de la douleur. Il réalisa une série ultime d'autoportraits ensanglantés. Sa fin, dans sa version gore, qui se conjugue au conditionnel, épouvanta ses proches. Il vivait avec un peintre-illustrateur, Gösta Claesson, qui trouva un soir porte close. Croyant que Warren était à l'intérieur, ivre mort, son compagnon résigné passa la nuit chez un ami. Le lendemain, il rencontra la police sur son palier ; Michel Warren était à l'Hôtel-Dieu. On avait retrouvé son corps dans la rue, « Boulevard des Allongés », comme disait Leduc, à moitié nu, prostré sur un petit banc, dans une attitude identique à un des autoportraits. S'est-il « vu » mort, et a-t-il peint sa vision avant qu'elle ne se réalise ? Quelqu'un de profondément maléfique a-t-il mis en scène une des images, variation morbide sur l'assassinat considéré comme un des beaux-arts ?...

Ou Warren a-t-il commandité son propre suicide déguisé en meurtre, téléguidant l'ultime crime esthétique ? Comme ces êtres aux trajectoires ombrées et secrètes, ayant plus de talents qu'un couteau suisse a de lames, Warren a eu plusieurs vies et une mort pas nette. Nombreux furent les grands contrebandiers, dans la galaxie de la nuit des années 70, qui ajoutaient un peu de fiction à la réalité déjà confuse de leur existence, au risque que personne n'en retrouve jamais le fil. Mais un fil, c'est le début d'une ligne droite, et c'est le plus court chemin vers la mort. Ils préféraient de loin graver des lignes sinusoïdales dans les paumes de leurs mains.

En 2006, un Warren n'aurait pas survécu cinq minutes, et il n'aurait sans doute pas souhaité le faire. Impossible aujourd'hui de passer entre les gouttes, elles se sont trop rapprochées. Il y a moins de place pour les marginaux de la consommation, les fabulateurs bénins, bref, le « houdinisme » appliqué à soi-même : j'y suis, et je n'y suis plus, mais je resurgis ailleurs, joueur professionnel du « je ».

En octobre 73, dans *le Monde*, Bertrand Poirot-Delpech avait parlé de « saccage solitaire de soi-même » à propos de Violette Leduc. Tous ceux qui ont connu Michel Warren ne sont pas loin de considérer que la formule pourrait définir l'amitié enragée qui déchira plus qu'elle ne lia Warren et Leduc, et par-delà, le destin tout entier de ce chamane mondain au sourire meurtrier.

ALCAZAR ET LETTRES

« Une nuit à l'Alcazar
en tête à tête
quelle fête
Quelle joie ! »

« Fin 67, nous sommes au Prélude. Jacques Chazot et Jacques Iskander complotent. Arrive un Monsieur tonitruant, moulinant des bras, qui vocifère "Alors bande de connasses ! Qu'est-ce que vous foutez là ! je vous emmène dans un local rue Mazarine que j'ai l'intention de transformer en cabaret !"
Nous voilà partis visiter ce qui était encore le Mini-Gypsy Room, un local de voitures de karting, 62 rue Mazarine. "Je veux faire monter l'Alcazar de Marseille à Paris" martelait Rivière. Il n'y avait pas grand-chose dans ce registre, à part le Carrousel qui proposait des tableaux transformistes médiocres, avec toutefois des bombes humaines. Jean-Marie Rivière voulait que Jacky et moi fassions le tableau d'ouverture : "Les demoiselles de Rochefort". Nous déclinâmes.
L'Alcazar était un lieu sublime, avec un bar en coursive où s'agglutinait le Tout-Paris de la rigolade. Jean-Marie Rivière, tout en sourcils, et toujours en frac, était l'Aboyeur.
"Et qui je vooaa dans la salle ? ? ? ? Ce soir ? ?

Manouche, la distinguée, la raffinée, l'hénaurme Manouche et son amie Marie-Chaussure ! ! ! !"
ou bien :
"Parmi nous, Monsieur Bernard Buffet qui m'a fait mon rideau de scène et au premier rang, la Paris-Mondain, Mesdaaames-Messsieurs ! ! ! !"
Parmi les filles de l'Alcazar, je me souviens de Pascale, une sublime travelotte, petite amie clandestine de Daniel Varsano, qui était folle de Dali. Elle s'est jetée à ses pieds un soir à l'Alcazar et lui a dit "faites de moi ce que vous voulez !" "Rasez-vous" a été sa réponse.
Elle s'est rasé la tête sur-le-champ, il a peint sur son crâne, elle ne s'est plus lavé la tête...
Des chanteuses, des coiffeuses se sont mélangées aux travestis : Dani, Handa, Sabo, Solange, Lily May, Mikaela, Jackie, Pascale, Marie-France et son numéro "Marilyn", Betty Mars dans *Monsieur L'Etranger*, Galia, d'une beauté de fruit mûr des îles, embananée à la taille pour incarner Joséphine Baker. Les textes des tableaux, les musiques étaient signés Frédéric Botton, mais aussi Serge Gainsbourg, Jean-Jacques Debout, Alain Kan...
En 69, Jean-Marie a joué dans *Elle boit pas, elle fume pas, elle drague pas, mais elle cause* de Michel Audiard ! Il était Fernand, l'éducateur d'enfants déshérités qui se travestit la nuit à l'Alcazar pour leur payer des vacances... On ne parlait que de ce cabaret. Grâce à Jean-Marie Rivière et Marc Doelnitz, la rue Mazarine est devenue un pôle inouï de la nuit parisienne. Le Circus a ouvert à l'autre bout, la rue a drainé tous les dingues les plus drôles, les plus allumés de Paris, habillés par Jean Bouquin ou Chanel. En 1977, l'Alcazar est devenu le Paradis Latin. La fête était finie. »

69 MOINS 1...

> — *Prolétaires de tous pays, caressez-vous !*
> — *Nationalisation des usines à paillettes !*
> — *CRS desserrez les fesses !*
>
> Slogans des Gazolines en mai 68.

« Avais-je une conscience politique en 1968 ? » introspecte Gerald Nanty. « J'étais avec les étudiants, à mort ! A ma façon... On est partis en expédition à l'Odéon avec le Prince de Baroda couvert de diamants, Jacky Iskander qui criait "Camarades ! Soyez folles, demandez l'impossible ! !", et Françoise qui chevrotait "Citoyennes, à vous la parole ! !".
J'avais trente ans, j'étais gérant d'une entreprise de nuit, le Nuage, j'étais plus "Alcazar" que "AG aux Beaux-Arts", je n'étais pas militant homosexuel. Par contre, tout ce bordel m'enchantait. Les Gazolines, cette escadrille ultra-militante de folles et de travestis, me faisaient marrer. De 68 au début des années 70, elles ont mis sens dessus dessous pas mal d'endroits, et d'idées reçues ; je me souviens d'un raid au Flore, avec la chanteuse Marie-France qui campait Marilyn le soir à l'Alcazar. Elle appartenait

à “la frange ‘Boâ’ du FHAR”[1]. Elle était du bon côté... Le comble, c’est que les pédales politisés détestaient les Gazolines, ils jugeaient que leur outrance desservait *LA* cause. Quand je repense à *Je jouis dans les pavés !* je dis Merci les folles !

En 68, l’Eléphant Blanc, rue Vavin, avait un succès fou avec ses deux orchestres ; le club était une traduction réussie de l’élitisme new-yorkais du Morocco et du Club 21. Le New Jimmy’z, c’était pour les fils de famille et la jet-set tape-à-l’œil. C’était aussi la grande époque de Elle et Lui ; Monsieur Marcel avait inventé *deux* boîtes, d’un côté les filles, de l’autre les travelos. Coccinelle, Bambi, Capucine... Marlene Dietrich, Aristote Onassis, tout le monde faisait la navette entre les deux. Les filles qui recevaient étaient des hommes. Kiki Moustique, Leslie, toutes sublimes.
Ma rencontre avec Jean Castel a été percutante. C’était en 67 au Prélude. Un soir, ça sonne. La “portière”, Anne, la nièce de Michel Warren, me dit “Il y a cinq mecs de un mètre quatre-vingt-dix chacun, pas vraiment des sales gueules ni patibulaires, mais ils ont l’air bizarre...” Je lui dis de laisser entrer. L’un des types s’avance alors vers moi et me balance une grande baffe ! C’était Jean Castel. Je ne le connaissais pas. Il me fait un grand sourire, les autres étaient pliés, et me dit “J’ai fait un pari idiot, que je viendrais au Prélude et que je donnerais une claque au

1. *FHAR* : Front homosexuel d’action révolutionnaire, fondé en 1971 par Jean Le Bitoux et Guy Hocquenghem, la même année que le MLF et les Gouines Rouges. Le FHAR avait pour ennemi l’Etat bourgeois hétéro-répressif, et pour Graal une visibilité totale des pédés.

premier mec que je verrais !" Je l'ai aimé dès cet instant. J'ai quand même dit à son ami Papinou, qui décorerait l'Alcazar de Jean-Marie Rivière : "Vous savez que vous risquiez votre vie." Matamore que j'étais... ! Je lui ai désigné un homme assis un peu en retrait, Francis Le Niçois. Il était ce soir-là avec Sacco son garde du corps, et le Sacco avait la détente facile.

A la suite de cette rencontre, je suis allé régulièrement chez Castel, dont la phrase favorite était "Ça c'est un homme !" Il était obsédé par la virilité ! Philippe Junot, Alix Chevassus, Mimi et Guy d'Arcangues, Michel Taittinger, Philippe Junot, César, Charles Matton, Pierre Edelman, Daniel Pommereulle, Jean-Pierre de Lucovich, Pierre Bénichou... La concentration de play-boys et de marrants était exceptionnelle, et franchement hétérosexuelle...

J'adorais Huguette, la portière de Castel, qui avait réussi à avoir sa photo dans tous les commissariats des VIe et V^e^ arrondissements de Paris ; certains se font interdire de casino, elle était interdite de commissariat : lorsqu'elle quittait la boîte, elle était tellement ivre qu'elle finissait de son plein gré au poste, faisait un café aux flics de permanence, tapait une belote jusqu'à deux heures de l'après-midi, et ne décollait plus !

La magie de Castel devait beaucoup à la personnalité de Marc Doelnitz, qui animait le rez-de-chaussée. Il avait une idée folle à la seconde ; il a créé l'Alcazar avec Jean-Marie Rivière, en a inventé tous les tableaux vivants, entre 1968 et 1972. Doelnitz fut un décorateur de génie. Edouard Baer me fait un peu penser à lui... »

« Et quelles sont les raisons pour aller dans ces boîtes ?

— Pour le plaisir des nerfs, c'est évident.

— Hélas hélas hélas. »

(*Le Pitre,* François Weyergans.)

Marc Doelnitz était dans la nuit depuis 1950, comme d'autres sont dans la peinture ; la nuit était son mode d'expression. Il façonna avec Juliette Gréco et Anne-Marie Cazalis la légende du Tabou. Il avait lancé les nuits à thème, qui firent long feu : Nuit de l'innocence, Nuit 1925, Nuit la plus longue... Marie Laure de Noailles lui confia en 1951 l'organisation de son dernier grand bal privé : le Bal... néaire de « Lune-sur-mer », fantaisiste reconstitution d'une station balnéaire des Années folles, avec cirque, plage, casino, établissement thermal (Cocteau et le prince de Faucigny-Lucinge en maillots de bain une-pièce...), bureau de poste tenu par Louise de Vilmorin...

Le Bal des Dégoûtantes donné chez Castel en 1965 pour moquer les Deb's de Jacques Chazot, c'était encore Doelnitz.

Avec ses yeux bleus, ses cheveux décolorés, son allure râblée, Doelnitz ressemblait à Ugo Tognazzi, en plus petit. Charles Matton qui lui donna un petit rôle dans *l'Italien des roses,* et lui consacra un court métrage fantaisiste, *le Caleçon-Soleil* (hélas égaré aujourd'hui...) se souvient de lui à l'Alcazar. « Il se balançait en collants sur une balançoire, chantant des airs comme s'il n'allait jamais redescendre. Drôle, et profondément désespéré. Il croquait les hommes et les femmes en une phrase, comme dans les salons d'autrefois. Nanty a le même talent de portraitiste, jusqu'à la caricature. Doelnitz adorait les paumés et ne jugeait personne, surtout pas en fonction de la cote boursière, du standing ou de la surface sociale ; il prenait les gens pour ce qu'ils étaient. »

Il voulait ouvrir des boîtes de nuit partout, dans des fourrières de la police, des patinoires désaffectées, et monta un cabaret-garrigue sur l'île de Cavallo, au sud de la Corse, lorsque Jean Castel y édifia un domaine pour fêtards milliardaires qui le mena à la ruine.

Honoré Bostel, un des grands farfelus de l'époque, inventa une nouvelle danse au sous-sol de chez Castel que Doelnitz baptisa illico Bostella [1]. Cette Bostella devint un rituel et un talisman pour les fantaisistes et ambianceurs de plusieurs générations.

Marc Doelnitz est mort à Aigues-Mortes où il partageait une maisonnette avec Huguette Le Sénéchal, son amie et ancienne portière de Castel...

---

1. *La Bostella* : danse à trois temps, danse qui se dansait en grappe, à cinq, dix et plus si possible, danse païenne, collective, communiste, philosophe, qui disait que l'homme n'est qu'un petit enfant frileux, immature, affolé, danse où l'on s'agitait convulsivement avant de se répandre par terre en ululant, puis de rester prostré quelques secondes, et de recommencer. Edouard Baer a intitulé son premier long métrage *la Bostella* en hommage à cet âge d'or.

2006.

Il est trois heures du matin au Mathi's, et la phrase rituelle adressée par Nanty à chaque nouvel arrivant n'est plus « Comment vas-tu ? » mais « D'où viens-tu ? ».

Le mot de passe du circuit de la nuit s'origine dans le circuit de l'entre-deux-guerres, fait remarquer Frédéric Botton. On faisait la tournée des cabarets, ajoute Luc Fournol, et après guerre, celle des caves.

Au début des années 60, c'est tombé dans les mains des grands professionnels, conclut Edouard Baer, qui n'était pas né. Un Alix Chevassus, un Pascal Jardin enchaînaient le Nuage, l'Alcazar, Castel, Régine et la Calavados plusieurs soirs par semaine...

On ne faisait pas le circuit pour être « in » mais pour accomplir sa mission de professionnel de la nuit : docte remarque faite par un sexagénaire dont on aperçoit les bretelles rouges lorsqu'il se penche pour allumer une cigarette tenue par la main tremblante aux ongles laqués de noir d'une fausse Eurasienne. Ce sera la seule contribution du Play-boy retiré du Circuit à ce débat qui n'en est pas un. L'idiot s'amuse à la roulette russe de la dispute de trop avec son dernier amour.

« Plus jamais ! » ose la fille.

« Ne dis pas ça, on n'a jamais rien de toute façon. A partir de là, on est libre » fait-il le con. Le con, car le Play-boy Retiré du Circuit pourrait se flinguer à l'aube si elle le quittait.

« Oh, mais je ne t'ai pas ! Oh là là ! Je ne te veux pas !

— J'adore ! Une femme obsédée sexuelle et faussement conne qui joue à être conne, c'est la clé du bonheur ! » s'extasie le Play-boy retiré du Circuit, que l'ambiance tamisée du boudoir de Nanty détend jusqu'à l'aveu.

« En fait, je suis un homme d'intérieur. Viens, on rentre.

— Déjà ? Mais où allez-vous ? Il est trop tôt ! » proteste Nanty.

Déjà : le mot de la fin, l'inacceptable. Ce n'est plus un homme mûr qui le profère, mais loin en lui, un orphelin, un enfant trop tôt abandonné. Déjà ? Un vieil enfant infidèle, heureusement pour lui, qui se consolera vite avec les prochains arrivants.

« Ah ! ... D'où viens-tu ? »...

Ronde de nuit.

MINOU !

« En 1969, j'ai commencé à me lasser d'être l'animateur du Prélude. Le bar était tenu par deux lesbiennes. L'une d'elles a rencontré Elula Perrin et ouvert le Katmandou.

Un soir, Françoise Sagan me dit “Minou, je connais un bar de jazz rue Bernard-Palissy. Le barman est portoricain, il s'appelle Johnny Romero et passe les meilleurs disques de jazz du monde, mais l'endroit est désertique. Allons-y, imaginons un truc, il te faut un lieu à toi”. Nous nous pointons. Ella Fitzgerald tournait langoureusement sur le pick-up, trois soiffards conspiraient dans un coin. Françoise fonce sur Romero : “Dites, Romero vous êtes formidable mais votre bar périclite. Je vous présente mon bon ami Gerald, il va reprendre votre boîte. On s'occupe de tout...” Huit jours après, je signais le Nuage en gérance. Le décor était 70, avec des hublots. Guy Cuevas en fut le disquaire éphémère [1] et Alfredo Arias, le physionomiste pendant une semaine, fin 70 ! Facundo Bo, Maruschka, tout le groupe Tsé

1. Avant d'être le disc-jockey du Club Sept de Fabrice Emaer, rue Sainte-Anne.

habitait à l'hôtel Montana. Ils étaient arrivés d'Argentine en 70, étaient des familiers du quartier, ils avaient faim, on les a dépannés. J'ai présenté Manouche à Roger Peyrefitte au Nuage. »

MANOUCHE

« Manouche avait une préférence pour les lieux que citait le guide Paris bleu tendre, notamment le minuscule Zanzibar, tenu par un comte qu'elle appelait "la Comtesse", et le Nuage, où le Tout-Paris homosexuel se réunissait sous la baguette magique de Gerald Nanty, qu'elle appelait "sa fille", parce qu'il avait à peu près l'âge de Jean-Paul. En fait il la traitait comme une mère montgolfière qu'il promenait à travers ce milieu particulier où, de Madone des Corses, elle était devenue, disait-elle, Madone des Tantes. »

Manouche, Roger Peyrefitte.

« J'ai rencontré Manouche en 1968 dans son restaurant le Train, rue Boursault, près de Saint-Lazare. Une tornade postillonnante, une ogresse rubiconde glapissait des ordres fleuris à son personnel. Je n'avais jamais vu ça. Des histoires inouïes circulaient sur elle. Je suis revenu. On est devenus copains. Elle était énorme, goulue, bouffait les mecs, la bonne chère, la vie. Elle portait toujours une robe noire, moulante, la petite sœur des pauvres de la "petite robe noire" de Coco Chanel ! Manouche l'appelait la "robe trois trous", un pour la tête, deux pour les bras, et hop ! La grosse affaire était dans le sac. Avec un énorme clip en strass. Les diamants c'était bourgeois ! Et trop cher, elle était toujours fauchée. En 1970, elle est partie à Casablanca. Il lui est arrivé une atroce mésaventure. Elle avait ouvert un restaurant, avec l'appui d'une sœur du roi Mohamed V ; un soir, saoule, elle a accueilli la famille du Roi qui venait dîner avec un tonitruant "Pas de bougnoules chez moi !". Elle a été expulsée dans la semaine. Je l'ai installée à l'hôtel Taranne, à côté de chez Lipp, et je lui ai présenté Roger Peyrefitte qui a écrit sa biographie, *Manouche*, un des best-sellers de 1972. Grâce au livre, elle s'est refait la cerise. »

En 1972, Roger Reyrefitte, l'écrivain français le plus controversé de son époque (*les Amitiés particulières, les Clés de saint Pierre, les Juifs, les Ambassades...*) s'enamoura de cette pétroleuse éduquée par Bérurier et repeinte par James Ensor. Peyrefitte lui consacra une biographie romancée menée tambour battant, d'une tendresse inusitée chez lui ; le romancier avait-il décelé chez cette femme aux terribles indulgences glucidiques et alcooliques une psychologie en tout point proche de la sienne ? Rétive à toute forme d'autorité, anticonformiste, indifférente au regard des autres mais curieuse de ces mêmes autres, lucide mais candidate à tous les aveuglements amoureux...

On pense à la formule de François Weyergans : « Le génie des homosexuels célèbre mieux que moi la femme à cause du recul qu'il a. Pour ceux-là, parler des femmes, c'est comme d'écrire sur Venise quand on habite Düsseldorf. La nostalgie aiguillonne[1]. »

On pourrait douter de la véracité des faits rapportés par l'écrivain : tant d'aventures traversées sans une égratignure, impunie, dans une rieuse ubiquité, comment est-ce possible ? Tous ceux qui ont rencontré Manouche, de Gerald Nanty à Yves Mourousi, en passant par Françoise Sagan et Charles-Henri Flammarion l'ont affirmé : « C'est possible, avec elle, tout était possible. »

Et on rêve à une Manouche réinterprétée sur grand écran par Raoul Walsh, Philippe de Broca ou Almodovar, car quelque chose dans ce destin appelait le cinéma...

Germaine Germain est née en 1912, à Paris, dans une famille de petits-bourgeois. A Notre-Dame de Sion, elle ânonne ses tables avec la Comtesse de Paris. En 1929, sa virginité ne résiste pas à un séjour londonien ni à un jeune aristocrate, mais la jeune fille succombe aussi au charme rugueux de Charlot l'Eventré, un maquereau français mal dégrossi de Soho. Ces premières amours marquées par une franche bipolarité préfigurent la vie de Manouche : un pied dans le Gratin, les fesses dans le ruisseau.

Rentrée à Paris, Germaine change de nom sur

1. *Pour eux, parler des femmes...* : in *le Pitre*, François Weyergans, 1973.

les conseils de Mistinguett (elle-même anciennement Jeanne Bourgeois) qui la baptise « Manouche » avec quelques gouttes de champagne Bollinger. Toute neuve et pressée de tester son surnom dans les restaurants chic et les cabarets de Pigalle ou de la Bastille, Manouche fait la ribouldingue. Elle danse la Java au dancing le Rat mort de la rue de la Roquette. Un de ses amants lui présente la femme de Stavisky qui la conduit en toute logique à son mari, « le bel Alexandre ». On est en 33. Le couple s'entiche de la jeune fille. Elle le leur rend bien. Le 23 décembre 1933 Arlette Stavisky subodore un drame, et confie à Manouche sa cassette de bijoux. La receleuse les rendra jusqu'au dernier, pas un carat ne manquera à l'appel. Manouche s'enorgueillit d'être une amie et un « tombeau ». Au restaurant Lotti, toujours en 33, Manouche rencontre l'homme de sa vie, et qu'importe s'il est corse, petit, râblé, dangereux, jamais seul, et recherché par la maison poulaga : face à « l'Empereur de Marseille », Paul Bonaventure Carbone, Manouche est cuite.

Malgré ses amours « carboniques », elle conserve néanmoins une petite place pour un banquier juif, Wolfr., « papa en sucre » qui la cajole et la console des absences de Carbone (sans qu'il sache de qui ou de quoi il console, telles sont les séductrices, elles cloisonnent naturellement, ça leur vient ainsi). Loyal, discret, le banquier la conduira à Toulouse au début de l'Exode avant d'appareiller pour New York. A Toulouse, Manouche noue une profitable camaraderie avec les deux sœurs Carita, dotées d'une boucherie par leur protecteur, le producteur Robert Dorfmann, à défaut du salon de coiffure escompté. Les deux sœurs élaborent leurs premiers shampoings à la moelle de bœuf et astiquent les cuirs chevelus par-dessus le marbre à découper la barbaque.

De son côté, dans le Paris occupé de Otto Abetz, Paul Carbone, membre du fascisant Parti populaire français, faisait son beurre, à tu et à toi avec les Allemands et les collabos ; il tenait dans sa poche, prête à être brandie, sa carte de V. Mann, « informateur » de la Gestapo [1]. En 42, Manouche remonta à Paris et se remit avec Carbone. En toute connaissance de cause. Elle disait « les truands seraient des gens formidables s'ils n'étaient pas si cons ». N'empêche. Le type était une ordure, mais il la tenait par les sens. Il était tatoué comme un biker, monté comme Rubirosa, le priapique époux de Danielle Darrieux, et il la fouettait, ce qui ne lui déplaisait pas. Manouche ferma les yeux sur l'ignominie à cette époque, s'en rendant complice. Ainsi, elle dîna chez Henri Lafont, le chef de l'Hôtel de la Gestapo, rue Lauriston, en présence de Maurice Chevalier qui entonna au dessert « Ça c'est Paris ! ».

Pour elle, la morale n'était rien d'autre qu'une

1. *V. Mann...* : de « Volk Mann », « homme du peuple », informateur payé pour recueillir anonymement rumeurs et commentaires du peuple sur le régime en place pour le compte du SD, le Service de Sécurité à Berlin, et de la Gestapo, la Police d'Etat, à Paris.

hypertrophie glandulaire qui vous encombrait le cerveau. Parmi ses fréquentations plus bénignes et pittoresques, il y eut Madame Billy, la tenancière bourguignonne d'un célèbre hôtel de passe de la capitale. Situé rue de Villejust, dans le VIIIe, le clandé abritait, outre les filles, Yves Montand, qui s'appelait encore Ivo Livi, Edith Piaf et son amie Momone, que visitait Cocteau, et quelques sous-locataires juifs cachés par la patronne. Celle-ci adorait raconter par le détail les lubies de ses clients ; ainsi cet Académicien qui se faisait enfoncer trois œufs dans le fondement et les pondait en criant « cot cot » à la joie des poules.

Paul Carbone périt de façon « morale » au regard de sa carrière : la Résistance fit sauter un train dans lequel il se trouvait (par hasard), à Neuville-sur-Saône. Manouche était enceinte. Elle accoucha d'un fils orphelin de père en 43, et prit le maquis en Corse, s'installant dans une cabane au-dessus de Sartène avec François Lucchinacchi, dit le « Notaire »[1], un autre bandit dont elle recueillit le dernier soupir au Chambiges après qu'une balle précisément hostile lui eut transpercé le front. Cette femme mieux protégée qu'une voiture blindée survécut à tous ses protecteurs.

Après guerre, Manouche ouvrit un bar-restaurant, le Chambiges, parrainé par Mistinguett et

1. *Dit « Le Notaire »*... : leur histoire inspira en 1966 à José Giovanni et Jean-Pierre Melville le film *le Deuxième Souffle,* avec Lino Ventura, et Christine Fabréga dans le rôle de Manouche.

Arletty, puis se délocalisa à Tanger, où elle copina avec la milliardaire Barbara Hutton et reçut Ben Barka devant un plat de spaghetti *al'vongole* en son éphémère bistrot Le Venezia. Sauvage, elle déclina les propositions de Pierre Lazareff venu lui proposer une rubrique taillée sur mesure, « La commère de Tanger », dans *France-Soir*. Elle avait mieux à faire : la traite des « blondes », les cigarettes américaines, la mobilisait. Sur son yacht, l'*Arren Mail*, Manouche l'Irréductible fit des allers-retours Gênes-Tanger. Gêne, Danger ?

De retour à Paris, Manouche eut sa période jockeys. « Ils lui faisaient du plat et ne trouvaient pas d'obstacles », selon Peyrefitte qui prétend qu'elle les prenait parfois par trois. Fatalement, elle rencontra sur un champ de courses un milliardaire texan, roi du Poulet, qu'elle n'épousa pas, coiffée au poteau par sa rivale, une hémiplégie foudroyante. Elle avait fait la traversée pour l'Amérique, son fils sous le bras. Dépitée, elle se replia à New York ; la Mafia italo-américaine se mit à genoux devant la femme qui avait mis au monde le fils de Carbone. « Un hôtel, un casino, un restaurant, Mrs Manooch ? – Non merci. »

Revenue à Paris, installée derrière des fourneaux rue de Turin, elle cuisina, maternelle comme pas deux, d'épatantes purées de pommes de terre pour Johnny Hallyday, jeune vedette du Golf Drouot, que son fils mit KO pour une histoire de filles... Elle se lassa. Lézarda sur la Riviera avant qu'une vieille connaissance toulousaine, Robert Dorfmann, bienheureux producteur de deux succès de Gérard Oury, *la Grande Vadrouille* et *le Corniaud*, ne remplisse encore une fois son rôle de fée pour « demoiselles en détresse » : il offrit à Manouche un restaurant rue Boursault, Le Train, où Nanty fit sa connaissance. Manouche y dilettanta quelque temps, puis se mit en semi-retraite. De plus en plus rabelaisienne, elle tenait de l'Orson Welles grimé en Harry Quinlan dans *la Soif du mal* et d'une Françoise Verny portée sur les garçons.

Pantagruelle pouvait être Panta*cruelle*, ses répliques vous éventraient. Elle beuglait « j'm'en fous » quand on ne lui demandait rien, buvait de chagrin, riait d'amnésie, insultait un peu tout le monde pour garder la main. Elle était devenue écœurante, infréquentable, ses relents de racisme en éloignaient plus d'un.

Roger Peyrefitte, drôle de sage-femme, sortit Manouche de l'anonymat en 1972. Elle ne s'appartenait plus, l'histoire de l'histoire de sa vie était fondue en un volume de 237 pages, réduite à ça, une inconscience, une avidité, quelque chose d'insatiable, générosité, méchanceté et fuite en avant... Et surtout, bravache. Peur de rien ni de personne.

Manouche avait accumulé des ennemis au cours de sa carrière. Régine l'exécrait, la trouvant vulgaire, ce qui laisse rêveur... Malgré toutes ses tentatives, Manouche ne put jamais franchir la porte du Jimmy'z. Un soir, Thierry Le Luron lui promit de la faire entrer. Avisant la matrone, Régine remballa son sourire et lui claqua la porte au nez. Manouche martela, Régine sortit en vociférant « Arrête de taper sur mon judas ! ! ! » à quoi Manouche répondit, superbe : « Je ne me permettrais pas de frapper quelqu'un de ta famille. » L'histoire, comme des dizaines d'autres, fit le tour de Paris. Fatigué par ses anathèmes constants, Nanty s'était un peu éloigné de Manouche.

> « Elle est morte en 1985. Je dînais un soir chez Lipp avec Alice Sapritch. Manouche gueuletonnait avec La Comtesse, une vieille tapette qui tenait le Zanzibar, rue Sainte-Anne. En sortant, la pauvre est passée à notre table et m'a dit dans un soupir aviné "Je vais mourir d'ennui. Il n'y a plus rien pour s'amuser. Plus de Colony. Plus d'Echelle de Jacob. Plus de Boubal au Flore... Juste Lipp. Je m'emmerde..." Le lendemain, nous apprenions qu'elle s'était étouffée dans son oreiller... »

Son fils Jean-Paul Carbone, qu'elle houspillait et surnommait Casse-Couilles, lui organisa un enterrement de cinéma, au nez et à la barbe de la PJ et de la BRB... Des Cadillac extra-larges, noires, bloquèrent le boulevard Saint-Germain. Sur leurs banquettes s'entassait l'assemblée la plus hétéroclite : des représentants du Milieu corse, en rangs serrés, Sagan, Chazot, Gréco, Peyrefitte, Gerald Nanty, et mélangés à ce gratin show-biz, les armées de l'ombre, dames pipi, travestis, transsexuels, barmen disloqués par l'âge, concierges jaunissant, tout un caravansérail lacrymal, arborant des borsalinos distribués par Carbone Junior. L'enterrement mis en scène par Jules Dassin dans *Du rififi chez les hommes* était ridiculisé par cette démonstration théâtrale.

Le cortège est passé en klaxonnant devant le Flore, la messe fut dite en l'église Saint-Germain-des-Prés, Yves Mourousi lut un éloge[1] de Manouche qui fit monter des larmes aux yeux de quelques vieux crocodiles parisiens, arméniens ou corses, rescapés de l'entre-deux-guerres...

« Mémène est partie. La Manouche s'en va ! (...) Puisque Dieu est amour, il la reconnaîtra avec ses faiblesses, ses colères sans doute, mais surtout avec sa gentillesse, sa générosité, ses émotions, sa spontanéité, sa discrétion dans l'amitié. (...) Je l'entends déjà "Ça va comme ça, j'me fais la malle !" Elle nous aimait, nous l'aimions. Salut Manouche on se retrouve bientôt. »

1. Archives personnelles de Gerald Nanty.

MARY MARQUET
ET LES LENTILLES DU COLONY

« Si l'on me nomme sensuel, on aura tort car la force de mes sens ne m'a jamais fait négliger mes devoirs quand j'en ai eu. J'ai aimé les mets au haut goût : le pâté de macaroni fait par un bon cuisinier napolitain, l'ogliopotrida des Espagnols, la morue de Terre-Neuve bien gluante, le gibier au fumet qui confine et les fromages dont la perfection se manifeste quand les petits êtres qui s'y forment commencent à devenir visibles. Quant aux femmes, j'ai toujours trouvé suave l'odeur de celles que j'ai aimées. »

Histoire de ma vie, Giacomo Casanova.

« Après Cécile Sorel, Mary Marquet fut ma deuxième antique copine de la Comédie-Française. Georges Debot, l'ami des vieilles actrices, avait accompagné Mary au Nuage. A soixante-quatorze ans, elle avait du succès grâce à *la Vie de château,* le premier film de Jean-Paul Rappeneau avec "la gamine Deneuve" ; elle était fêtée, elle parlait à tout le monde dans la rue, houspillant les gamins, malicieuse et entrepre-

nante. La grand-mère indigne idéale. Nous copinâmes. Ce mètre quatre-vingts à la voix de stentor appuyé sur une canne m'appelait "bonhomme". Elle habitait un petit appartement 10 square Carpeaux, dans le XVIIIe, à Montmartre. Elle écrivait ses mémoires, s'occupait d'un magasin de brocante et antiquités. Un vrai personnage.
Mary adorait le petit salé aux lentilles qu'elle dévorait par deux plats. Elle venait régulièrement chercher son frichti au Colony en taxi. Rien ne lui faisait peur, je l'avais emmenée dans des bouges, elle faisait l'ingénue "C'est une jolie femme, elle devrait faire du cinéma ! – Mais Mary, c'est une travelotte ! – Ah bon ? De quelle province française, déjà ? N'empêche, quelle allure !"
Après avoir chargé ses plats de lentilles elle s'attendrissait et nous disait "vous avez été si mignons, je vais vous dire un poème !" Dehors, le compteur tournait.
"Quand Margot dégrafait son corsage
pour donner la gougoutte à son chat
tous les gars du village
la la la lala ! ! !"
Puis elle s'en allait, dans un grand envol de châles mités, son rire tonitruant tenant de l'exclamation animale et du pincement violent d'une corde de contrebasse. Elle avait une passion pour les chansons de Georges Brassens "un sacré bonhomme, j'en aurais voulu, bonhomme !" ».

Marie Marquet naquit en Russie en avril 1894 au cours d'une tournée théâtrale de son père. Marcel Marquet jouait Feydeau à Saint-Pétersbourg. Certaine d'avoir la vocation du théâtre, la jeune

Marie présenta et rata l'examen de sortie du Conservatoire à cause de sa taille, plus de un mètre quatre-vingts, jugée monstrueuse et peu compatible avec les Agnès, Célimène et autres Lisette. Sarah Bernhardt la fit entrer dans sa troupe, à « La Tour de Nesle » et Marie devenue Mary prit Edmond Rostand pour premier amant. Elle fut son dernier amour. Revanche des asperges sur les nains, elle entra à la Comédie-Française en 1923, en fut la 376e sociétaire jusqu'en 1945, fit un peu de cinéma (*Sapho* en 1932, de Léonce Perret, *les Perles de la Couronne* de Sacha Guitry qui aimait beaucoup son mauvais caractère), épousa Maurice Escande et eut un fils avec Firmin Gémier, le fondateur du TNP, lui aussi marié de son côté. Ce fils, François, fut droit et bref : arrêté en 1943 par la police de Vichy pour faits de résistance, il fut déporté et mourut à Buchenwald. Mary fut à son tour arrêtée à la Libération pour avoir continué de jouer et de réciter des poésies sous l'Occupation.

> « *Vous n'aurez pas assez dit, pauvre mère,*
> *A ce fils si frêle et si doux,*
> *Que vous étiez à lui dans cette vie amère,*
> *Mais aussi qu'il était à vous*[1] ».

Emprisonnée pendant cinq mois, elle fut relâchée, faute de charges retenues contre elle. En 1966, son rôle de la châtelaine Charlotte qui

1. Victor Hugo.

embobinait et tyrannisait des militaires nazis dans *la Vie de château* de Jean-Paul Rappeneau eut sans doute un triste goût de revanche pour elle... Marquet campa la même année une mère supérieure dans l'autre grande comédie française située pendant la Seconde Guerre mondiale, *la Grande Vadrouille* de Gérard Oury.

Fellini l'avait croisée et avait aimé la démesure du personnage. Il venait de réaliser *Amarcord*, une revisitation de son enfance à Rimini et préparait un grand film en costumes au casting international. *L'on* fit savoir à Mary Marquet que Fellini la pressentait pour un rôle, et qu'il la rencontrerait à Paris, chez elle. Dans l'antre de la dragonne, pour combler une curiosité de collectionneur de prototypes féminins...

Un peu humiliée de vivre dans un trois pièces, Mary Marquet demanda à son chevalier servant Georges Debot de lui trouver un « gamin qui crève la faim aux Beaux-Arts » pour peindre des portes en trompe l'œil sur ses murs.

« Elle voulait taper à une porte, et dire à d'imaginaires domestiques "Surtout qu'on ne me dérange pas, je suis avec le maître Fellini ! !" » s'amuse Gerald Nanty, qui avait eu vent de la mystification. Marquet s'est fait peindre six portes en trompe l'œil. Fellini n'est pas venu, néanmoins elle a décroché un rôle dans son *Casanova* : celui de la mère de Giacomo, que jouait Donald Sutherland. La scène est courte mais forte, funèbre. Casanova est à l'Opéra de Dresde. Soudain, à l'issue de la représentation, tandis que la salle se vide, il aperçoit une femme dans une loge qui le fixe. C'est Zanetta, qui engendra le séducteur devenu ce pantin grotesque, cette vieille poupée mécanique à l'âme avariée, comme celle de son époque déliquescente. « Il aurait été beau, s'il n'avait pas été si laid [1]. » Casanova va vers sa mère, la prend dans ses bras sans un mot, et la porte jusqu'à sa calèche, comme on porte un fardeau. Casanova a le mal de mère... De façon elliptique, dans une scène quasi onirique, Fellini situait l'origine de la névrose du libertin : maman. Dans ce rôle de *révélateur,* Mary Marquet irradiait. Elle ne fut pourtant pas créditée au générique du film.

Après le tournage, lorsqu'elle venait chercher ses lentilles au Colony, elle disait à qui voulait l'entendre « Fellini est un Marquetiste convaincu ! ». L'actrice a connu une fin de cinéma, digne de Lubitsch : elle est morte en 1979, à quatre-vingt-cinq ans, chez elle, dans son sommeil. Tandis que sa dépouille reposait sur son lit, son appartement fut cambriolé. Parmi les personnes présentes à son enterrement au cimetière Montmartre, Grace de Monaco. Mary Marquet, née au pays des tsars, fut avalée par sa tombe sous le regard d'une Princesse...

> *« La mort est un monstre qui chasse du grand théâtre un spectateur attentif, avant qu'une pièce qui l'intéresse infiniment finisse. »*
> (Giacomo Casanova.)

1. Mémoires du Prince de Ligne.

DE LA NUIT HOMOSENSUELLE À LA NUIT HOMOSEXUELLE...

> « *Plus les villes sont grandes, plus les garçons se sentent chez eux. Voici le plus grand berceau que Luc ait jamais eu. On s'y perd. Berceau d'angles d'avenues et de rues, avec des coffres à jouets un peu partout et des coins d'ombre pour que bébé s'endorme les bras en croix ou bien les bras tendus. Papa est là, très grand, avec quelque chose de tendu devant lui.* »
>
> *Les Loukoums*, Yves Navarre.

A partir de 1970, la rumeur des nuits new-yorkaises fit flamber l'imaginaire des homos et des noctambules français. Nuits infernales, suppliciées, clubs aux atmosphères fauves et huileuses, boîtes labyrinthiques dont les entrées anonymes débouchaient sur des boyaux torrides, affolants, saturés de musc et de sueur. *Backrooms.* Clubs rauques et glissants gorgés d'hommes harnachés de cuir, cuisses et culs moulés dans des jeans délavés, jeunes ou moins jeunes, jaunes, métissés, blancs ou noirs, avides, des hommes repoussant les limites de l'endurance physique, riant au mufle du danger, quel danger, « Hey man, eat me », des hommes en jouissance comme on dirait en prière, viandes jetées vers le ciel, debout ou à genoux, mais jamais, au grand jamais, pénitents.

Grand roman non lubrifié de la dépense homoérotique sans retour, et instantané halluciné de New York, planète gay en 1971, *les Loukoums* de Yves Navarre rendait compte de cette métamorphose new-yorkaise en Mecque des mecs, dans une prose éjaculatoire, dont les poisseux sortilèges reléguèrent à l'arrière-plan la présence pourtant radioactive d'un hôpital avec service de MST, et d'une morgue. Navarre, prophète malgré lui en 1972 d'une apocalypse sanitaire.

SM, cuir et latex, fist-fucking, accessoires fétichistes : le durcissement de la pratique gay dans les clubs trouva dans le travail de Robert Mapplethorpe un écho artistique qui la validait. Le photographe explorait les limites de la représentation frontale du sexuel, « phallicisait l'art » et séduisait les collectionneurs et les marchands. Mapplethorpe est le premier qui ait travaillé frontalement la visibilité du sexuel : « Ostentatio genitalium ». En 1975, Roland Barthes avait commenté un autoportrait de Mapplethorpe nu dans une posture d'abandon : « Il représente le moment parfait entre l'attente du plaisir et l'appréhension du sacrifice, le Kaïros du désir. »

Après la perfection, qui ne dure pas, le saccage et la mort ?

Depuis 69 et les émeutes de Stonewall, les homos new-yorkais avaient gagné le droit de danser et de s'afficher dans leurs propres lieux. Ils devinrent entrepreneurs de la nuit. Aux Puces, une des premières discothèques gays, ne rentraient que les gens qui connaissaient l'animateur. En 70, The Sanctuary ouvrit à la place d'une église baptiste et attira les amateurs d'une liturgie plus hard, orgiaque. Alan Pakula y filma Jane Fonda en prostituée aux abois dans *Klute*, en 72.

A la fin des années 60, le LSD commença à être supplanté par l'ampoule de nitrite d'amyle, le Poppers, la drogue sexuelle qui dilatait les muscles, et par le Quaalude, qui dérègle la coordination motrice. La cocaïne, plus agressive, émergea dans les années fric, les années 80. Elle modifia le climat sensuel des boîtes, le poussant vers une ambiance exhibitionniste, vorace, publique : on dansait sur la piste et on baisait autour, sous coke, dans des pièces adjacentes, ancêtres des backrooms. L'érotisation de l'espace urbain sans tabou date de cette époque, et s'origine dans les lieux de la culture homosexuelle.

Le 12 West, dans le Meatpacking District, le quartier des boucheries en gros du bas de la ville, était un club gay avec dance floor et baisodrome, halte bienvenue pendant la quête de l'extase anonyme dans les rues où rôdait l'odeur ferrugineuse, tenace et vite écœurante du sang des bêtes. Le Studio 54, 254 W. 54th Street, ouvert fin 76 par Steve Rubell et Ian Schrager dans des studios de télévision désaffectés de CBS, fut le plus fol exemple de cette martingale sublime « sexe-drogues-mélange social ».

Après quoi Rubell fut arrêté pour évasion fiscale, passa treize mois en prison et mourut du sida en 89.

« Le Studio 54 était l'incarnation de la période la plus décadente, toutes mégalopoles confondues, dans l'histoire moderne. En 78, Dionysos avait engagé un attaché de presse, et New York eut une longueur d'avance sur une ère de permissivité exacerbée[1]. »

Le nouveau glamour new-yorkais, c'était le mélange homos-hétéros qui imprégnait la sous-culture de la nuit, les boîtes et les restaurants, et toute la scène artistique.

Le *thrill* et le *chic* gay. Chic gay, frisson gay. Les homosexuels étaient plus drôles, plus cultivés, plus insolents que les autres. Et surtout plus sexuels.

Les femmes les adoraient ; ils ne risquaient pas de les draguer, mais les protégeaient et les valorisaient avec des petits noms tendres, des potins toujours à leur avantage et de l'adjectif élogieux en rafale. Bianca Jagger, Paloma Picasso ne quittaient pas Truman Capote, Andy Warhol, Halston, Isaac Mizrahi...

New York, l'anti-Amérique, ressemblait à une terre promise. Paris, capitale cadette fascinée par le sabbat de son aînée, s'abandonna à la frénésie.

La rue Sainte-Anne explosa comme un fruit mûr.

---

1. *Le Studio 54...* : in *Dancer from the dance*, Andrew Holleran.

En 1956, cette rue située entre l'Opéra et le Palais-Royal ne comptait qu'un bar pour homosexuelles : le Fred et Carole. L'Auberge de Pont-Aven périclitait ; le club de jazz où s'étaient produits Marcel Pagnoul et son orchestre dans les années 40, était reconverti en restaurant-cabaret morose. On nota un frémissement avec l'ouverture du Vagabond, premier restaurant-club gay de la capitale, et en 64, un petit-fils de cocher, dandy de province célèbre dans les Alpes-Maritimes grâce au Crazy Boy de Cannes, créa l'événement avec le Pimm's, au numéro 3. Le bar était minuscule, mais mixte, avec un petit sous-sol chaleureux ; Fabrice Emaer y peaufina son personnage d'animateur théâtral, folle mondaine qui distillait du bout des lèvres compliments et vacheries. Ses dîners étaient si courus qu'il s'agrandit en reprenant l'Auberge de Pont-Aven. Le 18 décembre 1968, Emaer inaugura le Club Sept qui entra rapidement dans la légende des lieux parisiens élitistes, sophistiqués, distillant un effluve permissif légèrement décadent, largement dû à la présence des jeunes dieux de la mode, Yves Saint Laurent et Karl Lagerfeld, et de leurs entourages d'oiseaux de paradis aux noms exotiques ou de haut lignage[1]. Mais la porte du

1. *Et les marchands...* : Jacques de Bascher, l'« égérie » de Karl Lagerfeld et d'Yves Saint Laurent s'exprima sur cette époque dans le portrait de Karl Lagerfeld par Léon-André Talley « Lagerfeld in a cloud of Chloé » paru dans le magazine américain *Interview* en 1975 : « Aux Etats-Unis, la décadence est synonyme de pourriture, de pornographie, de saleté. Cadent vient du latin cader, qui signifie tomber. Décadent c'est très différent, c'est une façon sublime de choir. C'est un très lent mouvement vers le bas, qui est

Sept s'ouvrait aussi pour des inconnus fauchés, pourvu qu'ils aient une singularité et un éclat.

Quelques mois plus tard, on commençait à surnommer la rue Sainte-Anne « rue Bleue », « rue des mecs »... Conséquence directe de mai 68, il s'y opérait un brassage social et intellectuel inédit, édénique, que Fabrice Emaer allait démultiplier au Palace, érigeant cette notion de « mélange » en une morale de la nuit : comme le fit remarquer Didier Lestrade[1], « dans le pays de Giscard, mélanger des riches et des pauvres, des Blancs et des Noirs, des hétéros et des pédés était tout simplement révolutionnaire ».

En 1971, Gerald Nanty consulta les oracles, largua le Nuage, franchit la Seine, et révolutionna à son tour la nuit homosexuelle sans l'avoir prémédité avec le Bronx et le Colony, le yin et le yang de la nuit et de la sexualité, deux lieux opposés et complémentaires.

Pour s'amuser et occuper Alain-Philippe Malagnac, et pour témoigner à Nanty sa reconnaissance « manouchienne » (la biographie de l'ogresse s'était écoulée à 600 000 exemplaires, onze traductions en cours) Roger Peyrefitte signa un chèque d'un demi-million de francs en l'échange des quatre

empreint d'une immense beauté. Ce peut être une façon de s'autodétruire d'une façon sublime et tragique. »

1. *Le mélange des riches et des pauvres...* : article de Didier Lestrade sur le Palace dans le magazine *Têtu*, 1999.

cents mètres carrés du Ruy Blas, un bar et une cave 13 rue Sainte-Anne.

Charles-Henri Flammarion se souvient de la réaction horrifiée des services comptables de la maison : leur poule aux œufs d'or utilisait ses droits d'auteur pour ouvrir un bar de tapioles hardcore !

Comme Roger Peyrefitte le découvrit à la Bibliothèque nationale, le Ruy Blas avait été l'emplacement de la blanchisserie de la célèbre Madame Sans-Gêne, la femme Lefèvre...

> « J'ai ouvert un backroom à la suite d'un voyage à New York, où Roger et moi fîmes une visite quasi ethnologique à l'Anvil, énorme boîte gay du Bronx. Il y avait une ambiance incroyable, mélange de saloon, de cirque et de Baisodrome avec des go-go dancers mâles sur les comptoirs, et des hommes par centaines. Roger me pinçait le bras jusqu'au sang, il était surexcité et me répétait "C'est ça qu'il faut faire à Paris, c'est une idée grandiose !" »

Nanty importa le concept du minimalisme viril new-yorkais dans le design des lieux de nuit, qui aurait beaucoup de succès dans les années 80. Les murs étaient en brique, métaphore de l'approche frontale, brute, entre les hommes, sans chichis décoratifs. Les lits en fer de l'armée étaient sortis de leur contexte de surveillance et de coercition, et pouvaient le parodier sans risque : ces petits lits à une place qui accueillaient des empilages de corps rappelaient les « chambrées » d'hommes, mais celles du Bronx ne connaîtraient pas d'autres garde-à-vous que celui de membres érectiles... Rien n'était laissé au hasard. Par terre, on marchait sur de la terre battue, et on jetait sa bière dans d'énormes baquets, façon « saloon ». La grande attraction du Bronx, c'était son « glory hole »... La France est un pays de culture et le cinéma avait aussi sa place au Bronx : des films pornographiques étaient diffusés en super 8 ou en 16 mm sur un écran de toile ; un cinéaste à éclipses, Jean-Etienne Siry, joua les Henri Langlois de la rue Sainte-Anne, alimentant le Bronx avec les œuvres les plus variées, notamment un mémorable dessin animé suppliciant la pauvre Blanche-Neige sous les assauts des gourdins des sept nains, petits par la taille mais grands par leur lubricité.

Rançon du succès, peu après l'ouverture du sex-club de la rue Sainte-Anne, des petits Bronx champignonnèrent dans diverses villes de province... Le Bronx de la rue Sainte-Anne était interdit aux femmes. La presse en fit des gorges chaudes : « Juliette Gréco a fait les frais de cette décision mais Michel Piccoli lui, a pu passer et jeter un œil. » (*Le Journal du Dimanche*.)

Fait extraordinaire, la comédienne Pauline Carton fut la marraine de l'inauguration. Paul-Louis Weiller, l'œil exorbité, confiait à un Roger Peyrefitte enchanté par les événements « dites-moi, cher Roger, ce n'est pas vraiment un salon de thé ! ».

Tandis qu'une animalité impérieuse se déchaînait au Bronx, le goût de la conversation, cet incomparable aphrodisiaque selon Nanty, réunissait Chazot, Sapritch, Rivière, Peyrefitte, Jacques Charon et Le Luron au Colony, que Jacques Grange avait richement décoré en noir et or.

> « Thierry Le Luron, Yves Mourousi ou André Oliver dînaient au Colony, enlevaient leurs cravates et passaient à côté... Entre le Pimm's, le piano-bar de la grosse Yseult Chrétien – la plus vieille hôtesse de l'air de Paris qu'on surnommait la Grand-mère volante – le Bronx, le Sept et le Colony, la rue fut jusqu'au milieu des années 70 un paradis. Nos relations avec Fabrice Emaer étaient sibériennes, aggravées par une hilarante coquille dans un article de Agathe Godard relatant l'ouverture du Colony. *"La reine de la Rive Gauche vient s'asseoir sur les genoux du roi de la Rive Droite !"* Ça commençait bien mais se terminait sur ces mots : *"... Et toujours au 7, le magnifique Fabrice qui vous déçoit tous les soirs, de 20 heures à l'aube."* Nous nous respections mais ne nous fréquentions pas. Chazot disait "le Colony c'est Castel et le Sept c'est Régine". Au Sept, franchement on entendait les mouches voler. C'était très snob, et très cher. »

Le 1er juin 1973, *Pariscope* publia un article de Yves Navarre, « Du rififi chez les chichis-poufs » :

> *« "Anne ma sœur Anne, ne vois-tu rien venir ?*
> *— Si Si je vois Peyrefitte et tout son Vatican d'amis."*

A deux pas de la Tragédie-Française, rue Sainte-Anne, ça va barder et bander fin juin. Que se passe-t-il ? Cette rue est devenue en quelques années le rendez-vous des chichis-poufs chic. Entendez tous ceux et toutes celles qui de près ou de loin appartiennent au cinquième sexe, le sublime, celui de la mode, du p'tit art (et du grand art quand celui-ci veut se distraire en regardant des "petites sœurs" à promotion sociale manger des spaghettis-caviar en levant le petit doigt). (...)

Le Bronx, ce sera cradoque, comme à New York City : parquet avec sciure, abat-jour en tôle, banquettes façon lit-cage rouillé avec couvertures de l'armée. La porte d'entrée du Bronx sera étroite (c'est le seul côté authentiquement gidien de Peyrefitte) aussi Manouche suit déjà une cure d'amaigrissement et s'est commandé des robes Bloody Mama. (...)

On croyait qu'à Paris-sur-Druon (la rivière qui est le plus fantastique bouillon de culture) on n'allait plus rigoler. Ben c'est faux. Peyrefitte s'inscrit en vrai. C'est ça le Paris qui vit. »

Une carte dessinée par Navarre représentait les points chauds du Paris homo de la Rive Droite. De son côté, Peyrefitte, sérieux comme un pape, confiait à Philippe Bouvard : « J'essaie d'aider la jeunesse avec un lieu convivial qui pratique des tarifs démocratiques ! » Le whisky était à huit francs, la bière à trois, au Bronx on cassait les prix !

Et puis les calicots, les Jésus, les tapins sont arrivés en 1975. Cette rue devint leur Walhalla. Ils faisaient leur persil entre les voitures, sous les porches, dans les hôtels borgnes du coin. Ils essayaient de rentrer au Colony, ou au Sept. Certaines fleurs coupées y parvenaient. Les biquets et leurs coucous, leurs michetons, commençaient à attirer l'attention de la brigade des mœurs. Il y eut de plus en plus de contrôles de police. Le malaise grandit au sein d'une clientèle chic qui exigeait discrétion et étanchéité. En 77, Emaer partit croiser dans des eaux moins infestées de flics des mœurs. Sur les conseils de Michel Guy, le ministre de la Culture de Giscard d'Estaing, il acquit un théâtre à l'abandon, rue du Faubourg Montmartre, et ouvrit le Palace le 31 décembre 1978. Jamais Paris n'avait eu un tel Temple de la nuit. Le génial disc-jockey Guy Cuevas imposa en plein after-punk le Disco, compagnon de la libération homosexuelle, le courant musical de l'euphorie et de la sociabilité par excellence. La magie du Palace telle que se la remémorent aujourd'hui les vétérans tenait au *mélange* de la clientèle, de la jet-set internationale aux squatters, loosers et dandys clochards.

Trois mois après l'ouverture du Palace, la rue Sainte-Anne se retournait par-dessus son épaule, incrédule. Elle était vide, ou presque. Par terre, un cadavre de Cristal Roederer, un mégot, un flacon de nitrite d'amyle, un bouton de manchette Van Cleef & Arpels en argent massif. Et un préservatif usagé...

La rue Sainte-Anne avait la gueule de bois.

Elle se démaquillait à l'eau de Javel, dans une impitoyable lumière de ménage. Elle était vaincue. Le Bronx et le Colony ont fermé en 79.

> « J'ai connu Yves Navarre et Yves Mourousi en 71. Ils venaient régulièrement au Bronx et au Colony. Mourousi démarrait dans le journalisme, Navarre travaillait comme concepteur-rédacteur dans la publicité, et avait publié un premier roman, *Lady Black*. Didier Grumbach m'emmena chez Navarre que nous avons tout de suite surnommé Tristounette. On l'aimait beaucoup. Il était adorable et obsédé par son homosexualité. »

« Navarre était un peu poupin, très joli garçon » précise Didier Grumbach. « Assez grand, fine moustache. Drôle, caustique, très dandy d'apparence, très soigné. Il était émouvant parce que à la fois très attaché à sa famille, et plus tard dans la douleur et le rejet de cette famille. Au début nous allions chez lui avec Jacques Grange et le photographe Daniel Boudinet, j'ai le souvenir de moments délicieux. Il y a eu rupture entre Navarre et sa famille au milieu des années 60, il s'est mis en état de révolte. Je l'ai connu au moment où *Hair* a été créé à Paris, en 68, il avait bondi sur la scène à la fin, euphorique ! On n'a pas eu d'histoire sentimentale, ce n'était pas son genre, il aimait les garçons à la chaîne, à l'aveugle. Il aimait la drague en maraude. Il était génial. Et puis un jour, après *les Loukoums*, tout s'est dégradé. On l'a présenté comme l'homosexuel de service à la télévision, lors d'une émission ; être désigné ainsi l'a beaucoup affecté. Il partageait un appartement alvéolaire avec un peintre grec. A chaque goûter, on était cinquante. On improvisait des ciné-clubs, on regardait des films porno gays, sur un grand écran de télévision. La plupart réalisés par Jean-Daniel Cadinot, un ancien photographe pour lequel Yves avait posé ; Cadinot présentait avenue d'Iéna ses productions en avant-première, *Gamins de Paris*, *Voyage à Venise* et d'autres bonbons plus hard. Surprendre un futur ministre de la Culture, s'en mettre plein les mirettes, était assez marrant. Il disait à qui voulait l'entendre "Le problème avec les folles, c'est qu'elles sont vraiment folles !" Il n'y avait pas de partouzes à ce moment-là chez Navarre, pas de réunions qui dégénèrent, c'étaient juste des porno high teas gay ! »

Biographie avait surpris Charles-Henri Flammarion. Ce long récit d'outing rageur et déchirant publié en 81, un an après le prix Goncourt décerné à Navarre pour *le Jardin d'Acclimatation*, fut un échec commercial très mal vécu par son auteur. Comme Gerald Nanty, le romancier avait été éduqué chez des curés qui oublièrent leurs mains fureteuses sur ses jeunes chairs révulsées...

> « Les miens de curés à Saint-Aspais pouvaient toujours essayer de me peloter ! Le père de Yves était un grand commis de l'Etat et avait pensé le faire lobotomiser lorsque les premiers signes d'une préférence homosexuelle se sont manifestés. Navarre était de ma génération, nous avions deux ans d'écart, je peux imaginer sa souffrance, ce sentiment d'être une misérable punaise aux yeux du père. Tant d'homos ont enduré l'excommunication familiale au sortir de l'adolescence. Comme beaucoup d'entre nous, Yves revenait de loin. Il observait les bourgeois, les disséquait ; il les haïssait mais il en était. Comme moi. Il s'en est donné à cœur joie dans *le Jardin d'Acclimatation.* »

Toujours dans *Biographie*, inspiré par le plaidoyer de son ami Jean-Louis Bory « Laissez-nous tranquilles ! », Yves Navarre exhortait les homosexuels à continuer à jouir en paix de la clandestinité, ce qui allait à contre-courant de toutes les revendications politiques des années 70 portant sur la « fierté homo ».

> *« Je n'ai pas à distribuer d'image idéale pour convaincre une majorité de gens qui se prétendent normaux d'admettre mieux ce qu'ils jugent anormal. (...) Nous sommes en train de recréer un ghetto à ciel ouvert cette fois, pire. Nous avons besoin de la répression parce qu'elle fait partie de notre sensualité. Historiquement, nous avons*

besoin de cet interdit. Nous avons besoin de nous interdire entre nous, de nous réprimer entre nous. »

Didier Grumbach approuvait : « La clandestinité est un condiment fort pour la sensualité ; c'est peut-être une question de génération, les jeunes militants du FHAR qui luttaient pour le droit à la visibilité pédé étaient d'un avis contraire. »

Affaire de génération et de classe sociale : les jeunes homosexuels des milieux les moins favorisés n'entendaient plus cumuler les handicaps.

> *« Il est surveillé, régulièrement. Il a vraisemblablement attrapé "ça" en 1939 avec un gigolo de passage à Paris. Il était beau, je ne lui en veux pas. Sauf que j'ai attrapé le mal à un endroit où il peut se cacher tout entier. Voilà. Quand je m'en suis aperçu, trop tard, sept ans plus tard, on ne pouvait plus que le mater, empêcher Dame Syphy de me grignoter. »*
> (*Les Loukoums*, Yves Navarre.)

En lisant aujourd'hui ces lignes extraites d'un roman publié en 1973, on est frappé par leur dimension prémonitoire sur l'épidémie de sida qui allait décimer les homosexuels dès la fin des années 70. Dans *les Loukoums*, la Dame Syphy, la syphilis qui ronge le riche micheton new-yorkais Rasky, préfigure le virus HIV. Rasky est l'amant moribond du jeune Luc (Cul ?), alter ego en *melancholia* de Navarre. Les deux seules figures féminines de ce traité hardcore et curieusement lyrique sur la solitude sont une domestique naïve, Odette, et Lucienne, dite Lucy, « première communiante de la nuit qui veut voir la mort de près », une veuve nécrophile qui hante les morgues new-yorkaises. Les atteintes causées par Dame Syphy sur le corps supplicié de Rasky évoquent de façon troublante certains des effets du sida, maigreur extrême, masque mortuaire précoce.

> *« Par endroits, ma peau est devenue si fine qu'elle doit être transparente. Je suis devenu un bocal. Je ne mange plus, on me donne à manger. Bébé. Ai-je encore des dents ? »*

Diminué par un accident cérébro-vasculaire, Navarre s'est peu à peu retiré de la vie sociale parisienne, au point de s'exiler au Québec. Il s'est suicidé le 24 janvier 94, comme son ami Jean-Louis Bory. C'était sa quatrième tentative. Il avait cinquante-quatre ans.

> « Yves Mourousi a butiné dans mes établissements pendant trente ans, du Colony au Mathi's, mais je l'ai très peu connu. Un boulimique de vie, un immense déconneur, un noceur. Au Colony, deux Eurasiennes faisaient rire tout le monde, il les avait surnommées Tic et Toc, elles étaient infernales, disaient du mal de tout le monde, mouchaient les mecs, l'une faisait "tic", l'autre "et toc". Il vous regardait droit dans le cerveau, ne supportait ni la lenteur ni la bêtise, pouvait vous moucher de façon

assassine. Il était incontrôlable, comme son ami Bézu, qui chantait *A la queue leu leu* comme un beauf alors qu'il était un authentique punk autodestructeur.
Michel, le compagnon de Mourousi, son dernier amour, m'a dit qu'Yves était persuadé de mourir jeune. C'était un suicidaire, un suicidaire au ralenti, comme les vrais. Yves était très ami avec Le Luron. Thierry, très possessif, ne lui a jamais pardonné son mariage avec Véronique, d'où cette vengeance, ce mariage parodique avec Coluche. »

« Trop de coke, trop longtemps, jusqu'au bout », déplore le dernier compagnon de Mourousi. « Yves est mort d'une crise cardiaque, la troisième, il était affaibli par un régime drastique, il faisait son régime comme il baisait, comme il faisait la fête, de façon obsessionnelle, radicale. Il s'est affamé, il était carencé, affaibli et il est mort pas mécontent de finir si vite, sans souffrance, en avril 1998. »

LA CHIEN

Alice Sapritch a aimé Gerald Nanty d'amitié virile.

Il l'appelait La Chien.

Elle le surnommait Tête d'anormal.

> *« A les voir tous les jours ensemble, on pensait qu'Alice Sapritch et Gerald Nanty filaient le parfait amour. Mais Alice Sapritch dément son mariage. »*
>
> « Qu'est-ce qu'on a ri lorsque *France-Soir* a fait paraître cet écho en 75. J'ai connu Alice en 1969 grâce à Jean-Michel Rouzières, le directeur du Théâtre du Palais-Royal que nous avions parfois la faiblesse de surnommer l'Empalé-Royal.
>
> J'aimais tout en elle, de sa gueule si... gueule, à ses pieds, en passant par son humour. Les pieds d'Alice étaient immenses et très voluptueux, et elle adorait les faire masser par ses proches. Elle les posait sur vos genoux quand vous étiez assis auprès d'elle, et vous disait avec une grosse voix traînante "vas-y, chéri, masse, c'est si bon..."
>
> Il m'arrivait de les lui masser tandis qu'elle feulait de bonheur. Même les inconnus avaient droit à ce rituel fétichiste.

“Vas-y mon chéri, masse...”
Populaire, courageuse, lucide, amicale et hilarante avec ses amis, elle se voyait comme une recalée de l’amour, une maudite de la romance.
Elle avait une nièce, Astrid, un peu ingrate physiquement, à laquelle avec Alice nous avions secrètement donné (comme nous étions injustes !) le sobriquet de “La déchaussée de la Muette”. Quand elle souriait, on croyait voir un cimetière d’enfants...
Elle avait aussi un jeune ami, Vincent, divin masseur. Sa nièce a épousé Vincent, avec la bénédiction d’Alice ; lorsque je lui ai avoué mon étonnement, elle a eu ces mots qu’un idiot jugerait pathétiques mais qui me semblaient à moi sublimes :
“Ecoute, comme ça au moins je le perds pas tout à fait...”
Elle était de tous les dîners au Colony, à l’Echelle de Jacob, et chez les copains. Elle me téléphonait parfois le dimanche soir.
“Allô, Nantou-nez ?
— Oui Alice.
— Viens me chercher.
— Qu’est-ce que tu veux faire ?
— Rien.”
J’y allais.
“On fait quoi ?
— Roule. Roule sans t’arrêter. J’aime. Regarde. C’est beau.”
Elle ne regardait rien. Elle avait les yeux dans le vague, broyée par la mélancolie. Nous roulions sans but. Je savais bien que les soirs de vague à l’âme, elle se faisait deux œufs au plat qu’elle avalait sous une loupiote borgne. Alice a beaucoup souffert d’avoir

été tournée en dérision toute sa vie, même si ses imitations par Thierry et d'autres ont forgé sa célébrité. Elle était d'une sensibilité incompatible à long terme avec ce supplice rigolard.
Elle était également d'une naïveté... Je me souviens d'une avant-première, au Lido. Elle m'avait demandé de l'accompagner. Paco Rabanne lui avait fait une armure ! Cagoule en maille de métal, juste une fente pour les yeux, très burqa, très seyant !
“T'as quoi comme voiture, chééééri ?
— Une Austin.
— Ça va pas ? ? ? C'est une soirée de gala, on va pas arriver là-dedans ! Louons une voiture avec chauffeur.”
Je loue donc. Avec chauffeur.
Et nous arrivons sur les Champs-Elysées. Alice descend, très lascive, cigarette à la main, mais la robe était restée bloquée au-dessus de ses fesses. Je me précipite, affolé, pour tirer sur le métal et rajuster l'ensemble, tout à fait comme Katharine Hepburn tente de masquer l'arrière-train dénudé de Cary Grant dans *l'Impossible Monsieur Bébé*. Alice me sent affairé dans son dos et me houspille “arrête de tirer sur ma robe, elle est parfaite ! !”.
Elle est entrée au Lido, raide et digne, les fesses dénudées, devant tous les photographes et les badauds enchantés qui hurlaient “Alice ! ! A poil ! ! ! A poil ! ! !”.
Et elle, qui n'avait rien senti, tout au bonheur de l'instant, aux flashs, me dit, émue : “Tu vois, chéri, c'est mon public...” »

Dans *Pariscope*, en octobre 1976, « Alice la Colonysée » signait ainsi son premier et unique reportage chez les sybarites de la nuit :

« Retenez bien le nom de ce personnage étrange : Gerald Nanty, pour les familiers Nantou-Nez à cause de son flair infaillible pour jauger d'un clin d'œil sa clientèle. Car il est une sorte de PDG d'un établissement à odeur "fort épicée" : le club privé "le Colony" dont la décoration ressemble à un tripot de Chicago. Ma présence dans ce lieu a été fort critiquée mais comment renoncer à la joie que j'ai de rencontrer la faune bigarrée de mes amis du spectacle : Thierry Le Luron, hercule du rire qui triomphe à l'Olympia, Roger Peyrefitte la fée du logis, Alain-Philippe Malagnac, le sémillant producteur de la belle et boudeuse Vartan, Paco Rabanne fatigué de resserrer un boulon de sa tunique d'acier pour sa prochaine collection, Mourousi qui fait sa ronde de nuit, Jean-Marie Rivière en extase devant sa femme qui ressemble comme deux gouttes d'eau à Greta Garbo – c'est lui qui le dit. Tard dans la nuit dans la fumée et l'alcool, la cacophonie est à son apogée, on parle, on raconte, on hurle, on médit, on fabule, on embrasse, on fabrique des milliards, on rêve quoi ! Mon étonnement est grand de rencontrer des pères de famille sans famille, des fils de famille sans mère. L'entrée en piste de quelques belles créatures empanachées, de sexe indéterminé me trouble. J'appelle au secours :

– Mais Nantou-nez, je ne comprends pas... Ce monsieur très comme il faut au bar... avec ce jeune homme, c'est aussi un...

Alors le pape de la rue Sainte-Anne me foudroie du regard :

— Ma petite fille, ici c'est le Colony. Si on devait demander de quel sexe est issue ma clientèle, où irions-nous ?

Je l'ai fâché. Non décidément mes amis ont raison, je n'ai pas ma place ici, ce n'est pas convenable, mais hélas, j'aime tellement rire. »

« Comme Arletty, Alice n'a jamais été sur la liste rouge des PTT. Elle voulait sans doute qu'on se trompe, qu'on la dérange.
J'aimais Alice parce qu'elle avait le même prénom que ma mère... Elle m'a présenté Jean-Paul Aron, un de ses meilleurs amis. En 1969, le Nuage tomba sous le coup d'une fermeture administrative, les flics avaient débarqué, il y avait trop de monde. J'ai été convoqué à la mondaine. Alice me dit "je vais demander à mon Jean-Paul". Nous voilà dînant le lendemain dans sa cuisine avec Aron, Jean-Louis Bory, Laurent Dispot, que des mecs ; on mangeait le plat fétiche d'Alice, des cuisses de pintade ramassées sur les marchés après treize heures. Aron est intervenu auprès du ministère de l'Intérieur. Le Nuage a rouvert aussitôt. Pour Jean-Paul, j'étais le type qui adorait Alice. Il était assez méchant, pas snob, et affable. »

Vous souvenez-vous du 30 octobre 87 ? Un visage émacié, ridé, photographié en très gros plan à la une du *Nouvel Observateur*, médusa la France entière. Jean-Paul Aron nous regardait droit dans les yeux, et confessait, à cinquante-deux ans, l'inimaginable. Agrégé de philosophie, chercheur au CNRS puis à l'Ecole des Hautes Etudes, auteur de romans, d'adaptations théâtrales et d'essais, *les Modernes* ou *le Pénis et la démoralisation de l'Occident* sur la répression sexuelle, Aron dévoilait au cours d'un entretien de six pages qu'il était malade du sida, et qu'il était sur le point d'en mourir. La confession de Aron a fait basculer la prise de conscience du grand public et la lutte contre le sida en France, mais aussi à l'étranger. Le quotidien *Libération* titra « Aron a donné à la peur un visage humain ». A cette date, parmi les célébrités, seul l'acteur américain Rock Hudson avait osé briser la loi du silence, annonçant en juin 85 à Paris, où il était hospitalisé, qu'il était homosexuel et qu'il avait le sida[1]. En 85, la psychose était totale : les gens croyaient encore que la maladie pouvait être transmise par la salive, ou un contact de personne à personne.

Cette fois-ci, un intellectuel parlait de son quotidien de malade, de son homosexualité, du regard des autres, et évoquait la mort proche.

> *« C'est sans doute folie, peut-être inauthenticité, mais je ne me suis jamais senti homosexuel. La maladie seule m'oblige à convenir que j'appartiens, existentiellement et socialement à cette catégorie. »*

1. Rock Hudson est mort le 2 octobre 1985.

Le témoignage de Jean-Paul Aron engendra une virulente polémique autour de l'attitude de Michel Foucault, mort du sida en 84, et qui avait entretenu le secret sur sa maladie, y compris chez ses proches. Son compagnon Daniel Defert justifia le choix de Foucault en arguant que confronté à la maladie et à la mort, chacun fait ce qu'il peut et comme il peut.

Jean-Paul Aron mourut le 20 août 1988, deux ans avant sa chère Sapritch.

> « J'ai tenu le Colony et le Bronx jusqu'en 78. On a fermé les deux d'un coup, ruinés par notre manque total de rigueur dans la gestion, et par les accès de mégalomanie d'Alain-Philippe qui ont culminé avec la production du show de Sylvie Vartan au Palais des Congrès. Ce fut un gouffre ! Roger a tout vendu, ses collections de timbres, une partie de ses tableaux, le coffre à bijoux du comte d'Artois etc. Alain-Philippe l'a quitté pour une demoiselle ! Roger a écrit *Notre amour* et *l'Enfant de cœur* pour purger sa peine. Je lui avais dit à propos de ce roman "ce n'est plus un livre mais une note de frais". »

Le Palace avait progressivement siphonné les noctambules de la rue Sainte-Anne. Le Colony et le Bronx furent mis à l'encan. Nanty eut du vague à l'âme. Les gens de la nuit étaient d'autant plus gentils avec lui, qu'ils jubilaient de ses déboires. C'était un concurrent de moins. Lorsqu'il rencontrait Fabrice Emaer au Brise-Miche, leurs brefs dialogues se maintenaient sur la crête de l'indifférence mondaine et du panache de circonstance :

« Mon bébé de rêve, que deviens-tu ?

— Je me repose ! ! »

A force de se reposer, Gerald Nanty fit une dépression au soleil de Ramatuelle. Thierry Le Luron le secoua : « Tu t'étioles ma fille, je te finance, trouve une idée. »

THIERRY LE LURON

« Ah ! Je suis folle ! (...) Je suis perdue. Je suis soûle. Je suis impure. Quelle vie ! »

Une saison en enfer, Arthur Rimbaud.

« Thierry Le Luron, c'était mon gosse et mon petit frère infernal ! Je l'ai connu au Colony en 71, il avait dix-neuf ans. Il paraît qu'il avait peur de moi et de ma réputation de langue de vipère. Huit ans plus tard, alors que j'étais ruiné et déprimé, il m'a poussé à rouvrir un estaminet. Nous avons choisi un bar-restaurant de la rue Jacob, tenu par la vieille Madame Lebrun, où Thierry avait démarré ses imitations. Il "faisait" Chaban. Il était obsédé, possédé, par la voix du Premier ministre de Pompidou ! La Lebrun avait lancé à Thierry "Votre nom est à coucher dehors, et vous n'aurez aucun succès comme imitateur ! Chanteur à la rigueur..." mais l'avait conservé comme "aboyeur" pour les one man shows de Maurice Fanon, Philippe Clay, et Hubert Deschamps.
Thierry "aboyait" tous les soirs en Chaban-Delmas, les gens adoraient, il faisait des prolongations, la

vieille était furieuse. Un soir, Paul Lederman s'est assis dans la salle, il a vu l'or dans la voix, et il a signé Thierry en 24 heures. Le même soir, une gitane-cartomancienne entra dans le club par la porte de service, eut une altercation avec la patronne et lui lança comme un anathème : "le petit qui est sur scène, il mourra à trente-trois ans, l'âge du Christ !" avant de filer. En 1985, quand Thierry a déclaré sa maladie, l'archivieille Suzy Lebrun m'a téléphoné et murmuré "Vous vous souvenez ?"
Thierry est mort à trente-quatre ans...
On le surnommait "La Naine". Sa petite taille expliquait-elle son "complexe de visibilité" ? Ses parents étaient des gens très simples, et il avait honte de ses origines sociales. Thierry était d'une générosité inouïe, mais il pouvait être injuste et cruel envers ceux qui le diminuaient. Le plus grand chagrin d'amitié de Yves Mourousi fut sa brouille avec Thierry. Ils déjeunaient un jour chez Lipp. François Mitterrand est entré. Il s'est approché de leur table, a serré la main de Yves et pas celle de Thierry. Celui-ci est devenu fou. Il disait "mes imitations sont des hommages acides, j'ai tant fait pour le rendre populaire !" On comprend Mitterrand ! "L'emmerdant c'est la rose"...
Le Luron a banni Yves de sa vie et l'assassinait dans ses spectacles en le surnommant "Madame Inter".
Rancunier à mort. Mais capable d'organiser "Le déjeuner des fâchés" chez lui : il conviait tous les gens avec lesquels il était fâché, ou qui étaient notoirement brouillés, sans les prévenir, sadique. Il reprenait la tradition du dîner de cons inventé chez Castel, mais 100 % des participants devenaient "le

con de quelqu'un" puisque personne n'était au courant de la manigance ! Un truc très peu démocratique, mais un shaker émotionnel irrésistible.
Je le surnommais également "la petite morpionne". Amoureusement, il adorait le danger. Si un assassin se trouvait dans la pièce, un couteau entre les dents, Thierry lui fonçait dessus. Il ne voulait pas de fils de famille, mais des gouapes.
Je le mettais en garde. Il s'en foutait. En même temps, il était très peureux. Il s'est ramené un soir un gigolo avenue Montaigne, dans l'appartement où il avait fait installer l'ancêtre des "Panic Room" : un habitacle en acier blindé dont les parois invisibles coulissaient à l'intérieur des murs de sa chambre, et qu'il fermait en une seconde avec une télécommande.
Le type avait un air bizarre et un comportement louche ; Thierry a actionné la télécommande, mais il s'est enfermé à l'intérieur de son cube, sa petite culotte entre les dents. Le mec a déambulé librement dans les pièces, et dévalisé l'appartement.

Thierry Le Luron n'assumait pas son homosexualité, et il a vécu sa maladie comme une infamie. Il ne voulait pas la nommer... Jusqu'au bout, le déni. Une pensée magique, enfantine. En ne le nommant pas, le sida cessait d'exister. Il croyait devoir ce mensonge à ses admirateurs, et à sa maman qui lui a survécu... Le professeur Schwartzenberg le suivait. Thierry lançait presque triomphalement "J'ai un cancer des cordes vocales !" Chirac, alors Premier ministre de la cohabitation, était venu à son chevet quelques jours

après sa nomination par Mitterrand, en octobre 86. Ils ont mangé des crêpes Suzette. En septembre 86, Thierry a fait des séances de chimiothérapie. Il réclamait et obtenait des transfusions complètes. Il pensait s'en sortir, avait programmé un gala pour décembre 86, et prévu son entrée en scène travesti en Edith Piaf. Il est mort le 13 novembre 86.
Nous l'avons vu la veille, Jacques Chazot et moi, et avons eu une petite conversation macabre, hilarante et affreusement triste sur nos perruques respectives ; il se foutait de ma coupe au bol, de mon "postiche", moi je me moquais du sien, qui était bien réel. Un de nos petits copains, Julien, coiffeur à Saint-Tropez, le lui avait confectionné... »

« Le bistrot de la rue Jacob est devenu un piano-bar, l'Echelle de Jacob. Pourquoi ce nom ? Je ne sais plus. Peut-être parce que dans la Genèse, Jacob, marié, préférait "rester près des tentes"* ! En tout cas, Thierry avait tout pris en charge. Sagan fut une fois de plus la marraine, même si elle n'aimait pas beaucoup Thierry qu'elle trouvait trop petit-bourgeois. J'ai rencontré la même année mon ami et associé, Jacques. Il venait voir son amie Pierrette qui animait le bar. Il avait dix-sept ans, la chevelure du "Voodoo child" Jimi Hendrix, des chaînes en or ruisselaient sur son torse et il était le sosie de Mike Brant. Il sortait avec une danseuse du Crazy Horse, Trucula Bonbon. Jacques travaillait chez un fourreur des Grands Boulevards, mais prenait des cours de comédie chez Jean-Laurent Cochet. Nous l'avons invité à Saint Tropez. Thierry le draguait comme un fou, ce qui m'exaspérait. De retour à Paris, nous nous sommes revus en bons camarades, et j'ai réalisé que faire rire ce garçon m'importait plus que tout au monde. Nous nous sommes associés. »

« *Nous deux, les amis, l'un à l'autre attachés, jamais l'un sans l'autre,*
montant et descendant les routes, faisant des voyages au nord et au sud,
jouissant de notre force, bras tendus,
la main dans la main.
Armés et sans peur, mangeant, buvant, dormant, aimant,
ne reconnaissant pas d'autre loi que nous-mêmes, naviguant,
flemmardant, volant, menaçant,
faisant peur aux avares, aux valets, aux prêtres, respirant l'air,
buvant de l'eau, dansant sur l'herbe et sur les plages,
chantant avec les oiseaux, – nageant avec les poissons –, laissant
pousser des branches et des feuilles avec les arbres,
torturant les villes, méprisant le bien-être, nous moquant des
règlements, pourchassant la faiblesse,
menant à bien notre razzia. »
(*Calamus*, Walt Whitman.)

« LE GRAND 4 »

« Un des épisodes les plus rocambolesques de ma vie s'est déroulé en 1979 ; un ami de Manouche, Ceccaldi, se pointe à l'Echelle de Jacob avec une accorte vieillarde de quatre-vingts piges, Madame Josselin, dite Madame Billy ; il m'annonce “je t'emmène visiter un endroit amusant, une maison close que la police vient de fermer. Elle est dans un ravissant hôtel particulier du XVIe arrondissement, rue Paul-Valéry”.

Cette dame en tailleur Chanel (vu de loin) était la patronne du bordel, une vieille maquerelle pincée qui ne pouvait plus exercer son beau métier sous peine de finir en zonzon, et désirait rentabiliser son local. “Local” mythique, Edith Piaf y avait vécu deux ans. Madame Billy voyait en moi son sauveur. Je n'ai pas pu résister à sa proposition, j'ai signé, et nous nous sommes trouvés à la tête d'un microhôtel de luxe agrémenté d'un restaurant de nuit.

Marthe Richard, âgée de quatre-vingt-neuf ans, acceptait d'être la marraine du Grand 4 pour la soirée d'inauguration du 15 décembre 1979, à

condition que Joël Le Tac, alors député du XVIIIe arrondissement, soit présent[1].
Le Tac accepta, le lancement fut à tout casser, et le Tout-Paris est venu s'encanailler 4 rue Paul-Valéry.
Avec ses boiseries et sa lanterne homologuée au-dessus du perron, le Grand 4 était un remake du One Two Two. Bernard Buffet avait dessiné l'invitation pour l'ouverture, et offert aux invités des lithographies sexy : deux filles en bas noirs dans une ambiance saphique. Les chambres avaient été rafraîchies et décorées par thèmes : chambre noire, chambre aux miroirs, chambre chinoise... La chambre Marie-Antoinette avait un bidet plaqué or vingt-quatre carats. Quand le Grand 4 était une simple maison close, le Shah d'Iran venait régulièrement, selon Billy, et réclamait systématiquement cette chambre.
J'étais devenu tenancier de maison close tolérée pour rire. Mon contrat stipulait que je devais amener une clientèle chic. Madame Billy s'asseyait discrètement au bar, pour la touche d'authenticité. On a tenu six mois. Les employés de Madame Billy avaient des têtes de putes, mais on s'en fichait. Thierry Le Luron avait une chambre au mois à l'hôtel. C'était dément. Mais peu à peu, Philippe Junot, Alix Chevassus, Jean Castel, tous les play-boys fêtards se sont dit "la vieille Billy rouvre, youpi" et la vieille Billy n'a pas pu

1. *Joël Le Tac, député du XVIIIe...* : combattant des FFL, déporté Nacht und Nebel, compagnon de la Libération, officier de la Légion d'honneur, grande figure du gaullisme social, Joël Le Tac, mort en 2005, détonnait aux côtés de Marthe Richard dont il connaissait les impostures (record d'aviation avant guerre bidonné, état civil falsifié, actes d'espionnage matahari-esques sujets à caution en 1916) et le passé douteux sous l'Occupation, son acoquinement avec le gangster Spirito, proche de la Gestapo.

résister… Elle a senti des ondes favorables ! Elle portait une robe longue avec des manches gigot serrées aux poignets par des élastiques de quincaillier. Dans les manches, il y avait dix numéros de téléphone de putes qu'elle fourguait en douce ! J'ai appris ça par André Oliver, un ami de Pierre Cardin, un comble ! Oliver est venu vers moi un soir, l'air déstabilisé : "Cher Gerald, une dame très âgée m'a entretenu au bar et m'a proposé une fille en ces termes : 'J'ai une Bourguignonne magnifique avec une grosse poitrine cher Monsieur, je sens que vous serez heureux, elle suce très bien !' " Billy n'avait pas reconnu André Oliver.

J'ai commencé à me méfier. Un autre soir, je dînais avec Jean-Paul Aron, Pierre Bénichou, Peyrefitte et Sapritch lorsqu'un serveur m'alerta : "On ne trouve pas Madame Billy, on me demande deux bouteilles de Roederer pour le 14 mais la chambre est censée être fermée !" Je suis monté et j'ai trouvé deux couples. Une partouze. Billy les faisait monter derrière mon dos, les passes avaient lieu sur place. Il y a eu une descente de police. Solers, le chef de la mondaine, m'a dit "vous êtes gérant d'une maison close fermée et rouverte. Vous risquez cinq ans ferme pour proxénétisme hôtelier". On a découvert que Billy avait quatre ou cinq studios avenue Victor-Hugo, où elle envoyait les clients qu'elle alpaguait au Grand 4. J'ai confondu Billy. J'ai fermé la boîte, on ne s'est même pas fâchés… Elle a continué chez elle, chaussée de la Muette ! Un après-midi, elle a essayé de fourguer une "mirabelle" d'au moins cinquante ans à un ami qui en avait vingt-cinq. Elle avait ça dans le sang. Elle doit organiser des passes en Enfer… »

LE FESTIN CUL NU

« L'ami naturel ? le rut animal. »

Olorime de Louise de Vilmorin.

1981 : la nuit noire du sida s'étend sur la grande fête homo mondiale, homondiale, ô mon Dieu.

Le sida apparut tout d'abord comme un événement exclusivement signalé dans des mégalopoles, Los Angeles, New York, San Francisco et Miami. Dès 1980, les médecins recensèrent des cas de maladies bizarres, caractérisées par une immunosuppression chez des hommes âgés de vingt ans qui ne prenaient pas de médicaments pour un rejet de greffe ou une leucémie. La presse conservatrice américaine commença à propager les notions d'« épidémie pédé », de « cancer gay ». Alerté par son ami Edmund White sur « une maladie mortelle frappant certains gays à New York, qu'on appelait le GRID, Gay-Related Immune Deficiency[1] », Michel Fou-

1. *GRID* : cf. *Mes vies*, Edmund White.

cault réagit instantanément : « Un cancer qui toucherait uniquement les homosexuels, non, ce serait trop beau pour être vrai, c'est à mourir de rire ! » La déclaration des premiers cas de sida aux Etats-Unis date du mois d'août 1981.

L'immunologue Jacques Leibowitch fut un des premiers à se mobiliser : « En 79, j'ai vu un premier malade, un Portugais qui avait fait son service militaire en Angola, mort en quelques mois à Paris. Nous nous sommes dit, perplexes, "il a dû attraper une saloperie en Afrique..."

En 81, lorsque les maladies apparaissent au stade ultime de l'infection, 8 % des pédés de San Francisco sont déjà contaminés. En 86, cela est monté à 60 %. Qu'est-ce qui fait le lien avec l'Afrique ? Un nombre important de gens, à commencer par les coopérants demeurés en Afrique francophone noire après la décolonisation. Je pense aux cadres moyens venus d'Haïti dans l'ex-Congo belge, appelés par Patrice Lumumba entre juin et septembre 1960. Dans les années 70, Mobutu les a virés. Ils sont repartis en Haïti, quelques-uns sont rentrés avec le virus. Le tourisme sexuel gay qui faisait fureur en Haïti a mis le feu aux poudres. Le vol New York – Port-au-Prince coûtait 79 dollars aller-retour à la fin des années 70. En 82, le CDC a repéré le foyer haïtien. C'était parti.

J'ai pris acte de l'affaire Sida en même temps que Willy Rozenbaum, le 22 décembre 81 ; le 3 janvier j'appelai aux Etats-Unis pour évoquer des cas africains survenus au Zaïre. L'hypothèse africaine émanait des scientifiques français, nous subodorions un rétrovirus, un virus d'origine exotique. Aux Etats-Unis, ils restaient fixés sur le cancer gay. »

Ironie du sort, François Mitterrand arrive au pouvoir le 10 mai 1981 et l'allégresse s'empare de la communauté homo. *Gai-Pied* titre « 7 ans de bonheur ? », *Libération*, « Homosexuels votre patron a changé de camp ». Le président de la République, épaulé par Gisèle Halimi et Robert Badinter, œuvre pour mettre fin à la répression des homosexuels. Cette redoutable conjoncture d'explosion virale et d'explosion vitale fait le lit de l'épidémie. A Paris, les sex-clubs, backrooms, saunas champignonnent, c'est l'euphorie sexuelle, les lendemains qui chantent, et chanteront bientôt « I Will Survive », l'hymne poignant des gays survivants. L'arrivée du sida a coïncidé avec la fin de la répression.

« Au début, précise Leibowitch, nos mises en garde ont été combattues par certains médecins, on nous prenait pour des suppôts de l'homophobie. Au printemps 82, la presse gay dénonçait le retour de la discrimination, refusait de laisser les homosexuels devenir, via le sida, des “agresseurs biologiques”. C'était légitime, mais lorsqu'on a alerté des médecins gays sur un virus qui semblait être une bombe, en mars 82, Rozenbaum et moi nous sommes fait traiter d'homophobes ; Guy Hocquenghem parlait avec hargne de "la maladie de Rozenbaum" à propos du sida ; il en est mort en août 88... Le docteur Lejeune, directeur de l'AMG, l'Association des Médecins Gais, a déclaré dans *Gai Pied* (dont il codirigeait la rédaction) "Leibowitch a un problème avec la sodomie". Situation ubuesque, atroce : des médecins gays devenaient les gardiens du temple du trou du cul pédé ! Rétrospectivement, on constate que leur hantise de la discrimination a eu des effets pervers sur la prévention. Ils se sont réveillés avec la création de Aides, fin 84. Daniel Defert est venu me voir. Son compagnon, Foucault, était mort du sida le 25 juin 84, sans avoir voulu révéler sa maladie. L'AMG et Claude Lejeune ont changé d'attitude à l'automne 84. Deux ans de perdus. Les noctambules étaient en première ligne. Les marchands du sexe gay ont eu peur de perdre du fric, la manne s'annonçait grandiose. Ils ont pensé "promotion de la capote = manque à jouir et manque à gagner". Calcul mortel. Ils ont une vraie responsabilité dans l'épidémie. Defert a souvent entendu "ça ne va pas être bon pour nos affaires...", et pire, à propos des préservatifs que certains tenanciers refusaient de placer dans les boîtes, les saunas, les backrooms.

Aux Etats-Unis, par contre, dès 1981, la mobilisation a été puissante, avec la création du Gay Men's Health Crisis Organisation, implantée dans le milieu artistique et littéraire, dont une des égéries était le hargneux Larry Kramer[1]. GMHC est fondé en 81, avant même que le virus ne soit isolé en laboratoire ! Je me souviens d'un article publié par Kramer dans *New York Native*, en 1981, intitulé "*1112 deaths, and still counting...*"

La leçon de choses, c'est que l'entrepreneurialité humaine, la Human World Expanding Company, va trop vite ! Amasser du pognon et se faire dix mecs par soir, pour moi ce sont deux formes cousines de jouissance capitaliste.

En 2007, le sida ne s'est jamais aussi bien porté. En Afrique, c'est pire qu'une catastrophe économique, culturelle et sanitaire[2]. Dans le monde

---

1. *Larry Kramer* : fondateur du Gay Men's Health Crisis en 81 avec quatre amis, parmi lesquels le romancier Edmund White, et de Act-up, Aids Coalition to Unleash Power en 87. Il est l'auteur d'une pièce de théâtre, *One Normal Heart*, jouée par Brad Davis (*Midnight Express*) avant que celui-ci ne meure du sida. Infecté par la maladie en 1989. Auteur de *Reports from holocaust : the making of an Aids activist*, St Martin's Press.

2. *En 2007 l'Afrique* : les épidémiologistes et les chercheurs travaillent toujours dans deux directions : trouver un vaccin, donc comprendre le virus, mais aussi circonscrire son apparition dans le temps et l'espace. Une série d'études menées aux Etats-Unis et en France relancent l'hypothèse de la responsabilité européenne dans l'apparition du sida en Afrique. Pour Leibowitch, « le sida est noir comme la négritude, noir comme la colonisation européenne, noir comme la plus grande catastrophe sanitaire de l'histoire, qui commence dans les années 20, 30. Tout le côté pédé qui a fait son histoire, c'est dépassé. On n'a jamais vu une maladie africaine qui ait autant de médicaments.

L'affaire pourrait bien être d'origine européenne et en 2010, les Africains pourraient bien nous dire : "les toubabs, vous nous avez bien baisés !" »

Il est avéré que le virus est né en Afrique ; des virus HIV 1 et HIV 2 sont présents depuis toujours dans les cellules des chimpanzés troglodytes des forêts d'Afrique de l'Ouest et d'Afrique centrale. Comment le virus est-il passé de l'animal à l'homme entre 1920 et 1930 ? Par « transfert naturel », selon le Pr Beatrice H. Hahn ; un chasseur blessé s'est contaminé avec le sang infecté par le virus HIV d'un chimpanzé blessé. Le virus a passé la barrière. L'épicentre de la transmission est connu : Ouesso, sur la rivière blanc, c'est reparti tranquillement mais sûrement. Trop d'années à faire attention, les mecs en ont marre, ils veulent du "bareback", du "pure sex". L'Afrique me tue. Un traitement pendant vingt ans coûte 500 000 euros par tête de pipe. Qui paiera, pour l'Afrique et les Africains ? »

« *Une odeur s'est installée dans l'atelier et plus précisément dans la chambre. Elle est tombée avec le brusque été, sans même la transition du printemps, lourde, capiteuse, subrepticement puante,*

Sangha, aux confins du Cameroun et du Congo, un territoire pygmée, arpenté par André Gide en 1927 lors de son « Voyage au Congo ».

Or, la colonisation et ses hauts faits sont au cœur de l'hypothèse sur laquelle travaille Leibowitch, qui espère publier le fruit de ses recherches en 2008.

La vaccination coloniale avait déjà été incriminée en 2004, à travers la campagne de vaccination contre la polio dans l'ex-Congo belge : 1 million d'Africains furent vaccinés entre 57 et 60. Le vaccin de Hilary Koprowski était fabriqué à partir de reins de chimpanzés mais il a été prouvé que le virus n'aurait pas pu survivre au processus de fabrication.

Par ailleurs la datation moléculaire du virus et le traçage du parcours des esclaves invalident la thèse « polio » mais établissent ceci : l'ancêtre commun au virus HIV 1 a été activé en 1930, ± 10 ans (pour HIV 2 c'est 10 ans plus tard, en Guinée-Bissau). Et c'est là qu'intervient – à titre posthume – le médecin-colonel Eugène Jamot, héros de l'Institut Pasteur avant de tomber mystérieusement en disgrâce. Ce mystique de la médecine coloniale, grand-père spirituel de Bernard Kouchner, déclara en 1926, à son arrivée sur le continent africain : « Je réveillerai la race noire ! » En vérité, il fallait soigner les Africains, chair à canon et main-d'œuvre pour les travaux coloniaux français. Contre la trypanosomiase, la maladie du sommeil, transmise par la mouche tsé-tsé, Jamot établit un système de médecine humanitaire militaire à base d'injections massives. De 1926 à 1932, on injecta à des dizaines de milliers de Noirs un dérivé d'arsenic, de la tryparsamide, en intraveineuses. Pas de seringues jetables à cette époque, et une urgence qui rendait les cadences d'injections infernales...

L'hypothèse d'un passage du virus chez l'homme datant de la médecine coloniale française est plausible, mais reste à démontrer.

odeur de décomposition, exhalaison de nos corps, nous sommes vivants, nous sommes morts, nous sommes nous, notre parfum final est de glaires, pustules et latrines, senteurs de sueur, d'aisselles, de Javel et d'alcool à friction, fracas d'hécatombe. »

(*Ce sont amis que le vent emporte*, Yves Navarre.)

« Début 81, nous avons transformé le restaurant l'Echelle de Jacob en bar homo "hard" qui est resté ouvert jusqu'en 1995. Le Trap a été inauguré en mai 81, forcément. Trois serveurs et trente verres à moutarde à tout casser derrière le bar. Les garçons buvaient à même les canettes. Bière et biceps. Des grosses poubelles étaient bien en vue dans les coins. Il n'y avait pas de service. Les amplis vibraient au son gras et lancinant du tube *I've got the power* de Snap.

En quelques semaines, le bar est devenu un lieu chaud de la nuit gay, on refusait du monde le week-end. Elton John est passé, Boy George fut pendant quelques semaines un habitué, on croisait Jean-Paul Gaultier, la frénésie régnait, il y avait dans l'air une ivresse sexuelle directement liée à cette liberté toute neuve sur un plan politique. Si mai 68 était une révolution hétérosexuelle, mai 81 fut une libération homosexuelle.

Francis Bacon venait s'échouer au Trap, il faisait des dessins pour séduire un barman. Celui-ci les ramassait en râlant contre cet Anglais collant, à l'accent impossible, qui le dévisageait l'œil translucide, la lippe mouillée, implorant. Il jetait les dessins en les regardant à peine. J'alertai mon barman : "Tu sais

qu'il est un des plus grands peintres du siècle avec Picasso ? – Jamais entendu parler, j'ai pas le temps, il me fout le bordel dans mon service, en plus il m'offre des dessins horribles de types nus, roses, ça me fait peur... – Tu les as gardés ? – Ça va pas ? Je ne voudrais même pas de ça dans mes cabinets !" Je n'y allais jamais, j'avais horreur de cette ambiance. Thierry, lui, jubilait comme un enfant lâché au milieu d'une confiserie. Il me taquinait "Accompagne-moi, j'ai peur dans le noir..."
L'épidémie de sida démarrait. J'ai réalisé que nous étions cernés lorsque le patron du restaurant le Brise-Miche, en face de la fontaine Tinguely, aux Halles, a commencé à se plaindre d'une immense fatigue, tout comme son associé, Max. Les hommes étaient fatigués. Les hommes ont commencé à mourir. Tout le personnel du Brise-Miche est mort en quelques mois. On a commencé à entendre parler du "cancer gay". Les hommes qui aimaient les hommes tombaient. Toute l'équipe de Cardin, au moins cinq copains, a été fauchée.
Au même moment le gigantisme touchait des sex-clubs : l'Arène, le Transfert, et des saunas qui pouvaient contenir cinq cents ou mille personnes... On était au printemps 1982. J'ai hésité à fermer le Trap, je l'ai conservé finalement jusqu'en 1995. »

« *Le nom : le Trap. Piège en anglais et sitôt qu'on le confond sexuellement : la trappe, où l'on prie plus ardemment qu'ailleurs, où le silence plus qu'ailleurs est la règle. (...) Jamais je n'ai été plus proche de Dieu qu'en entrant au Trap. (...) Le Trap était un piège, l'idée d'être un gibier s'ac-*

corde avec la cynégétique de la nuit, l'idée d'un cloître terrible à l'exigence colérique qui impose le silence, l'abandon, l'oubli, est plus puissante que tous les décors de pacotille. Les chasseurs et les moines sont de la même espèce, la fusion virile est leur liturgie. »

(Paradis de tristesse, Olivier Py.)

2006.

A quatre heures, on sent un léger flottement au Mathi's. C'est l'heure bâtarde. Il est trop tard pour être couché tôt, et trop tôt pour ressentir la satisfaction d'avoir fait le tour du cadran.

Il y a des heures exquises et des heures mortes, celle-ci est morte. Elle passera et l'euphorie reviendra, mais le regard de Nanty s'attarde plus que de raison sur le mur de photos où vivants et morts sont à la parade.

Le sida. Le verbe meurt. Ni fleurs ni couronnes. « A cause du sida », murmure Nanty, « entre 1983 et 1987, les homosexuels de la nuit enchaînaient les enterrements et les incinérations. C'était Dix Petits Nègres. *Thierry Le Luron avait surnommé Jean-Claude Brialy "La Mère-Lachaise". On a tous été des Mère-Lachaise. »*

On le voit dans ses yeux. Les survivants se scrutaient avec épouvante. Ils devinaient dans les regards rougis ce motif obsédant, le suivant sur la liste... Recevoir les appels téléphoniques, barrer des noms dans les calepins, s'affoler devant une maigreur, être transformé malgré soi en encyclopédie médicale de fortune, en épidémiologiste amateur, être capable de commenter, diagnostiquer, comparer, évaluer l'avancée du mal... S'habituer... Craindre pour sa peau, assister à des agonies, pleurer sur soi autant que sur la mort de l'autre... C'était la peste. C'était les chariots des pionniers du Far-West assemblés peureusement en rond, assiégés par un ennemi insaisissable.

Thierry Le Luron sourit dans l'obscurité. « Hommes de l'avenir, souvenez-vous de moi. »

ORAUX

> *« En quoi la tragédie ressemble-t-elle à la vie ? »*
>
> Questionnaire du bac philo de Françoise Sagan (17/20).

« J'ai déjeuné une fois chez Françoise Sagan en présence de François Mitterrand, peu après mai 81. Françoise m'avait convoqué à douze heures quinze, sans m'informer sur les autres convives, ce qui n'était pas son habitude.
J'arrive, la table est dressée avec des verres à dents, une assiette ébréchée, tout bancal, merveilleux, plein de charme. La sonnette retentit et je vois débouler le vieux avec son manteau et son galurin. J'étais en pull, je me suis senti nu. Il n'y avait pas de service d'ordre visible, il était venu à pied et se présentait comme un familier, les mains vides. Il adorait la petite, ça crevait les yeux. Il avait l'air *attendri*. Françoise et Mitterrand se vouvoyaient, pour plus d'intimité. Nous sommes passés directement à table, sans apéritif et sans façons, on n'était pas en présence d'un retraité avec lequel le temps est un goutte-à-

goutte. Lui m'a salué de la tête, et tous les deux se sont engagés dans une conversation littéraire, très française, tournant autour de lieux, de noms, le Lot, Proust, Rocard, Catherine Deneuve, Yves Navarre qui avait pris sa carte du PS en 74, Fidel Castro, Attali, Reagan, que sais-je. Son débit à elle était rapide, fluide, la voix très modulée, aucun bégayement, elle ne bégayait qu'à la télévision à la fin de sa vie, ou pour couper court à une conversation rasante. Comédienne...

Sa phrase à lui était onctueuse, précise, détachée, avec de petites accélérations, une phrase qui vous prenait en tenaille, vous fascinait, vous médusait, je le voyais à l'attitude de Françoise, respectueusement à l'écoute. Il avait une séduction intense mais froide. Pas un mot ni un regard de Mitterrand pour moi. Il laissait faire la maîtresse de maison. Il taquinait Françoise qui se prétendait paresseuse, "couleuvre jouisseuse, je déteste me lever le matin, la barbe, je préfère la vie à l'écriture, mais pas à la littérature, quoique...".

J'avais l'air d'un gosse.

Au dessert Françoise a senti que j'étais déconfit, Mitterrand aussi. Il s'est un peu tourné sur sa chaise, m'a observé, pas gêné, et dit à Françoise "Nous n'avons pas parlé de ce jeune homme. Que fait-il dans la vie ?" La petite s'éclate, je le vois à son regard, elle lui répond "Mais comment, mais il a des bars louches, très louches..." et elle démarre un invraisemblable chapitre sur mes bouches du diable. Tête de Mitterrand. Après son départ, elle jubilait : "je vous ai bien eus !"... »

« Au printemps 87, Françoise Sagan terminait sa biographie de Sarah Bernhardt, *le Rire incassable.* Elle se trouvait beaucoup de points communs avec la tragédienne, une façon de prendre tout avec légèreté, un goût du vivant, de la peau, du bonheur. Elle disait qu'elle était en train de devenir maboule à force de converser en permanence avec son Sujet. Par infiltration, le goût du théâtre lui est revenu, et elle a écrit une pièce aux étranges résonances, *l'Excès contraire*, ex-*la Valse en amazone.* Françoise adorait son frère Jacques Quoirez. Il était son idole, son modèle parmi les têtes brûlées, son héros. Dans *l'Excès contraire*, Cornélius, le frère de l'héroïne, tue au pistolet quiconque s'aventure dans le lit de sa sœur, une séductrice qui chasse l'ours et le loup. Jusqu'au jour où elle découvre le plaisir physique avec Frédéric, un homme doux, émotif, pacifiste, le contraire du frère... La pièce incestueuse de Françoise.
Un matin, j'entends "Allô minou ? ! viens dîner."
Françoise nous raconte sa nouvelle pièce, et mon ami Jacques propose la confrontation de deux univers opposés : celui de Sagan, pétri de culture classique, et celui de la troupe du Splendid, des autodidactes antibourgeois. "Il faut travailler avec des modernes, des jeunes, des iconoclastes !"
On se renseigne, Françoise contacte Dominique Lavanant qui lit *l'Excès contraire*, adore, menace pour rire de se suicider si elle ne joue pas le rôle de Hanaë, suggère que Michel Blanc, très en vogue grâce au film *Tenue de soirée*, la mette en scène.
Toute la troupe est conviée à dîner chez Françoise, et ordre est donné à Pépita de s'affairer autour du menu immuable : *Potage du Lot, rôti de veau, glace*

aux marrons. La petite vivait depuis dix-neuf ans avec Peggy Roche, ce qui ne l'a pas empêchée d'annoncer à cette dernière "Peggy chérie, ce soir, vous sonnerez à la porte, on ne connaît pas ces gens-là, ils vont croire que tout le monde habite chez tout le monde, ne les effarouchons pas." Peggy l'a très mal pris.
Les "jeunes" du Splendid arrivent, un peu impressionnés. Ça sonne. Peggy fait son entrée, rouge à lèvres qui claque, les yeux orageux.
"Bonsoir mademoiselle Roche.
— Bonsoir Françoooooise...
— Oh Peggy, comme je suis contente de vous voir, il y avait longtemps !"
Françoise a fait son numéro, c'était Labiche devant le Splendid. Ils avaient tout pigé, adoraient ce vaudeville de poche, ne mouftaient pas. Peggy buvait plus que de raison. Au bout de trois heures, elle s'est levée, a attrapé son manteau et lancé à Françoise "vous m'emmerdez, je monte me coucher".
"Mais Peggy, vous êtes folle ! ! !" Se retournant vers ses invités : "Mais... elle est folle ! Vous savez, c'est la femme de Claude Brasseur !"
La pièce a été créée au théâtre des Bouffes-Parisiens, chez Jacqueline Cormier. La critique a boudé, comme toujours. Un commentaire dans *Libération*[1] stupéfia Françoise : "L'éternelle jeune fille des Arts et Lettres choisit l'acné contre le pus" ! »

---

1. Jean-Pierre Thibaudat, dermatologue, *Libération*, septembre 1987.

« Sagan était farceuse. Et obstinée. Elle voulait que je lui présente Francis le Niçois. Je ne voulais pas. Elle ne renonçait pas. Une nuit Peggy m'appelle et me dit "Françoise n'est pas rentrée, elle doit être dans un bar à Pigalle". J'appelle le bar de Francis, la gérante me dit "Quel honneur Mademoiselle Sagan nous a fait, elle est là, perchée sur un tabouret en train de parler avec les filles qui sont toutes folles d'elle !" Elle était voyoute et adorait les voyous, Florence Malraux et Jacques Chazot l'avaient surnommée *Le petit gangster en jupons*. Françoise adorait une travelotte célèbre, Zsa Zsa Dior, Jean-Paul Leloup de son vrai nom. Zsa Zsa s'était un peu produit à L'Ange Bleu, mais était trop soûlotte pour mener une carrière solide. Zsa Zsa et Manouche trouvaient des surnoms aux gens. Peyrefitte était "La Cardinale", Françoise et Peggy "Papa s'pique et Maman coud", ou "Les dames de la coke", Eddie Barclay "L'Opéré-Comique", Alexandre Zouari "On achève bien les cheveux", Jacques Laurent "Frise-poulet", moi, Manouche et Zsa Zsa m'appelaient "Prise de courant" ! (à cause de mes narines...). »

Qui était « Blanche de Pastille » ? Gerald Nanty sourit et ferme les yeux, il ressemble soudain à un magot chinois. Rien ne lui fera divulguer l'identité de cette femme de goût, de pouvoir, d'argent, et de complexion particulièrement diaphane. Surnoms, totems, masques, ils étaient parfois cruels, souvent fulgurants, et représentent désormais des mots de passe pour les survivants de l'époque qui les roulent sous la langue, faisant surgir les couleurs à peu près intactes, les rires inextinguibles, les formes chéries de leur passé décomposé.

> « Françoise disait à Bertrand Poirot-Delpech "Zsa Zsa Dior est ma cousine", et elle l'emmenait à des dîners littéraires où Zsa Zsa faisait sensation, mal rasée, la perruque blonde de travers, présentant une troublante ressemblance avec Averell Dalton. »

> « Un soir, Françoise nous raconte, essoufflée mais pas mécontente d'elle, la perquisition que la brigade des mœurs venait d'effectuer chez elle, 91 rue du Cherche-Midi. Ce devait être en 88 ou 89. Le compte rendu de Françoise qui mimait la visite avec des airs de petite chouette étonnée fut un grand moment de rigolade. Le jour de la perquisition tombait mal : Françoise était passée chez le dealer qui lui fournissait la coco. Le petit sachet avait été placé dans le sac de Françoise qui était très élégante, en chemisier à motif panthère, jupe et petits talons. Après cette visite, Peggy et Françoise rentrent chez elles. Les deux chiens, Banco et Lulu, leur font la fête, Pépita la bonne est dans la cuisine, et un comité d'accueil est dans le salon : quatre ou cinq flics, hommes et femmes. Peggy monte sur ses grands chevaux, Françoise ouvre de grands yeux.
> "Madame !" couine Pépita, "C'est la police ! !" Comme si ça ne se voyait pas. "Ils ont un mandat, ils fouillent partout dans vos affaires !
> — Ah bon, fait Blanche-Neige, mais c'est très mal élevé ! Je ne les connais pas !"
> On ordonne aimablement aux deux femmes de s'as-

seoir dans le salon, Françoise passe son sac à Peggy subrepticement puis s'assoit, le sac de Peggy sur les genoux. Un flic demande le sac de Françoise. Elle lui répond d'une voix glaciale qu'elle ne supportera pas d'être traitée comme une reprise de justice chez elle. Puis elle balance les deux sacs vers le jardin et dit "allez Banco et Lulu, rapportez pour montrer que vous êtes bien élevés !" Banco chope le sac de Françoise et le rapporte aux pieds de sa maîtresse. Manège absurde que les flics regardent avec perplexité. Ça va très vite. Elle relance une fois le sac, le chien le rapporte, elle l'envoie devant la cheminée, le chien fouille, attrape le minuscule sachet, et en lèche le contenu, il était assez porté sur la poudre ! Selon Françoise, il y avait dans le sac une lettre du médecin de Mitterrand autorisant Madame Sagan à prendre de l'héroïne pour atténuer les douleurs qui la torturaient, suite à ses opérations chirurgicales. Les flics sont partis, une femme emportant le dernier roman de Françoise dédicacé.

Le chien Banco est mort le surlendemain d'une overdose, requalifiée d'empoisonnement par le vétérinaire. On l'a baptisé de façon posthume "Overdog". La chienne Lulu s'est laissée mourir de chagrin à la mort de Banco... Bien plus tard, Françoise a pris un autre fox, Fouillis. Elle ne pouvait pas vivre sans un chien, qu'elle traitait avec tendresse et désinvolture, comme un compagnon de beuverie, ou un vieil ami de trente ans.

Sa liberté était fantastique. Elle mélangeait Marie-Hélène et Guy de Rothschild à des monte-en-l'air ou des chanteurs. Elle s'est tout naturellement amourachée de "l'égérie" des Zemmour, Marc Francelet. »

L'AMI FRANCELET

Il a les dents du bonheur. On ne voit que ça. Elles sont blanches, et son sourire est si chaleureux que l'homme a l'air bronzé. Enorme montre jaune poussin à un poignet, tee-shirt ample, deux téléphones portables, une interminable voiture de banquier moscovite, vitres fumées, chauffeur décontracté : Marc Francelet, surnommé en 2006 par un journaliste de *l'Express* le Dandy des affaires, n'a rien d'un dandy, mais tout d'un gyrophare. Quelque chose de pied-noir, qu'il n'est pas. Ce navigateur en eaux troubles ne passe pas inaperçu, et c'est le but.

D'où vient-il ? De la bourgeoisie la plus calme, la plus grégaire, la plus probe. Père architecte, appartement haussmannien. RAS. Un RAS de 3 mètres 50 de hauteur sous plafond où mijotent les désobéissances forcenées. Francelet fut précoce, mais pas au sens qui plaît d'ordinaire à l'autorité parentale : séchant ses études, il vaquait du côté de la rédaction de *Paris Match* et de son QG de la Belle Ferronière, à l'époque le Castel rive droite du journalisme, un quasi-club privé diurne.

Dans les années 60, Francelet a réussi un coup inouï pour son âge, seize ans et demi, qui contenait son destin en germe : déguisé en peintre en bâtiment, il planqua dans un chantier et prit en photo le général de Gaulle dans ses appartements de l'Elysée. Pouvoir, journalisme, risque, certitude d'être au-dessus des lois. Résultat : un scoop pour *Paris Match*, et la carte de presse n° 23275, obtenue sur dérogation. On s'intéressa à lui. Il était lancé. Retomba parfois du mauvais côté de la barrière. Une affaire de vol de tableaux chez Lulu Lespinasse[1] lui valut un an et demi de prison. Francelet parle aujourd'hui poétiquement de « malheureuse histoire de tableaux égarés »... Ses liens amicaux avec les Zemmour, proéminente famille du grand banditisme français des années 70, le firent passer tout près de la mort lors de la fusillade du Thélème ; les « cow-boys » de la PJ avaient tendu une embuscade à la bande des Zemmour réunie pour parlementations avec le « gang des Siciliens » au bar Le Thélème, le 28 février 1975. Par chance, Gilbert Zemmour et Marc Francelet étaient au Canada. La fusillade fit deux morts, dont l'un des frères de Gilbert.

Le problème de Francelet, c'est l'enthousiasme. Il en a trop, ce qui lui a joué de vilains tours. Mais il ne regrette rien, ce qui rend follement sympathique cet ami de Françoise Sagan, du journaliste

1. Ancienne propriétaire de Banania.

de télévision Guillaume Durand, et Johnny Hallyday (un ami de quarante ans...)

Francelet est véhément, démonstratif, affectueux sans affectation. Il a toujours un secret à vous chuchoter, un tuyau incroyable, une fuite dont il a la primeur. Francelet a un langage de plombier.

Au sens du Watergate.

Il aurait adoré être américain à l'époque de l'assassinat de Kennedy, ou de Nixon, car il vous aurait présenté son meilleur ami Gorge Profonde, ou annoncé que Lee Harvey Oswald lui avait confié son programme meurtrier, la veille du 22 novembre 1963...

Il veut tout savoir, croit tout savoir sur l'envers du décor, le dessous des cartes, le pipage des dés. Un langage de plombier, mais aussi de joueur, ce qui le rapprochait de Sagan.

Francelet veut être aimé, il s'agite comme un chiot, vous mordille l'attention. Il est très attendrissant.

On cherche quelque chose d'opaque derrière toute cette spontanéité en or massif. A-t-il le sentiment d'être un dur pour mondains ? La Comtesse de Ségur de l'affairisme ? Un Rouletabille de clown ?

En tout cas, il brasse. Mais il n'a plus de carte de presse. S'en est-il aperçu ? De toute façon, demain, chut, il part à Beyrouth... un contact... et il poussera peut-être jusqu'à Bagdad. Et Kaboul. Qui sait ?

Selon Florence Malraux « Francelet était pour

Françoise la virilité même, l'Homme. Il prenait des risques, il était chevaleresque, avait de l'humour, il l'entraînait dans des coups, lui faisait rencontrer des gens dangereux, comme le fameux Peter, un agent israélien du Mossad, qui avait participé à l'enlèvement de Eichmann, et qu'il lui présenta, ainsi qu'à Serge July et Gérard Millet de *Libération*. Elle s'amusait beaucoup avec Francelet. Elle entretenait quelques clichés sur les hommes ; un homme qui allait casser la figure d'un autre homme pour elle, ça la rassurait. »

Ce qui n'empêchait pas Françoise Sagan de rendre la pareille à son ami. En 1986, Marc Francelet se trouva condamné pour détention d'armes, « on avait trouvé deux pistolets chez moi ! » s'étonne Francelet. (Il y a des prix d'interprétation qui se perdent...) La romancière publia un article dans le quotidien *Libération*, où elle eut cette formule adorable : « S'il a fait du mal à une mouche, qu'elle se présente ! » Sagan s'était déplacée à Bordeaux pour le procès ; à l'annonce du verdict, quinze mois de prison ferme, elle demanda à Mitterrand d'intervenir, ce qu'il fit, octroyant à Francelet une grâce présidentielle.

Parmi les hauts faits de Francelet, deux concernent directement Françoise Sagan. Des affaires qui auraient pu mal tourner et se sont soldées par des ecchymoses et quelques éclats de rire amer, du boulot de bras cassés, typique de l'homme et de sa manière.

La première s'est réglée chez un juge, la seconde a fait les choux gras de la presse française.

En 83, un éditeur commanda à Françoise Sagan la préface d'une monographie sur le peintre Fernando Botero, mais l'aigrefin transforma les vingt pages de préface en quatre-vingts pages, à la faveur d'un bricolage typographique, et publia une « fiction » de Françoise Sagan, *la Maison de Raquel Vega*. Alertés, l'éditrice Françoise Verny et Jean-Claude Zylberstein, l'avocat de la romancière, s'affolèrent : Sagan sortait son nouveau roman, *De guerre lasse*, chez Flammarion deux mois plus tard. Il y avait une escroquerie, l'éditeur refusant de pilonner, et un préjudice sérieux en prévision.

Toujours serviable, Francelet leur dit « je m'occupe de tout », et embarqua Sagan au milieu de la nuit dans une expédition punitive chez l'éditeur, avec crochetage de serrures, coups de poing au monsieur, violentes claques à la compagne qui protestait, menaces, extorsion d'une lettre d'aveux, et faux départ comique, Sagan ayant oublié son sac à main, ce qui occasionna un nouveau bourre-pif lorsque Francelet remonta chercher le sac de madame. Vingt ans plus tard, Marc Francelet rit aux éclats en se remémorant cet « enfantillage » (et tout le monde a oublié le livre sur Botero).

Plus sérieuse en revanche fut l'affaire que Sagan balaya d'un magnifique « Encore ces histoires d'essence ! ».

En 1993, Marc Francelet présenta André Guelfi à la romancière, et ce faisant, la précipita naïvement dans l'imbroglio politico-financier de l'affaire Elf. Guelfi, aventurier transcontinental et affairiste surnommé Dédé la Sardine depuis le naufrage dans les années 60 d'un de ses navires de pêche qui transportait des centaines de tonnes de sardines, s'était auto-attribué une mission : aider Elf-Aquitaine et son patron Loïk Le Floch-Prigent à nouer des contacts avec l'Ouzbékistan, gisement potentiel d'or noir dont le président Islam Karimov était « conseillé » par Dédé. De son côté, Francelet facturait des opérations de relations publiques à Elf-Aquitaine, comme on peut le lire dans un procès-verbal d'audience à la brigade financière... Les entremetteurs retireraient de leurs bons offices de juteuses commissions. Karimov avait « un cadeau pour la France », comme l'annonça Sagan par courrier à Mitterrand le 27 mai 1993 [1]. La France pouvait-elle recevoir « au moins son Premier ministre » ?

Dédé la Sardine avait promis 50 % de ses commissions à Françoise Sagan, si son aide amenait des contrats pour Elf.

La chimère tourna au jus de boudin avec des forages exploratoires peu probants et l'abandon du projet ouzbek. Guelfi et Sagan se retrouvèrent au tribunal, pour expliquer l'origine d'une grosse somme d'argent reçue et non déclarée par la romancière. Françoise Sagan fut condamnée le

1. In *Aimez-vous Sagan*, Sophie Delassein.

29 janvier 2002 à une peine de prison avec sursis, et cinquante mille euros d'amende.

Francelet prit sa défense dans la presse, embrouilleur, mais toujours chevaleresque... En regard de cette grotesque affaire, l'image de la romancière se brouille, cupidité et lucre lui ressemblant si peu.

En réalité, Sagan se prenait pour une aventurière, elle s'était d'ailleurs comparée à Mata-Hari dans une de ses lettres à Mitterrand, et elle se conduisait comme une gosse lâchée dans un Monopoly grandeur nature. Plus que l'argent, elle aimait l'idée de se jouer du système, et de plumer les riches. Francelet fut un complice idéal en la matière.

Gerald Nanty a vu défiler des mariolles au cours de quarante ans de nuit. Francelet lui rappelle Belmondo dans *le Magnifique*. Il s'en méfie un peu, mais Sagan l'a adoré, il est donc intouchable...

« Françoise avait entendu dire que je connaissais tous les milieux », commence Francelet, très à son aise au bar de l'Hôtel Raphaël, bronzé, tout sourire. « Le Grand Banditisme, leurs avocats, les flics, le show-biz... On avait un ami commun, François Caviglioli, forte plume du *Nouvel Obs* avec lequel j'ai écrit trois bouquins "à la Pierre Rey" ; Françoise s'est rendue à l'enterrement de Jean Marvier, un grand journaliste des années 60, membre de la bande Jean-Loup Dabadie, Jean-Pierre de Lucovich, Caviglioli, Voldemar Lestienne. A la fin de la cérémonie, Pierre Bénichou m'a présenté à Françoise Sagan. Elle a eu l'air très intriguée, on a échangé nos téléphones, elle m'a appelé l'après-midi, et nous avons dîné le soir même.

J'ai présenté Zemmour à Sagan, elle était enchantée. Je lui racontais mes frasques heure par heure. Elle adorait ça et me les faisait répéter, en forçant sur les histoires de perdreaux, d'artiche et de pied de cochons chez Marie-Hélène de Rothschild. J'étais le bandit de service, le bouffon, j'en étais très conscient.

J'ai connu Nanty au Flore ; je travaillais avec René Château, nous nous occupions des relations publiques de Jean-Paul Belmondo. Gerald avait tellement d'humour et de repartie que René Château m'a dit "on devrait lui faire faire des dialogues de films !" C'était l'époque où Lebovici régnait sur l'agence Artmédia, le cinéma français était encore un sport à l'ancienne, on montait un film sur une idée, quatre phrases, si Jean-Paul donnait son feu vert, c'était parti. On a approché Gerald avec un sujet, mais il n'a pas pu aligner un mot, sa verve ne se déclenchait pas à l'écrit sur commande. Château était très déçu ! Gerald, Chazot, Le Luron, Sapritch, étaient les rois du Flore.

Je crois que si Nanty a tenu si longtemps dans la nuit, c'est grâce à son humour. Quand il a eu sa période "Francis Le Niçois", il jouait un peu avec le feu mais son esprit tenait en respect les voyous : ils n'en ont pas et ils l'admirent chez les autres. C'est immatériel, ça ne peut pas s'acheter ou se prendre de force. Francis aimait beaucoup

Gerald, il le protégeait sans jamais rien demander en retour. A l'époque, il y avait de ces équipes ! ! Mais les voyous ne se sont jamais attaqués à des pédés. Le Milieu n'allait pas rue Sainte-Anne.

Dans les années 70 personne ne touchait à Régine, à Nanty, à Castel ; ça brillait, c'était la crème de la crème... »

NEVERMORE...

« Vienne la nuit
sonne l'heure
des gens s'amusent
d'autres meurent »

Francis Blanche.

Pendant deux septennats, de 1981 à 1996, Gerald Nanty s'est mis en réserve de la République. Il a aimé. Il s'est désintéressé de la nuit. Elle changeait. Il ne la reconnaissait plus.

> « Autour de moi, les gens sortaient à condition de recevoir des stylos ou des téléphones portables. J'avais côtoyé les grands seigneurs de Paris, je ne voyais plus que des gagne-petit, prêts à se rendre en navettes dans des soirées promotionnelles... Mais chérie, une navette c'est pour mettre à son doigt, pas sous son cul ! »

Lorsque Nanty ressortit dans la nuit parisienne devenue gigantique, pognonesque, animée par des

« entrepreneurs » ou des « patrons » bronzés toute l'année, il crut retrouver le visage d'une amie d'enfance mutilé par la chirurgie esthétique.

Chacun était avec son clan, sa classe d'âge, sa niche, comme disent les démographes ou les sociologues. Autour des clubs, un invisible filet de protection empêchait le mélange, transformant la nuit parisienne en Polynésie où, d'île en île, la consanguinité accomplit son œuvre dégénérative.

La dépense en pure perte n'était plus de mode, l'absence de calcul passait pour une incongruité, une étourderie d'un autre âge. La nuit avait perdu son sens figuré de légèreté, de générosité...

« Ce qui manque à notre époque, c'est la gratuité. Faire quelque chose sans que les gens le sachent. Faire quelque chose pour rien, c'est grisant » disait Sagan l'experte en noctambulogie, il y a quinze ans...

La célébrité est désormais la nouvelle Religion de la nuit, l'appareil photo est son prie-Dieu, et la presse people règle la liturgie de la communion. La gratuité a été excommuniée.

Les époques ont les nuits qu'elles méritent. Une philosophie dérisoire préside à celle du XXIe siècle : « je suis flashé donc je suis ». Le paparazzisme, le racisme envers les inconnus, a tué la fantaisie, l'impulsion, l'improvisation. Il faut des retombées presse, du retour sur investissement, du retour sur ego. Les écornifleurs de la nuit ont remplacé les « snobnambules » désintéressés. La nuit est tombée bien bas.

Gerald Nanty est un champ de bataille. Le Passé et le Présent s'affrontent quotidiennement dans sa tête. Les légions du Passé ont la supériorité du nombre. Cet homme est nombreux. Tant de morts radieux et de fantômes labiles l'habitent. Hélas pour lui, les bataillons du Présent ont l'avantage d'être bien vivants. Ils ont toute la vie pour dénaturer la nuit au nom de leurs desseins arrivistes. Ils n'en comprennent pas la nature exigeante. La nuit déteste qu'on la prenne comme un sauteur, sans l'*envisager*, la considérer. Elle est orgueilleuse, et susceptible. Nanty le sait depuis toujours. Tel un prêtre, il sert la nuit ; tel le griot il la narre, la revisite, l'ordonne inlassablement, et la conjugue à un temps qui n'appartient qu'à lui. Un temps onirique, où fusionnent Antan et présent, vivifié par la parole. Le passé vivant de Nanty évoque les statues de Cocteau qui suivaient du regard le visiteur dans *la Belle et la Bête.*

Nanty résiste. Il est le dernier à vouloir faire la conversation et l'Histoire de la nuit. Le visitera-t-on bientôt comme une curiosité ? Tous les autres ne sont que des bruiteurs.

Malgré ses décibels, la nuit est devenue une gagneuse muette.

> « *Les quelques couples qui s'abandonnent, dans les fins de nuits parisiennes, aux pouvoirs de leurs vêtements et aux mouvements de leurs membres qui bougent comme les phrases imprimées des sermons de Bossuet (...), ces couples disent avec leurs*

gestes tellement sophistiqués qu'ils ont des allures de gibier, l'élégance des animaux qui consentent à s'enfuir, ils disent (...) que la civilisation n'est même pas mortelle, que la civilisation est un moment de fatigue heureuse, et qu'il faut aller se coucher. »
(*Le Pitre*, François Weyergans.)

FRÉDÉRIC BOTTON

« Tous les hommes sont des poupées... »

Chanson réaliste de Frédéric Botton.

Nanty est revenu à la nuit comme on revient à la raison, il y a dix ans. Il s'est réveillé un matin dans son appartement trop capiteux, trop rouge. Son robuste corps de bûcheron était empapilloté dans son pyjama, conséquence de l'abus de sucre, de sommeil, d'interminables vacances d'instituteur, de bons vins, de procrastination ; mais sa détente au saut du lit était celle d'un homme perpétuellement aux aguets. Nerveux, nervif. Il a bu son café Corcellet, parcouru son courrier, puis la presse, regardé ses mains jouer mécaniquement avec la tartine beurrée, des mains d'homme, une nourriture d'écolier, huit heures du matin, pas un horaire décent pour un forçat de la nuit. *Qu'est-ce qui cloche dans ma vie* ? Il a gagné sa salle de bains, échangé la robe de chambre à motif cachemire bleu nuit pour un kimono, seulement une demi-heure écoulée depuis son réveil, *qu'est-ce que j'ai, qu'est-ce qui ne va pas aujourd'hui ?* Il a regardé son visage dans le miroir, et une anomalie l'a frappé : ce teint frais, ces pattes-d'oie timides, cet air lisse, reposé, poupin, c'était la tête d'un guichetier d'administration, pas celle d'un mystique de la nuit. Il a soupiré, s'est pincé, *est-ce que je suis un mort-vivant ?* Il a adressé une grimace à son reflet, pour la première fois depuis cinquante ans, petit il se trouvait laid, aujourd'hui il se trouve absent, abandonné derrière lui, désaffecté. Seul, un décor silencieux. La grimace était sévère comme une mise en demeure. *Ressaisis-toi ma vieille*, cerne-toi, ride-toi, trempe-toi dans le bain sale, voluptueux et revigorant de la nuit. « Reviens, déserteur » s'est-il dit, « tu dormiras quand tu seras mort ».

Et il a composé le numéro de téléphone de son petit Botton.

Roux comme un sous-bois en automne, fragile et frileux comme un cèpe, insomniaque, fidèle, spirituel, le compositeur Frédéric Botton est un gourmet de la nuit. Il évolue depuis cinquante ans dans tous les cercles, se sent à l'aise dans toutes les coteries nocturnes et diurnes. Recherché pour sa discrétion, sa drôlerie et ses doigts agiles aux cartes ou sur les touches d'un piano, il était très lié à Françoise Sagan, sa « pomme allumette ». Le jeu, la musique et les farces les rapprochaient.

Botton a vendu en 58 sa première chanson, « Rue du chien qui fume », à Barbara, écrit « Les pingouins » pour Juliette Gréco, « La Grande

Zoa » pour Régine, quelques pitreries pour Alice Sapritch, Manouche[1] et Nathalie Rheims, et des dizaines de chansons pour les revues de Jean-Marie Rivière à l'Alcazar. Nanty et lui ne se quittent plus depuis quinze ans.

« Ils sont tous morts, du sida, du cancer, de trop d'alcool, de trop de colère ou de tristesse », chevrote Frédéric Botton. « Nanty et moi nous sommes rapprochés comme des rescapés sur un radeau. Il n'est pas dans la nuit pour gagner de l'argent mais pour s'amuser et recevoir des amis. Il se réveille vers deux heures de l'après-midi, comme Jacques Chazot. Il me téléphone une demi-heure après, me raconte la soirée de la veille, énumère un parterre de gens invraisemblables. Je lui dis "tu es sur quelle chaîne ?", nous rions. Il me dit "tu ne veux pas qu'on aille prendre un petit chocolat au Flore ?" Nous allons nous y asseoir de temps en temps. Deux spectres. »

Ils trouvent que le Flore n'est plus que l'ombre de ce qu'ils ont connu sous Boubal. Mais en vérité, c'est la vie qui est devenue l'ombre de ce qu'elle était...

---

1. « *Où sont passés tous mes lingots ?*
Du temps où je roulais Talbot
mes gigolos et mes maquereaux sont en cavale...
Où sont mes vieilles chansons d'Tino
de Marseille ou bien d'Ajaccio... »
Frédéric Botton pour rire.

2006. A quatre heures et demie du matin, Nanty l'ascète n'a toujours pas touché un verre d'alcool. Il fait semblant, pour faire plaisir à ses amis les hydropathes, mais il boit de l'eau en cachette. La nuit n'est plus vraiment dévergondée. Elle verse dans le vice par devoir de mémoire, pour rester à la hauteur de sa réputation.

« La drogue a tué l'alcool. » On trinque à l'o. Le « o » de Mojito.

Emmanuelle Seigner, l'Actrice Chanteuse au beau regard de lit défait, débarque avec des amis et un ours en pyjama. L'énergumène s'appelle Julian Schnabel, il est le Réalisateur Star de passage à Paris pour y tourner un film en langue française.

Schnabel ne s'habille qu'en pyjama. Nanty l'apprendra à la fin de la soirée. Pour l'instant, il s'interroge : l'Américain est-il un lève-tôt ou un couchetard ? Et le lui demande sans détour.

« I am just a big lazy man » explose de rire le Réalisateur Star qui se plante devant un dessin érotique de Bernard Buffet.

« Bouffet ? »

« Si si, Bouffet », hispanise Nanty. « A friend of mine. »

Le Réalisateur Star fut une vedette de la peinture des années 80. Il observe attentivement Nanty pour la première fois depuis son arrivée.

« Andy Warhol, a friend of mine, said : there is a great painter in France, his name is Bernard Buffet. »

Trois verres de champagne arrivent sans que personne ne les ait demandés.

UN BUFFET AU MATHI'S

« En 95 » se souvient Nanty, « Sagan me disait sans arrêt "ouvre donc un bar avec trois tables de restaurant, nous ferons des dînettes entre nous". Une après-midi, nous sommes partis avec Botton faire notre petit tour de retraités rigolards, et en passant rue de Ponthieu, Françoise a gloussé. "J'ai amené quelques coquins là-dedans !" La résidence Matignon était un hôtel de rendez-vous... Nous sommes entrés, avons palabré avec le gérant, nous sommes ébaubis devant le bar immonde en carrelage coquille d'œuf, les fauteuils mauves et le restaurant de couscous cachère adjacent, "Chez moi", tenu par Danielle Mori. Françoise m'a dit "C'est pour toi !" On était à l'automne 96.
Botton bichait "En voilà des excès en prévision !"
On a pensé appeler le bar La Chamade. Puis La Loge. Françoise a suggéré des noms de chien. Banco faisait trop casino. Mon chien s'appelait Mathis, en souvenir du plus beau garçon que j'ai vu de ma vie, au Bar de l'Ormeau à Ramatuelle, un minet en pleine pavane...
Le Mathi's a ouvert sans permission de nuit avec Bernard Buffet pour parrain et la Petite pour marraine.

J'ai connu les Buffet en 70 grâce à Luc Fournol[1]. Bernard s'est suicidé en 1999, ne supportant pas d'être diminué par la maladie de Parkinson. Annabelle est morte le 3 août 2005. Elle m'apportait à chacun de mes anniversaires un dessin de Bernard ; en 1971 elle a donné un récital de chansons de Queneau, Prévert et Frédéric Botton pour l'inauguration du Colony... Joséphine Baker est venue la voir chanter... »

L'autre B. B., le « phénomène dévorant » de la peinture moderne, comme le qualifiait la presse parisienne de l'après-guerre, a enflammé la France de 1948 à la fin des années 50. Reçu à quatorze ans à l'Ecole nationale des beaux-arts, élève dans l'atelier de Narbonne, l'adolescent fasciné par Rembrandt, Géricault, Courbet et David trouva très vite son style : un figuratif-tragique témoignant d'une désespérance postconcentrationnaire, stigmatisant un monde sans Dieu, même si Buffet était un mystique, « son acharnement au travail étant sa façon à lui de prier » selon l'intuition d'Annabel Buffet.

---

1. Luc Fournol fit la première photo de presse de Bernard Buffet pour le magazine *Art* en 1948. Fournol devint l'ami du peintre, et comme Robert Capa avec Picasso, il poursuivit au fil des ans un dialogue admiratif ponctué de photos et de publications. Lors d'un week-end à Saint-Tropez, Fournol était tombé amoureux du visage aux yeux très écartés de la toute jeune Annabelle Schwob, alors inséparable de Juliette Gréco. Elles étaient l'une et l'autre les égéries des existentialistes, et passaient leur vie dans les caves de la rue Saint-Benoît, d'où un teint lunaire, verdâtre, si photogénique. Fournol fit faire des photos à Annabelle et lança sa carrière de mannequin. Puis il lui présenta Bernard Buffet.

En 1947, Raymond Cogniat, le conservateur du musée d'Art moderne de Paris, lui acheta une toile, *Nature morte au poulet*, pour les collections du Musée. Le peintre n'avait pas tout à fait vingt ans lorsqu'il signa en 48 un contrat d'exclusivité avec le marchand Emmanuel David. Après Georges Rouault et Francis Gruber, le monde de l'art tenait un nouveau « misérabiliste », mais celui-ci était un phénomène de jeunesse, de ténacité, et de productivité : à vingt ans, Bernard Buffet explosa. François Mauriac loua dans *l'Express* cette représentation de « la tristesse de l'homme devant un monde spirituel mort ». Buffet reçut en 1948 le prix de la Critique, ex aequo avec Lorjou. Au milieu des années 50, Buffet était devenu une véritable star. Aragon osa écrire en 53 : « Le paysage a quatre siècles et Bernard Buffet vingt-quatre ans. » La presse ne manqua pas de l'associer à Françoise Sagan lorsque *Bonjour tristesse* parut en 54, estimant que la France de l'après-guerre « avait deux enfants tristes, Sagan et Buffet ». Ils étaient amis. Buffet, qui prit longtemps des amphétamines et qui aimait l'alcool, comprenait mieux que personne les addictions de Sagan. Lorsqu'elle devint dépendante de la morphine à la suite d'un traitement médical au Palfium 875, Sagan rédiga *Toxique*, écho à *Opium* de Jean Cocteau. Bernard Buffet, qui aurait pu prendre à son compte ces « Je me dis au revoir » ou « La maladie est la pire chose », illustra l'ouvrage de vanités et de visages exsangues. A l'instar de Sagan, Buffet avait été précoce. Le petit Bernard surnommé « Kiki » peignait ses premières toiles à dix ans, écrivait des histoires échevelées à douze. Il était lui aussi issu de la bourgeoisie cossue du XVIIe arrondissement de Paris. Comme celui de Sagan, son travail était une réaction à la faillite du système de valeurs morales et philosophiques de la génération précédente, la génération qui découvrit Auschwitz. Mais tandis que la romancière avait élu la frivolité et un humour désinvolte comme seules parades possibles au désespoir, Buffet tendit à l'homme de l'après-guerre un miroir anxiogène. Ses tableaux étaient autant de commentaires glaçants sur la condition de l'homme après Hiroshima, qui disqualifiait la couleur, la volupté et la sensualité. Avec ses épais traits noirs rageurs et mortuaires, évoquant du fil barbelé ou une traînée de maquillage charbonneux sur les joues d'un clown pathétique après une crise de sanglots, Buffet figurait à sa façon le constat de Hannah Arendt : « Le progrès et la catastrophe sont l'avers et le revers d'une même médaille. » Il exprimait ce que ressentaient les survivants. Il était en résonance absolue avec le Zeitgeist. Le trait tranchant, aigu, les visages décavés, évidés par la souffrance, les corps étiques, crucifiés, on les *reconnaissait.*

Le grand ordonnateur de cette fulgurante ascension s'appelait Pierre Bergé. Né en novembre 1930, il fut également précoce. Monté à Paris à dix-sept ans, il désirait rencontrer des artistes. La collision avec son premier spécimen fut brutale : Jacques

Prévert chuta d'une fenêtre aux huisseries défectueuses sur le dos de Pierre Bergé le 12 octobre 48 tandis que celui-ci marchait sur les Champs-Elysées. Le poète resta quelques jours dans le coma, le futur homme d'affaires en tira une anecdote. A dix-neuf ans, Bergé fonda un journal, *la Patrie mondiale* (qui n'eut que deux numéros), se tailla une réputation de pacifiste estampillée par Maurice Rostand, et commença à côtoyer Aragon, Cocteau, Camus, dans les cafés estudiantins, les dîners en ville, ou les établissements dédiés à Corydon ; il fut brièvement courtier « itinérant » en livres d'occasion, et rencontra Bernard Buffet à Saint-Germain-des-Prés, « dans un café de la rue de Seine aujourd'hui disparu, chez Constant[1] ». Il avait deux ans de moins que le peintre mais, jeune « homme pressé » dans une acception morandienne, qui se rêvait Laurent de Médicis ou rien, et saurait tisser l'un des plus fabuleux réseaux politico-mondains de l'après-guerre, Bergé faisait preuve à dix-huit ans d'un si grand pragmatisme et d'une telle intelligence des rapports humains qu'il en avait acquis un droit d'aînesse sur Buffet. Bergé aima et devint le meilleur ambassadeur du peintre à partir de 1950. Dans une monographie publiée en 58 chez un éditeur suisse, Bergé décrit Buffet comme « l'être le plus réservé, le plus modeste, le plus timide qu'on puisse imaginer, d'une sensibilité qui lui vient d'une enfance

1. In *Les jours s'en vont, je demeure*, par Pierre Bergé, Gallimard.

bouleversée et d'une adolescence angoissée », le comparant encore à un chat frileux et solitaire.

La Galerie Maurice Garnier organisa la première rétrospective Buffet en 1958. Ce fut une année charnière dans la vie du peintre : Bernard Buffet et Pierre Bergé assistèrent en janvier à la première collection du très jeune Yves Saint Laurent qui succédait à Christian Dior, disparu un an auparavant. De son propre aveu, Bergé ne connaissait rien à l'univers de la couture. La collection historique, féerique, Goya-esque et moderne était « miraculeuse » selon le *New York Times*. Elle inaugura la ligne Trapèze avec les tailleurs et les robes « Café de Flore », « Bonne Conduite », « Air France » et consacra « Idole of Paris » un long jeune homme languide de vingt et un ans. En février, une robe Trapèze, dessinée par Bernard Buffet et réduite à l'état de squelette idéal, fit la une de *l'Express*, assortie d'un commentaire subgjugué du peintre sur le travail du couturier. Bergé a-t-il organisé cet hommage pour se rapprocher de Saint Laurent ? Au cours de l'été 58, dans une délicieuse symétrie digne de Feydeau, Pierre Bergé quitta Bernard Buffet pour Yves Saint Laurent, « le jeune homme aux yeux pervenche », au moment où Buffet se préparait à informer son compagnon de sa liaison avec Annabelle Schwob.

Les Buffet se marièrent à l'automne.

Pierre Bergé fonda la maison Yves Saint Laurent en 61.

Bernard Buffet connut une progressive désaffection de la critique ; le Pop Art, le Nouveau Réalisme, donnaient un coup de vieux à son travail jugé daté, ringard, refusant toute évolution, et trop commercial. Sa cote montait, surtout au Japon, mais son image chutait. A sa mort, en 1999, Bernard Buffet a laissé huit mille tableaux.

Gerald Nanty se souvient d'un dîner mémorable avec Bernard Buffet où le burlesque le disputa au ridicule...

> « Le Colony avait beaucoup de succès, le *Herald Tribune* avait publié une chronique intitulée "La Colonie (!) and The Bronx : gaiety and darkness..." Alain-Philippe Malagnac qui papillonnait dans les relations publiques des deux établissements était désormais un jeune homme lancé. Au sommet de sa mégalomanie, il possédait trois Rolls : une Phantom, une Silver Shadow noire avec intérieur vert bouteille et une Corniche bleu marine, intérieur blanc. Je crois qu'il était surnommé "Spirit of ecstazizi"... Il voulut "s'installer", réflexe de cocotte parvenue, et loua un hôtel particulier de 400 m^2 à Neuilly pour loger son jeune gigolo, un blondissime roucouleur à la moue tantalienne qui fit trois 45 tours dans sa vie. (Lorsque Alain-Philippe le quitta pour Amanda Lear, le pauvre chou harcela longtemps Amanda, criant sur son passage et sous ses fenêtres "tu m'as volé mon mari !".)
>
> Malagnac fit décorer son pied-à-terre par Jacques Grange, et demanda à Roger Peyrefitte de lui

présenter l'antiquaire Ratton, spécialiste en Arts Premiers et en trésors exorbitants. Une fois l'hôtel terminé, il fallait le montrer, donner des dîners ! Roger avait le carnet d'adresses...
Des invitations furent lancées pour un dîner réunissant la Princesse Soraya, la seconde épouse du Shah d'Iran répudiée pour stérilité, sublime ce soir-là avec ses faux airs d'Ava Gardner et ses vrais diamants de dix carats chacun aux oreilles, Dewi Soekarno, la veuve du dictateur indonésien Ahmed Soekarno, les Buffet, et moi. La semaine précédant son entrée dans le monde, Alain-Philippe avait acheté avec fébrilité de l'argenterie, et, faute de groom ou de "tigre" attaché à sa personne, il avait loué pour la soirée une vieille ganache déguisée en Majordome.
Le soir venu, l'hôtel particulier était illuminé comme une sous-préfecture de province, c'était César Birotteau recevant le Gratin ! J'arrive avec les Buffet, on visite, le Majordome annonce d'une voix sépulcrale "Madame est servie" aux deux garçons, et le cortège entre d'un pas solennel dans la salle à manger d'une taille de patinoire olympique. Au bord du fou rire, j'aperçois deux trônes à chaque extrémité de la table. Malagnac et son gigolo y prennent place. L'un porte un smoking blanc, l'autre un smoking noir. J'ai une pensée pour les caniches de Valentino... Soudain, je vois sur le mur deux tableaux de 2,50 m de haut par 1,50 m de large, deux immenses portraits grandeur nature des maîtresses de maison signés Bernard Buffet, en réalité des contrefaçons !
Deux faux Buffet devant le vrai Bernard Buffet qui s'est figé, n'a plus ouvert la bouche et a quitté la table sitôt l'entremets débarrassé, mâchoires soudées.

Le lendemain Bernard exigeait que les toiles soient apportées chez lui, 58 avenue Montaigne, qu'elles soient découpées dans sa cuisine, et brûlées.
Le surlendemain, Roger protestait qu'il n'était pas au courant de la supercherie (mais son œil riait).
La semaine suivante, il est allé acheter un tableau à Bernard en lui demandant d'excuser la bêtise du gosse...
Or, Roger venait de publier en janvier 75 un récit biographique sur Fernand Legros, *Tableaux de chasse*[1].
Joueur plus que truqueur, Roger avait demandé à Fernand Legros de faire exécuter deux faux. Qui était le contrefacteur des Buffet ? L'ancien "esclave" de Legros, Elmyr de Hory ? Ou l'amant de celui-ci ? Je ne l'ai jamais su. »

Gerald Nanty avait été à deux reprises la bonne fée littéraire de Roger Peyrefitte : après lui avoir présenté Manouche, dont la biographie tira à 600 000 exemplaires en 1972, il récidiva avec Fernand Legros. Marchand de vrais-faux tableaux dès l'après-guerre, mythomane endurci, ancien agent de la CIA, français de naissance, américain par mariage, père de famille et homosexuel patenté, follement culotté, vulgaire, drôle, et charmeur, Legros écuma les nuits parisiennes dans les années 70. Il circulait en Rolls, le hochet du parvenu, conservait ses panamas ou ses galurins informes en toutes circonstances. Si ses lunettes

1. *Tableaux de chasse* : Ed. Albin Michel.

fumées ne le signalaient pas suffisamment à l'attention, ses houppelandes en poils de singe, en chèvre ou en vison, assorties à sa barbichette poivre et sel, prenaient le relais. Les pochettes en crocodile, les cigares larges comme des défenses d'éléphant, et les breloques de pope orthodoxe échoué dans une communauté hippie de Goa parachevaient le tableau. Legros était voyant. Et depuis 1970, soucieux. Un milliardaire texan soi-disant roulé dans la farine par le marchand, avait porté plainte contre lui (une rumeur persistante voulait qu'ils soient en cheville, et que la mascarade des poursuites judiciaires représente le prix à payer pour les comptes anonymes en Suisse...). Parallèlement, Interpol, le FBI et la police française préparaient leurs banderilles. Legros était cerné.

Avec son flair légendaire, Nanty sentit que Roger Peyrefitte pouvait s'intéresser au personnage, et lui consacrer un livre. Fernand Legros bondit sur l'opportunité de devenir un personnage « littéraire » ; il avait des comptes à régler avec deux des plus rocambolesques faussaires de l'après-guerre. Et qui mieux qu'un faussaire, pour savoir que « nous ne savons rien car la vérité est au fond de l'abîme » ?

En 1970, Elmyr de Hory, un contrefacteur de génie dont l'identité elle-même était diffractée en une dizaine d'identités différentes[1], s'était vengé

1. *Identités d'Elmyr de Hory...* : Louis Cassou, Joseph Dory, Joseph Dory-Boutin, Baron E. Hoffman, Elmyr Raynal, Elmyr Houry, Elmyr Herzog...

de son associé Fernand Legros dans un livre intitulé *Fake !*, publié aux Etats-Unis. La publicité pour l'escroc français fut désastreuse... Hory était né à Budapest en 1905. Elève et ami de Fernand Léger à Paris à la fin des années 20, emprisonné dans un camp de concentration pendant la guerre en tant que juif et homosexuel, il était le spécialiste mondial en Matisse, Picasso et Modigliani lorsqu'il rencontra Legros en 1958 à Miami, terre d'élection pour pêche au gros du gogo milliardaire. Hory travailla pour Fernand : il peignait, Legros vendait. L'association de malfaiteurs se lézarda au fil des ans à la suite de différends financiers. En 1962, Hory vivait à Ibiza, exploité par Legros : Elmyr de Hory déversa sa bile à son voisin de *calla*, l'écrivain américain Clifford Irving. Chasseur de jeunes et belles héritières, Irving était l'homme parfait pour rédiger *Fake !, Vérités et mensonges* qui parut en 69 : faussaire lui-même, Irving avait fabriqué de faux documents manuscrits dans lesquels le milliardaire Howard Hughes, connu pour sa paranoïa, lui commandait son hagiographie ! L'imposture de l'affaire Hughes éclata en 72, Irving avoua et fut condamné à quatorze mois de prison... Lorsque Fernand Legros eut vent de la supercherie, il porta plainte contre Clifford Irving et réclama 55 millions de dollars pour « dommages punitifs », avec un merveilleux argument à mi-chemin du syllogisme enfantin et de l'échantillon de pensée jésuite : « Puisque Irving a bidonné son livre sur Howard Hughes, il a forcément usé des mêmes méthodes dans *Fake !*, ce qu'il écrit sur moi est donc de la diffamation. » Legros fut débouté et se vengea en accablant Hory dans le récit que publia Roger Peyrefitte en 1975, *Tableaux de chasse ou la vie extraordinaire de Fernand Legros.*

On dit que l'art imite la vie. Dans le cas de la guerre livrée par les deux faussaires, ce jeu de miroirs où plus personne n'était capable, ou seulement désireux de démêler le faux du vrai, un cran supplémentaire fut franchi avec le film qu'Orson Welles réalisa en 1974, *F for Fake.* Vrai-faux documentaire sur Elmyr de Hory, et film testamentaire de Welles, grand amateur d'impostures[1], *F for Fake* joue de façon appuyée avec l'idée du vrai et du faux, noyau dur et métaphore du film, qui emploie la manipulation comme excipient de la vérité : l'artiste et le faussaire sont les deux faces d'une même pièce, et tout le reste est illusion, le film, l'art, et la recherche de la vérité...

Elmyr de Hory est mort le 11 décembre 76 à Ibiza, officiellement d'un suicide aux narcoleptiques ; personne n'y a cru. Pour les uns, il fut empoisonné, pour les autres, le faussaire aurait réussi le plus beau coup de sa carrière, truquant sa

1. *Amateur d'impostures...* : Orson Welles démarra sa carrière dans le divertissement à grande audience populaire en mars 1938 avec une émission de radio diffusée sur CBS où il adapta *la Guerre des mondes* de H.G. Wells, et terrorisa l'Amérique qui crut que l'invasion des Martiens se produisait en direct. Accidents, exodes, tentatives de suicide et désorganisation momentanée du pays en résultèrent.

mort et ses funérailles pour vivre enfin dans la vérité de l'anonymat...

Fernand Legros est mort en 1983, après un procès guignolesque, et une condamnation à deux ans de prison. Le livre de Roger Peyrefitte fut un échec en librairie.

L'auteur des deux portraits d'Alain-Philippe Malagnac et Guy Bonnardot « par » Bernard Buffet est vraisemblablement le dernier compagnon et factotum de Fernand Legros.

ALEXIS DE RÉDÉ

Gerald Nanty a connu le dernier personnage proustien de Paris à l'époque des barricades de mai 68. Il fut la fleur la plus précieuse du Mathi's...

« J'ai rencontré Alexis de Rédé au Nuage. Il venait souvent admirer mon barman, Christian. C'était un être à part. Le dandysme donnait un sens à sa vie. Dans les années 80, il ne sortait qu'avec Marie-Hélène de Rothschild, son âme sœur. A sa mort en 1996, Alexis était inconsolable. Lorsque je lui ai annoncé que j'ouvrais un restaurant de poche, le Mathi's, il m'a prodigué des conseils pour l'éclairage ("doré, rien au-dessus de vingt-cinq watts, les femmes doivent sourire face à leur poudrier"), la décoration ("rouge, pour accélérer la conversation, ou marron glacé, c'est élégant et invisible"), la cuisine : "Gerald, œufs brouillés à la truffe, c'est un grand classique, vous n'aurez besoin de rien d'autre, soyez radical." Il venait dînotter toutes les deux semaines avec son amie de cœur, Charlotte Aillaud. Tous deux chuchotaient, picoraient des œufs mimosa et buvaient du Chasse-Spleen ou du champagne. Il avait sa table, la première en entrant à droite. Il l'a toujours... J'ai fait poser une petite plaque au-dessus de la table Rédé, parce que je suis un homme sentimental, et qu'il fallait au moins ça pour honorer la mémoire d'un visiteur aussi fidèle. »

Longtemps, ceux qui sont venus dîner au Mathi's à l'heure où les enfants s'attablent, y ont croisé un homme d'un autre temps. En présence d'Alexis de Rédé, le truculent Nanty se faisait toute petite fille à la voix flûtée, attendrissant dans sa détermination à protéger d'un courant d'air ou d'un éclat de voix coruscant son trésor de poupée ancienne. Frêle, assis bien droit sur la banquette de l'entrée, ses antiques membres de cristal aux longues et fines attaches repliés précautionneusement contre son buste, *« le visage et la voix mangés par l'usage de la nuit*[1] », le baron de Rédé vous transperçait d'un regard dans lequel se lisaient de la curiosité, de la lassitude et cette bonté un peu aveugle qu'il est si facile de manifester aux inconnus qui le resteront, parce qu'on n'a plus la force de nouer une nouvelle relation si près de la tombe. A côté de lui, une femme à l'élégance estampillée Saint Laurent promenait un regard perpétuellement ironique sur les dîneurs. Toujours la même mais pas la sienne : Charlotte Aillaud était la compagne vespérale d'un très vieux monsieur qui fut toute sa vie adoré par les femmes de tête riches

1. *Ode à Marcel Proust*, Paul Morand, 1915.

et cultivées, alors qu'il préférait les hommes, éphèbes ou Jésus-la-caille.

Assis côte à côte sur la banquette, superbes exilés d'un pays et d'un temps dont on a aujourd'hui un peu de mal à concevoir la perfection et les sortilèges, Alexis et Charlotte ressemblaient à deux voyageurs munis d'un indicateur de chemin de fer périmé, et c'était tant mieux car on devinait que le train qu'ils avaient raté, ce soir, les aurait conduits vers le Léthé plutôt que vers Cythère. L'élégance de Rédé était assourdie, mate ; elle en était d'autant plus éclatante. Il portait une fleur à la boutonnière ; il s'appuyait sur une canne à pommeau spécialement sculpté pour lui par Lalique ; il avait été le plus munificent, et le dernier des grands seigneurs internationaux de Paris. Un Paris féerique, élégant, dont les acteurs s'appelaient Noailles, Beistegui, Beaumont, Polignac, Faucigny-Lucinge, Rubirosa, Rothschild, Ribes, Weisweiller, Mortemart, Saint Laurent, Cocteau, Florence Gould, Paul Morand, Elsa Schiaparelli, Hélène Rochas... Une Atlantide définitivement engloutie à la fin des années 70...

La vie d'Alexis de Rédé, que la romancière Nancy Mitford surnommait « La Pompadour d'aujourd'hui », se déroula dans une immense aisance financière qui l'autorisa à collectionner objets, paysages et êtres d'exception. Sa vie commença pourtant sous le sceau de la tragédie, rejoignant en cela le destin du peuple juif de Mitteleuropa ; né Alexis von Rosenberg en 1922, d'une mère neurasthénique qui mourut alors qu'il n'avait que neuf ans, et d'un père juif tchèque-autrichien qui se suicida après l'invasion de l'Autriche par Hitler en 38, l'adolescent endura d'incessantes agressions antisémites verbales, dans le cadre du collège soi-disant le plus huppé du monde, Le Rosey, à Rolle, en Suisse. Orphelin de père et de mère à seize ans, seul au monde, le jeune Rosenberg décida de fuir une Europe sur le point de basculer dans la nuit, et appareilla pour l'Amérique en 39. Il vécut quelque temps à Hollywood, chichement, avant d'être tendrement « adopté » par le milliardaire chilien Arturo Lopez-Wilshaw qui lui procura une providentielle assise financière. Le Roi du Guano avait édifié sa fortune sur les déjections d'oiseaux recyclées à des fins énergétiques et agricoles. *Non Olet*, l'argent n'a pas d'odeur...

Rédé était alors d'une grande beauté ; les clichés en noir et blanc conservés par Charlotte Aillaud révèlent un visage de faune, des lèvres ourlées, un sourire légèrement cruel, digne des jeunes hommes apolloniens photographiés dans les années 30 par George Hoyningen-Huene. Installé en France après guerre, Rédé décida de se réinventer en s'élevant à la force de son style. Il reprit le titre de noblesse octroyé à sa famille en 1916 par l'Empereur François-Joseph, et devint un des ordonnateurs les plus brillants et fastueux de la vie mondaine européenne, avec le soutien de Arturo Lopez, qui se partageait entre sa femme, Patricia

Lopez-Huici, et son protégé. Le trio poussait même l'urbanité, sans laquelle toute vie, simple, double ou triple, est un enfer, jusqu'à faire des longues croisières sur la *Gaviota*, un ketch somptueusement aménagé par le vieil ami de Gerald Nanty, Georges Geffroy, l'Inc'oyable (et inéna'able...) décorateur de Marie Laure de Noailles. Alexis de Rédé fit restaurer l'Hôtel Lambert, ce joyau Grand Siècle de l'île Saint-Louis construit sous Louis XIV par Louis Le Vau, l'architecte de Vaux-le-Vicomte. Le geste de Rédé envers son pays d'adoption constitue une grandiose stèle érigée par l'esthète à sa propre gloire. Il s'installa à l'Hôtel Lambert en 1949 et incita ses amis Marie-Hélène et Guy de Rothschild à l'acquérir ; ils le firent de bonne grâce, car il était impossible de ne pas exaucer un homme dont la vie tout entière était placée sous le signe du plaisir partagé. Ils y vécurent tous trois jusqu'à leur mort.

Des fêtes sardanapalesques virent converger au 1 quai d'Anjou toute la jet-society mondiale, qui n'était pas encore composée de parvenus tapageurs ; le Bal Beaumont en 49, le dîner de Têtes de 1956 ou le Bal Oriental de l'hiver 69 figurent aujourd'hui dans les annales scintillantes de la Dolce Vita parisienne.

Selon Charlotte Aillaud, « Alexis de Rédé était un anachronisme saint-simonien. Les détails de sa vie étaient stupéfiants ; il partait en voyage avec sa lampe de chevet, ses oreillers et son linge brodé par une rugueuse camériste espagnole ; tout était enveloppé dans du papier de soie ; l'hôtel était paramétré à l'avance, visité, redécoré si besoin était… Merveilleux voyageur, il se taisait dans toutes les langues. Il était un curieux mélange de réserve, de dérision, et de snobisme. Il se moquait de lui et détestait les gens qui se plaisaient trop. Il avait surtout l'œil absolu.

A neuf ans, il a reçu son premier argent de poche. Il a économisé pour s'acheter une petite chaise de style viennois qu'il a toujours gardée, comme un talisman.

Il n'était pas extravagant ou excentrique, mais jusqu'au-boutiste dans le raffinement de la mise en scène. Il avait l'imagination des autres et souhaitait que je lui raconte la vie. Il avait besoin de l'intercession d'un narrateur, peut-être n'était-il pas sûr de vivre une vie tout à fait humaine. Avec lui, la frontière entre la féerie et le réel devenait poreuse.

"Raconte-moi la soirée, la ville, le paysage…

— Mais tu y étais, Alexis !

— Oui mais raconte-moi, dis-moi ce que tu as vu…"

Un quart d'heure avant sa mort, nous étions à l'Hôpital Américain où il subissait un contrôle avant un safari en Afrique. Je suis entrée dans sa salle de bains pour me donner un coup de peigne, j'ai entendu un fracas de verre, il s'était effrondré sur lui-même comme un château de cartes. Il fut réservé, et ordonné jusque dans la mort.

Alexis avait beaucoup insisté pour que Gerald ouvre le restaurant à côté du bar le Mathi's. Nanty l'intéressait, sa longévité, sa spontanéité lui plaisaient. »

Rédé, dont le visage frappait par sa moitié supérieure levantine – lourdes paupières sensuelles tombant sur les yeux – et sa bouche gourmande, presque féminine, a fasciné Marie Laure de Noailles. Elle avait confié à son propos à Bernard Minoret : « J'ai couché trois fois avec Alexis. La première fois dans un lit. La seconde entre deux portes. La troisième, il n'est pas venu. »

Le lapin lui aurait-il inspiré le début d'un petit sonnet :

> *« Alexis il neige*
> *je m'enneige d'amour... »*[1] ?

Y eut-il seulement lapin, ou lièvre des neiges ? Ni la vicomtesse, connue pour s'infatuer d'homosexuels inflexibles, ni le baron, porté vers les hommes, n'étaient dupes d'eux-mêmes. Jeune homme « aidé » devenu un homme d'affaires avisé, Alexis de Rédé avait un métier qui n'est pas répertorié dans les ennuyeuses chambres de commerce : faire de sa vie une œuvre d'art. Or, les œuvres sans spectateurs sont orphelines, et Alexis de Rédé avait eu son content de chagrin et de solitude dans sa jeunesse : très logiquement, la grande occupation de sa vie, son hobby, si l'on préfère, fut de faire l'amitié.

---

1. *Marie Laure de Noailles,* Laurence Benaïm.

Suivre du doigt les filaments de lumière, de sel lacrymal ou de sang qui relient les événements les plus disparates de nos vies pour en révéler le sens, le motif caché dans la tapisserie, nous le faisons à froid et *a posteriori*, dans le silence de la paix revenue, après que les chagrins ont épuisé toutes leurs ressources. Aujourd'hui, Gerald devine que la mort de sa mère l'a privé du plus grand amour de sa vie, et qu'elle a tué dans l'œuf le besoin d'une famille biologique. Sa mère incarnait à elle seule *la* famille, *la* parentèle. Déesse plurielle, océanique et nourricière, joueuse comme une sœur, indulgente et complice comme une aïeule, punitive comme un *pater familias*, Alice exerça une tyrannie d'amour si absolue sur Gerald qu'elle l'empêcha de prendre vraiment au sérieux la moitié masculine de l'humanité, à commencer par son papa.

Aussi cet homme de la nuit n'a eu de cesse, depuis sa seizième année, de se constituer une famille de cœur avec ses camarades et clients, en réponse inconsciente mais parfaitement symétrique à la mort de Maman. Une famille d'enfantines octogénaires, de jeunes gens trop mûrs, d'ogresses et d'orphelines, d'homosexuels persécutés ou assumés, honteux ou transparents, d'indéterminés adorant se faire materner, pour lesquels Gerald est devenu à son tour une fabuleuse créature polyvalente qui aime à sa manière bourrue, houspille et console l'oiseau mazouté, parfois même exile pour cause d'ingratitude ou de trahison. Il est un homme-foule, une famille à lui seul, un animateur, un ani*maman*.

Choisir la nuit, c'est opter pour l'enfance et le féminin.

Le jour est masculin. C'est le temps du travail, de l'argent, de l'effort, de la production, le règne des valeurs patriarcales, bourgeoises, masculines. La nuit libère la dépense, le jeu, la liberté, la fantaisie, la tendresse dispensée au premier sourire venu, l'envie de plaire... La nuit de Gerald, c'est le royaume de Alice ressuscitée. En devenant un homme de nuit, une belle-de-nuit, « a four o'clock » comme disent les horticulteurs anglais, Gerald a-t-il eu conscience de barrer le monde de son père, offrant ainsi à sa mère une continuation spirituelle, une vie invisible lovée à l'intérieur de lui-même, dans l'univers capiteux, parallèle, presque féerique dont elle rêva pour elle et son fils ?

Le motif dans la tapisserie... Et si le Mathi's était la matrice finale de ce processus mystérieux au cours duquel Gerald est devenu le roi, et la mère, de la nuit ? Ce nom, « Mathis », ne rime-t-il pas avec Alice ? Ne devine-t-on pas dans Mathis la trace d'une racine féminine, latine et *maternelle*, Mater ? Ecoutons un nom propre, un nom qui en dit long en deux toutes petites syllabes, promenons un doigt sur les filaments de lumière, de sel ou de sang d'une vie d'homme qui admet, au fronton de son plus précieux accomplissement, *mutuum debitum*, sa dette envers sa mère adorée. Et vice versa.

2006. Cinq heures du matin.

La nuit est levée depuis longtemps, elle est à son heure la plus vulnérable et la plus intime. Une mer d'huile, où les éclats de voix ne sont plus de mise, tout doit être résolu, engagé, ou dénoué.

Il y a quarante ans, les pneus de la Jaguar de Françoise Sagan chuintaient sur l'asphalte, le bolide lesté de Bernard Frank, de Juliette Gréco, de Bob, de Gérard, de Jacques, d'Annabel, décollait vers l'Autoroute A 13, « direction Deauville les amis, pour le lever du soleil, on y sera à temps ».

La nuit, on a toujours le temps, et puis un jour, c'est le temps qui vous a. Le combat est inégal. N'empêche. L'homme qui se couche à l'aube possède une nuit d'avance sur le jour de sa mort.

Gerald Nanty nous attend au bar. Il est cinq heures dix du matin, mais la très belle et très vieille Cartier en or massif attachée à son poignet affiche onze heures moins le quart. Nanty n'en a cure, il vit à l'envers, en biais, dans un interstice du temps régi par des lois fantaisistes. Cette nuit blanche est sa treize mille sept cent soixante-dixième, sans dormir. Pourquoi, Minerve, pourquoi la nuit ? Jean Castel qui ne faisait pas dans la dentelle répondait « trop de cons le jour ». Proustien sans le savoir, Nanty diagnostique : « le jour j'étouffe d'ennui ». Il est un asthmatique du quotidien. La nuit est sa ventoline. Malade pratiquant l'automédication, il peut dispenser à son tour le magique analgésique aux sans-sommeil.

Nanty tient sa place depuis quarante ans dans la nuit parisienne. Longtemps, il fut le Poulidor de la nuit. Le second, le petit, le rigolo. Jean Castel, Louis Baruc, Fabrice Emaer trônaient au panthéon des entrepreneurs mythiques, laissant à Nanty les miettes.

Mais, par le jeu des renversements de mode, des changements de microclimats, des disparitions, de la nostalgie pour une pratique civilisée de la nuit, l'artisan modeste est devenu une sorte d'artiste. Acteur, metteur en scène, décorateur, régisseur de plateau, chorégraphe, doubleur, dialoguiste, habilleur, électro, concepteur sonore, il y a du Sacha Guitry gay chez Nanty. Il donne, et se donne en spectacle, met en scène la nuit avec une rigueur toute militaire, puis prie pour que quelqu'un de foutraque improvise une folie, une farce, ou un scandale.

Le mariolle germanopratin des années 60, l'outsider du glamour gay dans les années 70, le provocateur qui ouvrit le premier ses sex-clubs parisiens est devenu une institution. Il biche...

Sa mystique du bibelot, du cabaret miniature, du

salon de nuit s'est décantée pendant quarante ans et s'exprime à la perfection au Mathi's.

Il est cinq heures et des poussières.

Paris s'éveille, et Nanty n'a toujours pas sommeil.

Épilogue

Le 20 octobre 1955, tandis que Gerald Nanty cherchait le visage de son avenir du côté du Café de Flore, esseulé depuis la mort de sa mère adorée, l'écrivain André Maurois faisait un discours de réception au Palais de l'Institut pour l'entrée de Jean Cocteau à l'Académie française.

« Vous êtes (...) de ceux que leur enfance a marqués pour la vie. C'est à la fois une force et une faiblesse. Force parce que la survivance, en eux, de la féerie les défend contre le durcissement de l'âge ; faiblesse parce que, ne pouvant se déprendre des paradis perdus, ils souffrent plus que d'autres des cruautés du monde adulte et rêvent jusqu'à la vieillesse, d'une chambre où chaudement pelotonnés dans la chaleur maternelle, ils pourraient de nouveau réunir leurs jouets et leurs amours. »

On dirait ces lignes écrites pour Gerald Nanty. Et ce n'est pas l'adolescent fredonnant « Night and Day » de Cole Porter dans sa chambre tendu de Jouy rose qui dirait le contraire...

… « *Why is it so*
that this longing for you follows wherever I go
in the roaring traffics boom
in the silence of my room
I think of you »…
Maman.

Bibliographie

Aimez-vous Sagan, Sophie Delassein, Fayard.
A l'ami qui ne m'a pas sauvé la vie, Hervé Guibert, Gallimard.
A la recherche de Sunsiaré, Lucien d'Azay, Gallimard.
Alexis, the Memoirs of the Baron de Rédé, Hugo Vickers, Dovecote Press.
Les Amitiés particulières, Roger Peyrefitte, Flammarion.
L'Antisteak, Petit traité de dandysme culinaire, Warren/Larsen, Denoël.
Au cœur du temps, Denise Tual, Carrère.
La Bâtarde, Violette Leduc, Gallimard.
Le Beau Vice ou les homosexuels à la cour de France, Claude Pasteur, Balland.
Bonjour tristesse, Françoise Sagan, Julliard.
Ce que j'ose dire, Mary Marquet, Ed. Jean Dullis.
Ce sont amis que le vent emporte, Yves Navarre, Flammarion.
La Chamade, Françoise Sagan.
La Chambre des écureuils, Marie Laure de Noailles, Plon.

Chronique des années soixante, Michel Winock, Seuil.
Dancer from the dance, Andrew Holleran.
Les Déclassés, Jean-François Bizot, Le Sagittaire.
« Disco », Peter Braunstein, in *American Heritage*, 1999.
Dominique Aury, Angie David, Léo Scheer.
Dragueur de Dieu, Conrad Detrez.
Egéries des sixties, Fabrice Gaignault, Fayard.
Elle était une fois, Marie-France, Denoël.
Eloge du snobisme, Jacques de Ricaumont, Mercure de France.
Fils de Réjane, Jacques Porel, Plon.
Histoire de ma vie, Giacomo Casanova, « Bouquins », R. Laffont.
Histoire d'O, Pauline Réage, J.-J. Pauvert.
Hôtel Styx, Yves Navarre, Albin Michel.
Jean Genet, Edmund White, Gallimard.
Journal, Tome 1, 1953-1973, Matthieu Galey, Grasset.
Journal, Tome 2, 1974-1986, Matthieu Galey, Grasset.
Jusqu'à l'aube, Zouzou et Olivier Nicklaus, Flammarion.
Lady Black, Yves Navarre, Flammarion.
Le Livre blanc, Jean Cocteau, Ed. Passage du Marais.
Les Loukoums, Yves Navarre, Flammarion.
M comme Milieu, James Sarazin, Ed. Alain Moreau.
Ma moitié d'orange, Jean-Louis Bory, Julliard.

Manouche, Roger Peyrefitte, Flammarion.
Manuel de Saint-Germain des Prés, Boris Vian, Le Chêne.
Marie Laure de Noailles, Laurence Benaïm, Grasset.
Le Marquis de Cuevas, Gérard Mannoni, Lattès.
Maurice Sachs, les travaux forcés de la frivolité, Henri Raczymov, Gallimard.
Le Mausolée des amants, journal 78-91, Hervé Guibert, Gallimard.
La Mauvaise Vie, Frédéric Mitterrand.
Mémoires d'une Anne, Anne-Marie Cazalis.
Mes Cahiers Bleus, journal 1914-1941, Liane de Pougy, Plon.
Mes vies, Edmund White, Plon.
Miles Davis, Autobiography, Simon & Schuster.
Les Modernes, Jean-Paul Aron, Gallimard.
Paradis de tristesse, Olivier Py, Actes Sud.
Les Passions selon Dali, Dali/Pauwels, Denoël.
Le Pénis et la démoralisation de l'Occident, Jean-Paul Aron, Fasquelle.
Le Petit Galopin de nos cœurs, Yves Navarre.
Le Pied, Jean-Louis Bory, Belfond.
Pierre Clémenti, Jeanne Hoffstetter, Denoël.
Le Pitre, François Weyergans, Gallimard.
Poèmes, Paul Morand, Gallimard.
Propos secrets, Roger Peyrefitte, Albin Michel.
Propos secrets, III, Roger Peyrefitte, Albin Michel.
Proust fantôme, Jérôme Prieur, Le Promeneur.
4 Dada Suicides, Atlas (Serpent's Tail).
Le Rose et le Noir, Frédéric Martel, Seuil.

Secrets d'atelier, Bernard Buffet, J.-C. Lamy, L. Fournol, B. Auger, Flammarion.
La Sérénade féroce, Michel Beaufort, Solar.
Simply Halston, Steven Gaines, Jove.
Tableau des mœurs de ce temps, Maurice Sachs, Gallimard.
Le Temps retrouvé, Marcel Proust, Gallimard.
Trésors à prendre, Daniel Delpland, Gallimard.
Tricks, Renaud Camus,
Une liberté toute neuve, Pierre Jouin, éd. Klincksieck.
Violette Leduc, Carlo Jansiti, Grasset.

L'auteur remercie :

Charlotte Aillaud
Azzedine Alaïa
José Alvarez
Edouard Baer
Michel Barnes
Laurence Benaïm
Samuel Benchetrit
Pierre Bénichou
Denis Berry
Bernard Bosse
Frédéric Botton
Aurore Clément
Cyril
Dani
Pierre Edelman
Charles-Henri Flammarion
Marc Francelet
François « Mâchon »
Didier Grumbach
Jacques Henry dit Kennedy
Benoît Jacquot

Michel Lambersens
Jacques Leibowitch
Florence Malraux
Marie-France
Charles Matton
Sylvie Matton
Bernard Minoret
Jacques Nolot
Olivier
Renaud Pellegrino
Jean-Marie Périer
Pierrette Elisabeth
Nicolas Plisson
Roman Polanski
Michel Reilhac
Robert Sabatier
Frédéric Saujer
Jacques Sylvant
Muriel Teodori
Philippe Tesson

Gerald Nanty remercie :

Philippe Abastado
Charlotte Aillaud
Edouard Baer
Jérôme Béglé
Samuel Benchetrit
Frédéric Botton
Bob Brunet
Cyril
Françoise Fabian
Eric Dahan
Luc Fournol
François
Catherine et Didier Hassan
Jacques Henry dit Kennedy
Jean-Marie Job
Zaïr Kedadouche
Tony Krantz
Karl Lagerfeld
Amanda Lear
Jackie Mazel
Stanislas Mehrar, « Chouki »

Nicoletta
Jean-Marie Périer
Pierrette Elisabeth
Nathalie Rheims
Galia Salimo
Sophie de Santis
les Simonet
Vincent
Sylvie Wolff

En mémoire de Claude Dalla Torre, vieille compagne de la nuit et du Flore.

Table

Achevé d'imprimer sur les presses de

BUSSIÈRE

GROUPE CPI

à Saint-Amand-Montrond (Cher)
pour le compte des Éditions Grasset
en mars 2007

N° d'édition : 14766. — N° d'impression : 071174/4.
Dépôt légal : mars 2007.

Imprimé en France